天使文化
TIANSHI WENHUA
爱格
Aigirl

Why are you
so late?

Why are you

唐沅坐在长椅上，也愣愣地望向江砚，他眸光深沉，
明明只和她对视了一霎，却仿佛过了好久。
so late

你怎么才来

Why are you so late

完结篇

云拿月 / 著

江苏凤凰文艺出版社
JIANGSU PHOENIX LITERATURE AND ART PUBLISHING

目录 Contents

第 1 章 /001

第 2 章 /026

第 3 章 /049

第 4 章 /071

第 5 章 /094

第 6 章 /122

第 7 章 /145

第 8 章 /169

第 9 章 /184

第 10 章 /207

第 11 章 /226

第 12 章 /247

第 13 章 /269

番外 /277

Why are you so late

你怎么才来

Chapter 1

第 1 章

Why are you so late

和江现父亲的这场会面以不愉快收场，在济城前后待了这么几天，江现处理完视察分部的事情便不再多留，动身离开，带着唐沅去见他外婆。

出发前，江现跟浒城那边的手下人做了交接安排，工作暂时搁置。他平时忙碌不停，也算抽出几日的时间休息。

江现外婆家在济城边上，是城郊一个叫芙花镇的地方，离市区一两个小时车程——严格来说，其实并不算离开这座城市。

看出唐沅紧张，去的一路，江现闲谈般和她说起好些关于他外公外婆的事，诸如他们的性格喜好、举止为人，都略提了提。

他外公早就不在了，但他说话的语气态度，就好像他只是暂时出了一趟远门。

唐沅第一次知道这些，以前从不晓得他妈妈那边亲人的事情，对江家的了解也基本来自父母辈和江盈。

她的注意力从窗外转移到车里，听着听着，不由得问："他们是一直都在济城吗？就待在芙花镇这里？"

江现否认："我初中毕业没多久，我舅舅就带他们搬去了新加坡。

大学毕业前我把外婆接回来了，她不喜欢太吵闹的地方，只想待在老家，一直住在她和外公以前的房子里。”

窗外辽远的景色飞逝，他语气里的平静，是那种经过时间涤荡的和缓：“我给她请了护工和阿姨，在家里照顾她。只是我平时太忙，没办法经常去看她。”

唐沅问：“那你舅舅他们呢？”

她没听说过他舅舅的事，甚至不知道他还有这门亲戚。

“他们留在了新加坡。”江现语气转淡，“把外婆接回来后我就没再跟他们联系过，不是很清楚。”

听他这态度，大概是没有多少感情。

唐沅点点头没再问。

就这么有一搭没一搭地聊着，车很快开进芙花镇。

这是一座傍山的小镇，修整得井井有条，入口的道路沿着坡度往上，宽敞干净。旁边错落有致的房屋建筑也都经过翻新，虽保留了旧式样，但没有一处破烂腐朽。

路旁种满了芙蓉，两三米甚至更高些的树上，粉的白的开满枝丫。

似是刚下过雨不久，石板地湿漉漉的，盛不住雨的花落了一地，未被打下的花朵儿上水珠晶莹，鲜艳欲滴。

“好多花哦。”唐沅感觉空气都是湿的，带着丝丝新鲜的香味，“是当地居民种的吗？”

江现朝车窗外瞥了眼，解释：“以前就有，后来开始规模种植。这几年镇上大力推广旅游业，所以越种越多。”

难怪看到好几栋民宿，唐沅朝远处山上眺望，不得不说，这个镇的自然条件是真的很好。

江现外婆的老房子在镇上靠北方向，正好是离山脚下不远那一片。

整栋房两层高，看得出翻新过，外观旧了点，内里一应俱全，十分舒适。

他们到的时候正好是午饭的点，外婆和护工阿姨一直在等他们。

老人家年事已高，身体佝偻着，脸上都是皱纹，眉眼间透着几分慈祥，是很和蔼的长相。见他们进门，外婆站起身相迎，唐沅和江现连忙伸手去扶。

唐沅跟着江现叫了声外婆，老人家不住地应声，亲热地握着她的手一迭声问：“吃了没有？路上累不累？想吃什么跟外婆说……”

阿姨已经在炒菜，江现和唐沅哄了老人家好一会儿，才让她重新坐下。

另一个护工阿姨带他们去房间放东西，卧室不多，都在二楼，给他们收拾出的一间屋子干净整洁，床单被套全是新的。

“睡一张床”这件事已经没那么有冲击感，但唐沅看着那张比酒店双人床要小得多的床，目光不免还是呆滞了几秒。

似是察觉到她的神色，江现朝她看来。对上他略显幽深的眸光，唐沅眼神不自在地轻闪，怕被他发现自己在意的点，若无其事地走开去看别处。

注意力却还是在那张床上。

她的睡相，酒店里那么大的床她都能时不时碰到他，要么就干脆睡到他那边去。

这张床明显小这么多！

怎么睡？

她面上一派镇静，心里却在暗暗抓狂。

待放好东西下楼，吃午饭时，外婆不停地给唐沅夹菜，她碗里很快堆起了一座小山。

在外婆这样的热情中，她来之前的那股忐忑，和因为杂七杂八的事情产生的纠结，统统消失无踪。

饭后几个人在厅里坐着聊天，外婆躺在摇椅上，正门开着，天光照进来，外面石板路上很久才有一个人走过，一片悠闲静好。

附近邻居们平时对外婆十分照顾，每逢年节，江现都会让人备些礼品送去各家各户以示感谢，这次同样也带了东西来。

护工阿姨拿不了那么多，江现见状起身帮忙："门口这条街我去吧。"

他小时候放假常来镇上玩，和周边居住多年的人家并不陌生。

唐沅没去掺和，目送他们出了门，留在厅里陪外婆闲聊，从天南地北聊到镇上的风土人情。她听说现在的花开得还不是最艳的，有些诧异："这还不是最艳的啊？"

"现在只是第一个花期，再过一阵才是开得最好的时候，七夕之后漫山遍野都是。"

外婆乐呵地道："你们要是不忙就在这儿多待几天，等过完七夕再走不迟。每年七夕镇里都有晚会等活动，到了晚上那广场上乌泱泱都是人，男男女女，热热闹闹的。年轻小伙姑娘们要是看上了谁，就摘朵花送给人家，那叫一个谈情的好气氛，你们年轻人肯定喜欢……"

唐沅手托着腮问："每年都办活动吗？"

"办。早些年是镇上的人大家自己热闹，这两年来旅游的多了，人也更多了……"

她接过外婆塞来的小果子，边吃边听。

"以前每年这个时候，江现的外公都会给我摘花。"摇椅悠悠地晃动，外婆笑得皱纹层层叠叠，语气里全是幸福，"人家一朵一朵的，他一箩筐一箩筐地往下摘，说什么晒干了还能做点心吃。"

外婆说着想起什么，笑意更浓："我们江现小时候也有很多小姑娘给他摘花的。他那会儿四五岁大，跟他妈妈过来玩，去广场上转一圈，附近的小丫头们个个都给他花。"

唐沅一听来了兴趣："他这么招人喜欢啊？"

"是呀，他长得好看，可招人了。不过他像个闷葫芦一样，一朵都不肯收，板着脸盯着人家，也不说话，别人塞给他他就躲，有一回把人家小姑娘都气哭了。”

外婆乐不可支：“后来回了家，他自己一个人反倒在院子里摘花摘得开心死了。我和他妈妈问他摘了要给谁，给妈妈还是给外婆？把他难得哟，拿着一朵花站在原地都不知道该怎么办，差点就给逗哭了……”

唐沅“扑哧”轻笑出声，脑海里突然有了画面。

一个小小的江现，拿着花站在院子里，因为不知该把花给妈妈还是外婆，急得哭起来。

祖孙俩聊得兴起，直说得忘了时间。

送完东西的江现从门外进来，见她们俩笑得开心，挑眉问：“在说什么？”

唐沅看向他，连忙咳了声：“没说什么。”

护工阿姨随后进门，快到外婆午睡的时间，还有另半边街没去，江现让阿姨陪外婆上楼休息，主动揽下：“剩下的我去吧。”

他是和善的性子，往常待这几个帮工也宽厚，护工阿姨便没跟他多推辞，哄着外婆回房小憩。

唐沅帮着搀到楼梯边，转身和要出门的江现对上视线。

他先道：“看什么？”

唐沅轻轻撇嘴，撩了下耳边的头发：“我也去吧，反正没什么事。”

江现没拒绝，唐沅伸手去接他手里的东西，他没给：“我拿得了。”

她只好空着手，像个很不体贴的闲散人员走在他旁边。

路旁不高的树枝上开满了花，走了好一段，唐沅想到外婆说的话，唇角不自觉地勾起。

江现在旁边问：“笑什么？”

她没说自己在想象他拿着花急哭的样子，压住唇角：“没什么。”

唐沅两只手背在身后，走了几步，才悠悠地道：“听说你小的时候，很多小姑娘给你送花？”

他顿了顿，大概猜到她和外婆聊了什么：“那都是很久以前的事了。”

“看不出来嘛。”唐沅觑他一眼，“你这么招人喜欢？”

他沉默了一下，挑眉：“是有一点儿。”

回答得太不谦虚，唐沅正要取笑他，就见他抿了抿唇，下一句语气变缓：“你以前，不是也说过喜欢。”

唐沅一愣。

江现看向她的眼睛，只短暂一秒，很快又移开视线。

唐沅蓦地回过神，眸光微敛，正要说话，后边传来一道声音：“江现？这是要上哪里去？”

两个人闻声回头。

是个中年阿姨，大概也住在附近。

江现认出来，问候了一声。唐沅没出声，弯了下唇以示礼貌。

“你回来啦，又送东西啊？”阿姨见他手里拎着袋子，不用他说就知道，“哎哟，年年都这么破费干什么……”

江现正好要去阿姨去的方向，越往那边地势越低，他看了眼唐沅的鞋子，对她道：“那边积了水，容易踩湿鞋。前面就是广场，你先去那里等我。”

唐沅看了看他，点点头。

先前的话题就此暂停。

江现和阿姨一道朝岔口走，唐沅往广场行去，不远的距离，走过几栋房屋转眼就到。

她找了条长凳坐下，看了眼走来的方向，已经不见他们的身影，便百无聊赖地转头打量广场上的人群。

跑跑跳跳的小孩们追逐玩闹，她看了好半天，忽地想起江现刚才那句话，后知后觉发现，他说的是——“也说过喜欢”，而不是“也喜欢”。

唐沅略微有点愣，没等她思绪更清晰些，面前突然走来一个小朋友。

四五岁模样的小男孩，两颊带着天然的红晕，这里海拔并不高，他脸上的“高原红”莫名显得可爱。

唐沅微微低头，轻声问：“怎么了小朋友？”

小男孩本就自带红晕的脸越发红了，从背后拿出一朵花，递给她。

唐沅一愣：“给我吗？”

他点点头。

鲜艳的芙蓉沾着水滴，花瓣有点脏，大概是他从地上捡起来的。

才听外婆说，这里和七夕有关的风俗就是看上谁就给谁送花，一转眼，她就被这么个小朋友看上了。

唐沅不禁失笑，弯唇正要说话，余光忽地瞥见江现的身影。

他动作还挺快，送完了东西，正朝这边走来。

看见她面前的小男孩，江现的目光在他们之间扫了扫，随后快步走到她身边：“怎么了？”

“这个小朋友好可爱哦，他要送我花哎。”唐沅抬头对他道，说话时眼里亮闪闪，还伸出手指轻轻在小男孩脸上戳了一下。

见小男孩的脸更红了，她笑意加深，就要接过那朵花。江现忽地抬手摸了摸小男孩的头，开口：“不可以哦。”

小男孩抬头看向他：“为……为什么？”

唐沅坐在长椅上，也愣愣地望向江现。他眸光深沉，明明只和她对视了一霎，却仿佛过了好久。

周围枝丫一时被风吹得沙沙作响，像是芙蓉花的声音。

“因为，”江现缓缓看向面前的小男孩，低沉的语气中，带着点不知是对谁的温柔，“哥哥也有花要送给她。”

回家的路走了一半，唐沅耳根那点热意才消退下去。

江现一脸如常，甚至平静地对她不时瞥来的视线发问：“看什么？”

他居然有脸问！

还好刚才那个小朋友离开的时候没有哭，只是撇了撇嘴走开，不然她回过神说不定会忍不住踢他。

唐沅瞪他一眼，没搭理他，到了家，率先进门将他甩在身后。

江现忽然在后面叫她："唐沅。"

她停下，微拧眉回头："干吗？"

他缓步走到她面前，朝她伸手："给。"

唐沅垂眸，一愣。

是一朵饱满娇艳，开得正好的芙蓉花。

"我送完东西的路上摘的。"江现微低着头，将花放到她手中，语气和动作一样柔，"这朵最好看。"

二楼静悄悄的，外婆还没睡醒，唐沅上楼的脚步放得很轻。

刚下过雨，她穿的鞋容易湿，不方便行走，她从行李箱里翻出另一双，正要下楼，想起口袋里装的那朵花，脚步蓦地停住。

唐沅拿在手里看了看，想摆到桌台上，动作犹豫。

一朵花，没法像花枝一样插在花瓶里，过不了多久就会干枯，做成标本手边又没有合适的物件。

实在不易保存。

光线陡然从窗外透进来，大半个下午过去，即将傍晚，天却忽然放晴，亮得刺眼。

唐沅看了眼外边，站了片刻，走到窗边。她拿出手机对着掌中的花拍了一张，点进朋友圈，编辑了一条内容发送，设置为仅自己可见。

金黄的光落在半边花瓣上，璀璨美艳，照片里的花永远停留在最好的时刻。

没有人会刷到，也没有人知晓。

但只要她打开这一条，就能看到。

"8月7日，阴转晴天。我收到了，我的第一朵花。"

在芙花镇的第一晚，并没有唐沅想象中那么不自在。

晚上吃过饭，她捧着蜜瓜陪外婆在树下聊了一会儿天，又出去逛了逛。或许是白天累了，她洗漱后没精力想别的，很快就睡下。

床铺小，她和江现隔不了太远，平躺着，彼此之间几乎是手臂碰着手臂，肩膀挨着肩膀的距离。

旁边的小灯开着，江现看了一会儿书，唐沅也没顾得上和他说什么，在他从浴室出来时就已经迷迷瞪瞪快要睡着。

只是沉沉的一觉，梦里不大高兴。

她梦见自己走了很久，身上穿着一件好重的衣服，腰带紧紧地系着，勒得她快喘不过气。累得半死之间，她好不容易找到椅子，一坐下却被硌得不行。

不管怎么坐都不舒服，她只好站起来换另一把椅子，结果坐下还是一样的硌。她只能又换，一把接一把，那股异物感始终如影随形挥之不去。

到后来她气得哭出来，在梦里一边哭一边找新的椅子坐下。

昏昏沉沉睡了好久，等唐沅从荒唐的梦中睁眼，已经快十点钟，身后的床铺空无一人。

洗漱完换好衣服下楼，阿姨给她留了早餐在锅里煨着。她不好意思地吃完，到厅里，见江现正翻着外婆近期的检查报告单，眉头微皱，便坐到他身边问："怎么了？"

他摇摇头，只说："没事。"

外婆身体不大好，加上老人家年纪大了，各方面机能都在退化，零零碎碎的毛病不少。唐沅宽慰他几句，他没说什么，收起报告单没再继续看。

不一会儿，护工推着坐轮椅的外婆结束散步回来，江现也被人叫走。

来找他的人说话用的方言，唐沅听得云里雾里，护工给她解释："是镇上办公室的人，江现之前给我们镇捐了学校，还盖了图书馆，每次回来他们都会请他去聊聊。"

她这才恍然大悟地"哦"了声，待在外婆身边安心吃果子。

厅里放着电视，外婆常看的节目开始播放。老人家聚精会神，唐沅陪着看了一会儿，坐得累了，走出门外透气。

昨天夜里似乎下了场短暂的雨，屋檐还有点湿。

唐沅在门边站了片刻，一个拿着玩具的小男孩从门前经过，她一下认出来，是昨天在广场上要给她花的那个。

小男孩瞧见她，也认出了她。

唐沅朝他笑："还记得我吗？"

他点点头，停下步子，犹豫地徘徊几步，随即不太好意思地走到她面前。

唐沅蹲下身和他说话："你拿的是什么，玩具吗？"

"是奥特曼！"一提到这个，小男孩眼神发亮，一手一个伸给她看，"这个是赛罗，这个是梦比优斯，他们会变身的……"

"谁给你买的呀？"唐沅温声问。

"哥哥给我买的！"

"你哥哥啊？"

"不是。"他说，"是跟你一起的那个哥哥。"

她闻言愣了下。

江现？

"早上在店里，哥哥看到我就给我买了这个……"小男孩指了指街前面店铺方向，边说边原地蹦跶，自带高原红的脸蛋上泛着喜悦的笑意。

或许是见过一面，又或许是把唐沅和江现当成一体看待，他从江现那儿得了玩具，对着她话也多了起来。

唐沅听着好奇："哥哥为什么给你买玩具啊？"

"因为，他昨天不让我送花……"小男孩伸出一根手指挠了挠脸颊，这句说得比前面小声，看着她又有点不好意思，"哥哥怕我难过，跟我说对不起，还买奥特曼给我……"

他边说边笑起来，目光澄澈，只留下童稚的烦恼被抚平后的天真快乐。

唐沅有片刻愣怔，眸光慢慢放柔，问他：“那你难过吗？”

昨天他撇嘴跑开，要哭不哭的模样看得她很是内疚。

小男孩想了想：“一点点……”很快又爽朗笑开，“现在不难过了。”

听他这般语气，唐沅失笑，摸了摸他的脑袋。

前面有群小朋友似乎在叫小男孩的名字，他朗声冲那边回应，飞快地跟她说了句“姐姐再见”，兴冲冲地跑开，去给小伙伴们展示自己的新玩具。

唐沅站直身，看着他们跑跑跳跳走远，视线回到门前，略微出神。

昨天江现的举动和言辞其实并没有过分的地方，她没想到他竟然记着，还给小朋友买玩具，认真地为打扰了童心而道歉。

但似乎又不意外，他好像一直都这样。

他会借口有事送离家出走的她回去，会捡起被扔在地上的情书维护女生的颜面。甚至更早，在她遇见他以前，他就已经是一个会为了成全境遇艰难的朋友，顶着父亲的责骂放弃竞赛，拼尽全力去努力的人。

江现这个人就是这样。

最冷漠，也最温柔。

……

缥缈的雨丝纷纷扬扬从眼前落下，唐沅抬头看，天色并不暗，只是雨突然又如针一样绵绵不断。

屋里阿姨准备做午饭，厅里电视的声音响着。唐沅转身问：“江现什么时候回来？”

“快了吧。”阿姨看了眼时间，“等会儿就吃饭了，估计一会儿就回。”

她站了一会儿，拿上伞：“我出去一下！”

阿姨“哎”了一声，没叫住她，只好作罢。

镇上办公的地方离外婆家距离适中，唐沅向路上的居民问路，他们十分热情地给她指明方向，没几分钟便抵达。

她到的时候江现刚好从院门走出来，一抬头望见她，顿了一下。

唐沅停下，站在石板道上，隔着一小段距离，撑伞看向他："你怎么又不跟人家借伞，就这样空手走出来？"

他站在屋檐底下，看了她好几秒才开口："你怎么来了？"

"下雨了，我来接你啊。"

唐沅朗声说着，转了转支在肩上的雨伞伞骨。

有雨滴顺着伞边飞出去，她挑眉，轻笑："我就猜到你嘴笨，看吧，不好意思跟人家借伞是不是？也就只有我这么好了，还来接你，这条路多难走啊你知不知道……"

雨雾蒙眬，多了几分不属于这里的江南诗意。

她在雨中笑着，是风景最浓丽的一笔。

江现静静看着她，眼睫沾上了雨，忽地提步，走下台阶，穿过雨雾朝着她的方向走来。

唐沅玩笑话还没说完，他就已经走到面前，她愣了愣，连忙把伞举起。

江现的个头太高，她抬起了手，他却仍然需要略微低头。

唐沅愣愣地和他对视。

伞好像太小，而他们的距离好像近得过分。

江现垂着眼直直地看她，发丝上沾了细小的雨珠，长睫投下阴影，她像是随时会被他的怀抱覆盖。

他似乎想说什么，却又始终没有开口。

气氛莫名有些不对，唐沅心跳漏拍，回过神后，慌忙移开眼。

江现也收回眼，没再盯着她看，接过伞柄，声音轻柔："走吧。"

她松开手，含糊地"嗯"了一声，敛神走在他身边。

两人一路无言。

在这形容不出的气氛中到了家，唐沅飞快奔到外婆身边，陪她说话，又帮阿姨们端菜，好半晌，那种奇怪的感觉才被她甩到脑后。

午后雨又停了，外婆午休前，来了个年轻的男人。

男人叫肖梁，从小在镇上长大，言谈间跟外婆和江现很是热络。

镇上这两年有不少年轻人回来，或是办民宿，或是在山上和周边田里搞种植，肖梁就是其中一个。

他家在山上有间温泉民宿，一帮幼时的邻里玩伴，有些留在镇上，有几个正好休假回来，于是一帮人约着聚聚，热闹热闹。

江现小时候每年放假几乎都来，彼此不算陌生，其他人有很多年没怎么见过了，便让肖梁来邀他。

外婆倒是觉得不错，没等江现和唐沅说话便道："去吧去吧，你们年轻人一起玩一玩，也不远。"又笑着对唐沅说，"山上种了好多树，让他们给你摘果子吃。肖梁家的点心也好吃，你去尝一尝。"

江现闻言，也问她意见："你想去吗？"

唐沅本身就好玩，听得意动，略一思忖，点点头。

肖梁见状一笑："那我们在前面等你们，广场那里。"

江现和唐沅收拾了一番，没什么要带的东西，送外婆上楼午睡后便出门了。

到了广场上和其他人会合，男的女的都有，见着唐沅，态度都十分友善。

温泉民宿在山上，一群人一一打过招呼，分别坐几辆观光车上去。

道旁景致很好，山间的绿浓重得格外美，比唐沅来时在车上远远看到的更具冲击力。

肖梁给众人分别安排好了屋子。

江现和唐沅这间房是"L"形结构，进门是正屋，打开厅门出去，温泉间在廊边左侧，两间屋子并不互通。

正屋装修得简单雅致，浅淡的黄色地板透着点绿，墙上挂着电视，厅正中摆着一张矮几，可盘腿坐在矮几旁欣赏院中景色。

每一间房都是独立的，院子围得严实，环境清幽，彼此之间互不干扰。

民宿的阿姨很快给他们端来茶水和点心，房门一关，立时将外头声音隔绝。

唐沅本来没想泡温泉，架不住山上空气太好，景色也怡人，又改变主意。然而她四处看了看，发现一间房里只配备了一个泡池，不由得有些为难。

肯定是不能跟江现一起泡的，她顿时面露纠结。

江现看出她的纠结，在矮几边坐着不动："你去泡吧，我在这里等你。"

唐沅一听，别扭了一瞬间，脸色逐渐放缓。

她没带换的衣物，身上这套并不脏，不需要更换，且屋子里有干净的浴袍，也可以换着穿。

犹豫几秒，想玩的念头最终还是占了上风。

到温泉间，里面黑漆漆的不透光，唐沅找到墙上的开关，捣鼓了几下才亮起灯。

内里不大，一眼就能看遍。墙上贴着各种装饰的砖面，一口小池子靠着最内侧的墙。这里的水是从山上天然泉眼引来的，打开池边的开关，水"哗哗"地往池子里冲，不多时就放满。

唐沅把浴衣拿进来，关上门，叠好脱下的衣物放到一旁，慢慢浸进池子里。

外头院子里隐约有鸟叫，随着热气弥漫开，她的皮肤开始泛红，毛孔舒张，脸颊也被熏出红晕。

夏天泡温泉，泡完吃一个冰镇西瓜，别提有多爽。

唐沅晃动手臂，一边撩着水一边想，等会儿或许可以要个西瓜。

为了方便，她绑起了头发，在脑后扎成一个小圆球。有几根发丝散下来，被水打湿，贴着脸颊，她一张脸显得更小，又生动。

泡了不知多久，热气似乎越来越浓。

可能是因为在水里晃动，唐沅有点累，靠着池壁不动。好一会儿，水波在胸前荡漾，她越来越透不过气，脸颊等皮肤各处的温度也越发高。

憋闷的感觉强烈，头也有点晕，她觉得不对劲，连忙撑着起身，出水的动作却格外吃力，一站起来，只觉头晕目眩。

唐沅抓起浴袍胡乱穿上，勉强用系带在身前打了个结。她鼓起一口气打开门，眼前泛起白花花的雪点，视线模糊，下一秒就无力地摔倒在地上。

“咚”的一声，江现似是听见动静，声音从厅里传来：“唐沅？”

她眼前发黑，脸颊发热，什么都听不清，更应答不了。

江现快步走出来，见状，飞快地上前将她扶起：“唐沅?！”

她被江现打横抱起。

江现抱着她回了厅里，让她靠着自己，眉头紧拧：“还好吗？”

前面是桌沿，背后是他的胸膛，唐沅靠在他怀中，手脚无力，好一会儿，脸上才慢慢恢复血色，眼前的雪花也渐渐散去。

江现倒了杯水喂到她嘴边，她几口就喝完了。

那种将要失去意识的感觉总算退去，太阳穴处的血管一下一下跳得厉害，唐沅咽了咽口水，稍稍缓过来。

眼前能看清东西了，她才发现慌乱间没系紧的浴袍带子不知何时松开了，衣襟松松垮垮快要敞到肋下。

她连忙红着脸伸手去合拢，只是刚虚脱一阵，手指有点不听使唤。

背后忽地伸来一双手，唐沅身子一僵。圈着她的江现呼吸略沉，脸上看不出表情，他垂着眼朝向别处，帮她把衣襟拢好，再系上她腰间的系带。

他的胸膛滚烫，唐沅意识到自己完全坐在他怀里，耳根灼烧得越发厉害。

浴袍本就薄，她浑身湿漉漉地出来，面料沾了水，更遮不住身形，她心跳剧烈，脸颊皮肤热得发疼，不由得抬手挡在胸前。

“我的衣服，还在里面……”

江现喉结轻动，沉沉地“嗯”了声，起身去帮她拿。

温泉间地面湿了一大块，估计都是唐沅带上来的水。

墙角的排风扇停着不动，再看开关处，才发现按钮似是被她关了。

江现眉头轻皱，提步入内，还好唐沅脱下的衣服在旁边没有沾湿。他伸手拿起，地上落下两件。

他眸光一扫，不由得顿了顿，没细看上面的花纹，抿着唇，飞快地将她的贴身衣物捡起。

回到正厅里，江现把衣服放到唐沅身边，见她没什么大碍，轻声道：“你先穿，我出去找下老板。”

他说完便起身。

墙砌得严丝合缝，排风扇只有一个，且没有明确的标识，不安全，得提醒一下。

唐沅瞥他一眼，只来得及低低地“嗯”了声。

门打开，很快又关上。

江现并没有离开太长时间，重新回来时，唐沅已经换上了自己的衣服。

气氛莫名僵滞，她脸上热意未退，而江现板着一张脸，她视线飘忽着触及了几次，不敢再看他。

屋里的座机适时响起，肖梁从另一个房间打来电话问：“你们泡完了吗？泡完过来一起玩。”

江现说泡完了，那边报了个房间号， 他记好后挂断电话，带着唐沅一起过去。

两人穿过走廊，一路上谁都没说话。

唐沅暗暗觑他的脸色，只觉得他似乎不太高兴，像是在生气。

肖梁他们在的屋子，面积更大些，其他人早已经到齐，有的穿着浴袍，有的还是穿着自己的衣服。

一群人围在矮几边，招呼他们俩坐下。

他们俩并排在里侧落座，唐沅的右边就是墙。

大家玩得正热闹，院子里的树上结了果子，肖梁和一个男生兴致勃勃去爬树，说要摘果子。

壁挂电视放着节目充当背景音，桌边一群人聊着天，不知谁弄了个小炉子，摊了张铁网，在旁边烤年糕。

对面的女生端着大玻璃壶给众人添杯，从透明的容器里倒出淡白色的液体。

唐沅闻见香味，忍不住尝了一口，江现的眼神立时便扫来，提醒她："是酒。"

她一顿，这次没含糊，老老实实地放下杯子。

对面女生听见，笑言："没关系的，这个是肖梁家自己酿的，度数不高，你酒量很差吗？"

"还行吧。"唐沅不好意思地笑了笑，忽略江现斜睨来的眼神。

肖梁和男生摘了一兜果子回来，用凉水冲洗干净后摆上桌。一桌人纷纷坐拢，预备玩游戏。烤年糕的也坐过来，还顺带把炉子朝桌子的方向挪，引起几个女生抱怨："热死人了……"

吵吵闹闹闲扯半天，老套没有新意的真心话大冒险开始。

聚会游戏无非就是这些，唐沅以前读书时和江盈他们没少玩。发牌的人正把卡片洗乱，她小声问江现："你玩过吗？"

江现说："没有。"

她挑眉，露出一点老手的得意，安慰他："没事，我罩着你。"

运气成分居多的游戏，根本没有技术含量可言，自然也说不上罩不罩的。

江现瞥她一眼，没拆穿她的自夸。

前面几局抽中的都是别人，他们俩清闲地在旁边看热闹。谁知不一会儿，江现就“踩雷”了。

他选了真心话，问问题的人有意刁难。不料他糊弄水平太高，还没等唐沅把问题听明白，他已经张口，可答了又像是没答，随随便便四两拨千斤就应付了过去。

一桌人顿时不满意：“不行，这不算！这哪行啊……”

江现一脸平静：“规则里没说不可以。”

众人被他堵得没话说，一个个被激起胜负欲，摩拳擦掌都想逮住他。然而他后面运气变得极好，几圈下来就是抽不到他。

抽着抽着，突然抽中了唐沅。

对面的女生霎时来劲：“好，这下跑不掉了，总算让我逮着了！”

“不是。”唐沅有些莫名其妙，“你们逮他，针对我干吗？”

“你跟他一起的啊，逮不到他那不就只能逮你了。”女生的逻辑还挺通顺。

唐沅无言以对，斟酌一番，在一众虎视眈眈之下选了冒险。

对面的女生立时道：“好！从在座的人里选一个人亲他！”

……

唐沅沉默了两秒钟。

在座的人里，除了江现……她还能亲谁？

身旁的江现没说话，她耳根蹿起些微热意，视线也不敢朝他瞟，咽了咽口水，以掩饰自己脸上的不自在。

被这么多人看着，要她亲江现，实在有点豁不出去。唐沅语气略慌张：“我……我不太习惯……”她眼神闪烁地解释，随后心一横，端起杯子，一口气把酒喝完。

答不上问题或是不敢冒险就得接受惩罚喝酒。

一众人明显有些失望。

江现的眼神似乎朝她扫来，唐沅垂下眼，若无其事地撩头发，假装没看到。

下一局，又是唐沅。

吸取了上一把的教训，她选了真心话。

但问话的人也没放过她："你和江现第一次接吻是什么时候？"

唐沅的脸又热起来，不知怎么作答。

"你们不会还没有亲过……"见她这种神色，对面的女生诧异地猜测。

唐沅不知哪来的好胜心，飞快截断对面的话："有！"

她的视线朝着前方，一丝一毫都不给江现，顶着脸上的热意，在其他人追问"什么时候"的眼神中，佯装镇定道："就……以前去他家玩的时候。"

几个女生眼睛一亮："然后呢？"

"然后。"唐沅硬着头皮往下说，"他在沙发上睡着了，我去找他妹玩，就过去……"

话说到这里含糊地停下。

问话的人转头问江现："你记得吗？"

一直没说话的江现看了一眼唐沅，眸光深邃，没等他说话，唐沅先抢答："他睡着了，不记得！"

"真的假的？"一群人面露狐疑，才被江现糊弄过，她这答案的可信度直线降低。

"当然是真的。"唐沅也是被怀疑急了，细节一个劲往外冒，"我凑过去，他突然就醒了，我还吓了一跳……"

"他突然醒了？那还是没亲到呀？"

唐沅沉默了一下，气势低下来："离得很近，差不多也算吧……"

"那哪儿算？"一群人起哄，闹着要她重说一个，"没亲到就不算，离得再近也不算，不行不行换一个，这个不算数！”

唐沅瞬间后悔自己嘴快，好好的干吗把后半句说出来。满桌人追着要听下一个，她憋了几秒，最后放弃：“我还是喝酒吧。”

她红着脸要去倒酒，被身旁的江现挡住。

她朝他看，他面色不改，伸手拿过她的杯子。

“我帮她喝。”

唐沅愣了一下。

其他人马上阻止：“不行，不能代喝的，哪有这样的？代喝那我们这些单身的多可怜！”

先前他四两拨千斤地躲开了真心话，后面又一直没逮到他，众人都憋着劲，反对的理由五花八门，顺带不忘调侃他一通。

唐沅被起哄得不好意思，从江现手中拿过杯子：“没事，我自己喝。”

他不好再拦。

又是一杯肖家自酿酒下肚，先前唐沅已经喝过一杯，甜是甜，但酒味比她上次在济城小吃街喝的那个重多了。

她不知道这个有多少度，只希望自己不会醉得太彻底。

大概是倒霉，抽中两局之后，唐沅又连着好几局“踩雷”。

他们要么问的全是和江现有关的问题，要么提出她硬着头皮也做不出的大冒险。

她脸颊已经开始泛红，在她又喝完一杯后，江现皱着眉，不让人再往她的杯子里倒酒：“她酒量不好，后面的我来喝。”

其他人起哄着发出怪声，却也都会看气氛，见唐沅脸真的红得明显，也就没再说不能代喝的话。

江现这么说完，唐沅却不再“踩雷”了。

好几局过去，好不容易才又抽中她一次，负责惩罚的人还是江现。

她手托着泛红的脸，头微微转向他，选了真心话。

江现看着她，似是想说什么，动了动唇又沉默下来。

半晌，他敛了视线，把牌放下："我没什么想问的。"

不等其他人反对，他拿起自己面前的那杯酒一口喝干净。

众人一愣，碍于拿他没办法，不得不作罢，只得嘴上调侃几句。

玩了好一会儿才结束游戏。

天色渐渐暗下来，大家都有些饿。厨房里准备好了点心，有粉和面，还有甜品。

肖梁去了一趟后回来，招呼在座男生帮忙端："阿姨们在忙着做七夕的糕点，没空理我们，都来搭把手。"

几个男生响应起身，江现没有自恃身份，自然地跟着站起来。

只是离开前，他有点不放心地看向唐沅："坐着别乱跑。"

她酒劲有点上头，脸颊酡红，重重地点了点头。

女生们聊着天，唐沅摸着自己滚烫的脸颊，此时越发觉得饿，闻见炉子上的香味，她问："那年糕可以吃吗？"

"可以呀。"对面女生说着，立刻有人端起一碟放到桌上，朝她面前推，"这碟不烫了，吃这个。"其他几个边说边忙活，"快快，都弄起来，网上的都快焦了……"

游戏里问了她好多刁钻问题的那个人，游戏外却十分体贴，还不忘帮她拿来两碟蘸酱，甜的和辣的都有。

唐沅偏好咸口，辣椒酱不小心蘸多了，吃了一口差点被呛到，慌忙端起杯子找喝的。对面的人见状拿起玻璃壶给她杯中倒满。她也顾不上是酒还是水，仰头喝下满满一杯。

对面女生看得失笑，忍不住道："这辣椒确实挺辣的，你吃不了就少吃点。"

辣味残余在舌尖，又好吃又呛人。唐沅点点头，却架不住嘴馋，于是就着酒水，吃一口喝一口。

等她吃完两块蘸辣椒的年糕，玻璃壶里的酒也快被她喝得见底。她又尝了一块蘸蜂蜜酱的，感觉饱足，这才停下筷子。

外面突然下起雨，雨滴噼里啪啦落在地上砸出声音。

屋里的人纷纷朝院中看。

“又下雨了？”

“不知道要下多久……”

葱郁青翠的一切开始蒙上一层雾气。

空气闷热，唐沅觉得脸越来越烫，浑身懒怠地靠着墙壁。

其他人的说笑声、壁挂电视的节目声，都成了催眠的背景音。

不一会儿，男生们端着托盘回来，将吃的东西一一在矮几上摆开。

江现坐回原位，见唐沅头靠着墙，脸色比他出去时还红，眸光一顿。

视线扫过桌角的玻璃壶，他眉头微皱：“又喝酒了？”

唐沅抬起脑袋，有点迷瞪，花了好几秒才理解他的意思，迟钝地用两根手指比了个手势：“一点点。”

江现和她挨得近，闻到她身上有一股和甜酒酿混杂的香味。

桌旁肖梁招呼他们俩：“吃东西啊！”

唐沅反应倒快，闻言立刻不甚清明地坐直，摇头：“我不饿，不吃了……”

她声线略低，人好像困得要睡过去。

“我也不饿。”江现看她这副模样，微拧起眉，“你们吃吧，我先带她回去。”

肖梁看了看外头的雨，比刚才下得更大了，担心道：“回山脚下吗？这么大的雨不好下去吧，晚上要不在这儿住？”

江现朝外看了眼，婉拒他的好意：“不了，应该过会儿就会停，等雨停了我们再下去。我先带她去房间里休息一下。”

这里时常有雨，多是一阵一阵下过就停，昨天夜里也下了一两回。

江现扶起唐沅，向众人颔首示意，半搀半抱着她，起身出去。

回到他们之前泡温泉的那间房，江现让她在茶几边靠墙坐着，给她倒了杯水。她喝了小半杯，他去拿抽纸给她擦脸，回来就见她垂着脑袋，醉醺醺一副不高兴的样子。

江现动作顿了下，低声问："怎么了？"

唐沅红着脸颊，耷拉着脑袋拨弄自己的指甲，嘴角向下撇："你凶我……"

他沉默一秒，抿唇："我没有。"

"刚刚在走廊……你不跟我讲话，还想骂我……"唐沅撇了撇嘴，含混不清的声音委屈巴巴，听着可怜极了。

那双眼里水光蒙眬，她不知是醉的还是真有那么难过，一副泫然欲泣的表情："摔倒疼死了……你还嫌我麻烦……"

"我没有嫌你麻烦。"

明白她说的是她泡完温泉后的事，江现沉下声，微微叹了口气。

她已经不清醒，他却还是耐着性子尝试和一个喝醉的人讲道理："泡温泉的那间房子很小，你把排气扇关了，没有别的通风口。今天如果我不在，你怎么办？"

她晕过去那会儿，他确实是有点生气的。

今天还好她起来得及时，倒在了门口。如果她摔在里面，他没听见，又或是她干脆就晕在池子里，又该如何？

他这么一说，唐沅像是听懂了又像是没听懂，瞥了他一眼，轻轻抠着自己的指甲不说话。

知道她关排气扇肯定不是故意的，江现语气无奈："凡事仔细一点，不要那么马虎，出了问题不是闹着玩的，知道吗？"

她不说知道也不说不知道，垂着头不吭声，好半天没动，眼半睁半闭，像是睡着了。

江现见她困得不行，伸手刚要扶她，唐沅的脑袋忽然往他怀里撞。

他僵了一下，搂住她的后背。

唐沅靠在他的肩头，脸颊贴着他蹭了蹭，似乎在找寻舒服的位置。

江现收拢手臂，垂眼问："困了？"

她很迟钝地点了下头。

江现声线沉了几分："睡我怀里？"

唐沅靠着他的肩，目光蒙眬呆呆地看他，好半天，又点了下头。

他沉默一会儿，又问："晚上呢？"他声音缓缓，"也睡我怀里？"

她这次呆得有点久，但仍然点头，仿佛只会这一种反应。

江现觉得自己好像有点问题，怀里的人分明不清醒，可他还是问，还是和她对话。她的回答和反应也不能作数，他却控制不住地想听。

手在她发丝上摩挲片刻，他喉咙动了动，搂着她的腰一把将人抱起，让她分开腿跨坐在自己身上。她软软地向前倚到他怀里，晚上睡觉的时候他从后抱过她不止一次，可她这样正面朝向他，感觉又不一样。

怀里的人像个小火炉，枕着他的肩，气息呼在他的脖颈上。江现搂着她，视线微垂，她离得如此近，细嫩白皙的皮肤透着潮红，唇瓣嫣红如血。

唐沅动了动脑袋，快要合上的眼睛又微微睁开。

江现盯着她看，忽地想起玩游戏时的那个问题，视线不放过她脸颊的每一寸肌肤，喉结滑动："趁我睡着的时候偷亲我？"

她眼神迷蒙，太过迟钝，对他的问话无法做出反应。

"没亲到是不是不算数？"江现眉头轻挑，用之前其他人说的话追问她。

对这一句，她终于有了反应，满脸酡红，十几秒后迟缓地点了下头。

她真的醉得厉害。江现手臂用力搂紧她，她没有一点反应。他眸光深沉地低下头靠近，鼻尖抵着她的鼻尖，睫毛蹭着睫毛，嗅着她甜腻撩人的味道，就这样停了好几秒。

喉头干涩，他的呼吸变得粗重，而后，唇瓣覆上她的唇瓣。

触感温热柔软。

这一刻，他和她的呼吸真正交融。

脑海里最后的理智控制着，片刻后，江现强忍着结束这个轻触的吻。鼻尖蹭着她的脸颊，唇瓣变得更热，他艰难地咽了咽口水，连自己都听出了声音里的喑哑。

“现在，算数了。”

Chapter 2

第2章

Why are you so late

唐沅在江现怀里睡得不是很安稳，许久后，似是渴了，她迷瞪着嘟囔了一声："水……"

江现听见，低头："嗯？"

他把她放到桌边靠着，起身去给她倒温水。

水端来，她已经趴在桌上重新睡了过去。江现叫了几声都没反应，不想吵醒她，于是拿出房间里备着的毯子，披在她身上。

外头的雨渐小，他坐在唐沅身边守着，直至雨停，才温声叫她："唐沅？回去了。"

唐沅蒙胧地睁开眼，脸没那么红了，但还是热，半梦半醒地被他扶着起身。

"能走吗？"

她听见他的问话，思绪却跟不上，只晓得点头。

江现牵着她到门口，向老板告辞。

刚下过大雨，观光车轮胎容易打滑，天色又黑，下去的路不是太远，十分钟就能走到，他便决定步行。

唐沅还没睡醒，过门槛时脚下一绊差点摔倒。江现连忙拦腰抱住她，立刻打消了让她也走路的念头。

在门前背起她，感觉背上的人用脸蹭了蹭他的脖颈，很快就不动了。

下山的路好走，唐沅双手环着他的脖子睡得安详，江现步伐稳健，稳稳地托着她的腿。

道旁幽静，只有路灯无声地亮着。

走到一半，她似是有点睡醒了，在他背上嘟囔着问："回家吗……"

"嗯。"江现朝她看了一眼，"困的话继续睡，等会儿就到了。"

"脸好烫哦……"

她声音低微，还有些微含糊。

江现感受到那股贴着他皮肤的热意，轻轻"嗯"了一声。

她的语调因醉意和困倦变得缓慢，仿佛睡梦间的呓语："酒不好喝……"

他迈着步子，温和地应声："那下次别喝了。"

唐沅好一会儿没出声，快到山脚下，忽然又开口："刚才玩游戏……你想问我什么……"

她说的刚才，都已经过去好久。

江现沉默了一下，说："没什么。"

她咕哝一声"骗人"，随后哼哼唧唧，说得不是很清楚，好半晌才重复一遍："想问什么……"

渐低的声音落进了雨后的泥沙里。

江现背着她向前走，踩在沙砾上的脚步声轻微，在这寂静的夜里格外明显。

青草味、泥土味，漫山遍野都是破开闷热的清新。

雨冲刷过的一切，像是被拂去灰尘，统统变得明晰。

路上没有行人，或许是四周太过安静，他能听见自己有力的心跳声和喉间轻咽的声响。

好几步后他才开口。

“唐沅。”

沙砾声响了一下。

“你……”他低垂着眼，视线落在地上，一字一顿的声音轻得小心翼翼，“喜欢我吗？”

……

背上的人久久没有回应。

江现身体发僵，等了好几秒，侧眸看去才发现，唐沅闭着眼脸颊贴着他的肩颈，呼吸和缓绵长，已经重新睡了过去。

他眨了下眼，缓缓收回视线，沉默地背着她继续向前。

余下的路他没再出声。

到家，外婆早已睡下，江现在山上等雨停时给她们打过电话，进门没有太大动静。他背着唐沅上楼，阿姨没睡一直在等，从房里出来忙前忙后给他搭手。

江现说没事：“您回去睡吧。”

阿姨帮他把唐沅扶到床上躺好，便没再多打扰，叮嘱他有什么事就叫自己，随后披着外衣回房了。

空调开启，江现给唐沅盖好薄被，见她睡得安稳，便自行去浴室洗漱。

等唐沅迷迷瞪瞪醒来，已是快一个小时后。

她翻了几个身，朝向他那边，稍微清醒了点，揉着眼睛昏昏沉沉地看向他。

江现换了睡衣靠坐在床头，正就着不太亮的灯夜读，听见动静合上书本，看着她：“醒了？”

她眼睛半眯半睁，脑袋有点蒙：“我睡了多久？几点了？”

“两个小时吧。”江现拿起手机看时间，告诉她。

唐沅愣了愣，随后舒了口气，闭上眼贴着枕头轻蹭。

果然睡了好久。

中间的事她完全没有印象，只记得在山上玩游戏，喝了点酒，后来吃年糕又喝了几杯。再往后就不太清楚了，隐隐约约残存些许他背她下山的记忆。

身上的衣服没换，除了酒后的闷热，没有别的不对。唐沅想了一会儿实在想不起来中间发生的事，皱眉担忧：“我是不是醉得很厉害？没有做什么很丢脸的事吧？”

她对自己的酒品不太自信，不由得头疼：“我酒量是真的不太好……”

她这回终于松口承认，不再说什么“还行”。

“以前每次朋友生日或者别的聚会，我喝果酒饮料也能上头，江盈他们都说我醉了很烦人。有两回蓝默被我摁着喂纸，吃得一嘴都是，后来看到我脸红就开始躲……”

她嘴里嘟囔，说起以前喝醉的事情，自己都很无奈。

江现就那么盯着她，有一会儿没说话。

“每次”“都说”“有两回”“后来”？

听起来，次数还不少。

“你没做什么丢脸的事。”他缓缓回答，平静的语气里听不出情绪。

唐沅松了口气：“那就……”

“不过……”

他把合上的书往旁边床头柜上一放。

唐沅愣了愣，还没等她问“不过什么”，江现忽然侧身朝她靠近。她下意识想要退后，他伸手抚到她脑后，挡住她的动作。

下一秒，气息侵袭而来，温热的唇瓣落在了她唇上。

唐沅霎时愣住，眼瞬间睁大，愣怔地看着近在咫尺的他，脑海里“轰隆”一声，脸迅速涨红。

很轻很轻的一个吻，两秒时间他便退去，却并没有退开太多，只拉开一点点距离，依然能感觉到彼此的呼吸。

“像这样。”江现枕在枕头上，眸光深沉，一瞬不移地看着她说，“我亲了你很多遍，你一点反应也没有。”

唐沅僵滞着，耳根通红，大脑无法分辨他说的到底是真是假。像是假话，偏偏他的表情又一本正经。

她热着脸嗫嚅半晌才发出声音：“你……”

“下次还要不要喝醉，”江现直直朝向她的目光更加幽深，低哑的声音里多了几分危险的意味，“你自己考虑清楚。”

唐沅忘了自己是怎么洗漱完又是怎么躺下睡着的，一夜过去，第二天起来在楼下见到江现，那种不自在的感觉立刻又浮现。

她有意不往他面前晃，饭后陪外婆看了一会儿电视，他却忽然坐过来，像嫌不够近似的，还贴在她身边。

为了不打搅外婆看节目，唐沅忍着没说话，其间感觉他的手臂隐约碰到她，背脊不由得绷紧。

正巧阿姨准备做红豆饼当茶点，家里红豆剩下不多，她连忙自告奋勇地站起：“我去买。”

小店就在街前面，距离不远。

江现瞥她一眼，跟着起身：“我陪你。”

她伸手示意不用：“我自己去！”说完也不等他，一个人走得飞快。

离开家好一段路，唐沅才舒了口气。

她摸摸脸颊，自己都说不上为什么发热。

都怪江现。

脑中浮现昨晚他凑近亲的场景，是温热的、柔软的触感，呼吸也……

察觉思绪走远，唐沅慌忙回过神甩了甩头，把脑子里那些乱七八糟的东西抛开。

不一会儿到了最近的小店，柜台后是个壮实的年轻人，不知是老板还是老板的儿子，看着跟昨天的肖梁他们差不多大。

唐沅走近货架，转了一圈，见干货都堆在墙角的白色蛇皮袋里，从一旁扯下个塑料袋走过去。

“你要称多少？我帮你装吧。”颇有老板架势的男人说着就要走出来。

唐沅婉拒：“没关系，我自己称就行。”

她谢过他的好意，没看见铲子，正找着，男人忙不迭翻出来拿给她。

唐沅装了一袋红豆，分量足够，多余的下次还能用。她拿到柜台，男人看她一眼，忽地问：“你是江现的老婆吗？”

她顿了一下：“呃……”

这话她一时不知该怎么接。

他们还没结婚，但快订婚了，说是又不对，说不是好像又是那么个意思。

大概意识到自己的话不太讲究，男人马上补充：“不好意思，是那什么……未婚妻？我听说你们订婚了。”

快要订婚，这么说勉强算对。唐沅点了下头：“嗯。”

男人笑笑，边给红豆称重边感慨：“时间过得好快，转眼大家就这么大了……”

唐沅挑眉：“你也认识江现？”

“是啊。小时候我们会一块玩，就跟肖梁他们。”他道，“昨天你们去山上了吧？那边好多果树秋天才结果，要是秋天的时候来，有很多品种的果子可以吃。”

唐沅听他的语气，跟肖梁他们似是熟稔，不由得问：“你昨天怎么没一起去玩？”

男人“唉”了一声：“我忙着看店，家里人出去了，人手不够走不开。”

两个人有一句没一句地闲聊，唐沅正要付钱，店里还有另一个在买东西的中年阿姨，听见他们的对话，从货柜间走出来自来熟地接茬：“小郑你还好意思讲！从小就你最皮，小时候还跟人家江现打架，几个人欺负人家一个，却被打得哭天抢地，把街里街坊全惊动了。你妈那个暴脾气哦，不依不饶地追到江现家里管人家外公外婆要说法……”

唐沅抬眸朝柜台里看。

被称作“小郑”的男人脸上闪过一丝不好意思：“那会儿年纪小，做事没分寸。”

“还是人家江现懂事。”阿姨啧声，“后来拎着糕点一家家地送，给邻居街坊道歉。哎，他外公做的芙蓉清凉花糕最好吃了，现在都没人做得出那种味道……”

阿姨拿着两包调味料熟门熟路地掏钱结账，柜台里的小郑接起电话，对着手机那头说起进货的事情。

唐沅便也没再多停留，付完钱拎着红豆走出去。

走出小店没多久，迎面碰见走来的江现。

她停下脚步，眼神闪了一下：“你怎么来了？”

他说：“怕你走丢。”

唐沅撇撇嘴，江现伸手接过她手里那袋红豆。她顿了顿，没拒绝。

出门前的那股别扭感莫名减轻了许多。

两个人并肩一起往家走，唐沅走了几步开口：“小店里的那个老板，还是老板的儿子，他说认识你。”

江现朝她看：“嗯？”他语气平平，“这里不大，住的人基本上都互相认识。”

她有些好奇：“你以前跟他打过架啊？”

他沉默了几秒后承认：“嗯。”

“为什么啊？”唐沅诧异。以他的性格，能跟人打起来，真的让人感觉挺不可思议的。

“那是我快上初三的时候。”

步子慢悠悠地踩在石板地上，江现口吻平和，不带丝毫波动：“外公外婆把我接过来，有次他们几个人叫我去玩，那阵子我总是一个人待着，不想和别人一起，就没理。后来在广场上遇到，他们抢我东西，起了争执就打起来了。”

他说得平静，但唐沅知道肯定不止如此，沉默了几秒：“那后来呢？”

那个阿姨说，他一家家送糕点道歉。

“那几个小孩的家长到家里找外公外婆，吵了一两天。后来……”他缓缓道，“正好是过节，邻居之间会互相送吃的，我帮外公去送糕点，道了个歉，事情就过去了。”

那个时候他妈妈应该已经离世了。

唐沅听他说他总是一个人待着，心里有点不是滋味。

以他的性格，和人起冲突肯定不是他的原因。即使是在那种他可能情绪不对的阶段，她依然觉得不会是他的问题，至少不是主要问题。

想问他为什么道歉，可话到嘴边她最后还是咽了回去。

他说得含混不清，或许也是不想提。

唐沅垂眼，低声转移话题：“他们说……外公做的糕点很好吃。”

江现“嗯”了一声：“花期的时候，这里很多人会摘花做糕点或者煮粥，外公做的芙蓉清凉花糕特别好吃，别人家都只放芙蓉，后来也学着加薄荷，可都没有外公做得好。”

他们说着，快到家门口，一群小男孩小女孩追逐跑过。

有个扎双辫子的小女孩手里拿着一块白色的糕点，中间似有颜色鲜艳的馅。

唐沅瞧见，问：“是那个吗？”

江现看了一眼：“差不多。”

“什么味道啊？”她十分好奇。

“甜的。但不是很甜，有芙蓉的香味，主要是口感……”江现说着，大概是想起外公，嘴角轻轻地勾了勾，“我也很久没尝过那种味道了。那次外公做的糕点我全都送出去了，一个没留。之后也没机会再吃他做的。”

唐沅沉默了一下，问：“外婆不会做吗？家里的阿姨呢？”

他微微摇头，行至门边，敛了神色不再多言，提醒她注意脚下：“门槛。”

阿姨正等着他们买东西回来，接过袋子便一头扎进厨房去煮红豆。唐沅好奇做法，也跟着到厨房里凑热闹。

外婆到点该睡午觉了，江现扶她上楼，安顿好老人家，下来后却不见唐沅身影。

阿姨在灶前煮着红豆，听他问，回头道：“哦，她说有事，出去一下就回来。”

江现闻言，朝大门的方向看了看，便没去找她。

阿姨们这些天预备给外婆做个花枕，院中的笸箩里晒着满满的芙蓉花，都是趁开得正盛时摘下，清洗过一遍，已经干得差不多。

江现在光秃秃已经不结果的树前坐下，垂眸安静地帮着挑拣，将烂了或是变色的花瓣筛去。

好半天，唐沅都没回来。

她去得有些久了，江现看看天色，正想给她打电话，外头传来一阵脚步声，由远至近，听起来有几分欢欣。

下一秒，唐沅出现在眼前。

见他坐在树下，她眸光顿了一霎，随即提步朝他跑来。

她在他面前蹲下：“你在弄什么？”

江现柔声说：“阿姨们晒的花，给外婆做枕头。”

他刚要问她去哪儿了，就见她点点头，拎起手中的塑料袋：“看。”

袋里是几块冒着热气的白色芙蓉花糕，内里的馅隐隐透出略深的鲜艳颜色。

江现一顿，沉默了一下：“哪儿来的？”

"去找刚才那个小女孩，到她家问她妈妈要的。"唐沅不好意思地咳了声，"我要给钱，阿姨不肯收，我就只好带那个小女孩到前面的小店挑了个玩具，耽误了一会儿。"

她说着，兴冲冲地把手里的东西递给他："你尝一下，看看好不好吃。这是刚蒸好出锅的！"

她的表情格外生动，眼里闪闪发着光一般。

江现的视线停在她脸上，有那么刹那像是回不了神。

温热的花糕放到他手中，香味隐约，他感受着花糕的温度，低声问："你给人家买了什么玩具？"

"洋娃娃啊。她可喜欢了，抱着开心了一路。"唐沅说完，催促他，"快尝尝。"

一袋有好几块，江现打开束口，先拿起一块给她。

她还挺好奇味道的，接过尝了尝，微微挑眉。

口感确实不错。

江现没急着吃，喉咙微动，悠悠地问："怎么突然跑去跟不认识的人开口？"

她虽然并不怕生，却也不是那么自来熟的性子。

"你不是说没吃到嘛。"唐沅答得小声，眼神闪了闪，咽下一口，轻声说，"那家阿姨挺好的，我说完她就答应了，也没太尴尬。"

她说话声音很轻，蹲在他面前小口吃着花糕，垂在肩头的发丝被风轻轻吹动。

他鼻端嗅到的似乎是花糕的味道，又似乎是她的香味。

厨房里，阿姨把红豆煮得差不多了，听见院子里说话的动静，探出身子叫她："你已经回来啦？不是说要跟我学着做嘛，快来哦……"

唐沅闻声飞快地应声："来了来了！"

她把手里的糕点两口吃完，又叮嘱江现："趁热吃。"

言毕，她忙不迭起身跑过去。

江现看着她进了厨房，垂下眼，从掌中托着的糕点里拈起一块送到唇齿间。

口感软糯，甜得恰到好处，是从馅中沁出的芙蓉花的味道。

和外公做的花糕很像。

院子里寂静，江现无声地咽下。

那一年，他沉浸在母亲离开的痛苦之中，对外公外婆的关心置之不理，一个人在那个失去人气的家里浑浑噩噩地过了很久。

放假的时候被接来这里，他也依然躲在自己的世界，丝毫不理会外界。谁来找他，他都不愿意搭理，总是一个人待着看书，或是发呆。

周围的邻居背地里都在议论，聊他妈妈离开的事情，“听说是因为他才发生事故走了”，这样的内容成了他们私下的谈资。

那天那个叫小郑的男生和其他几个人来约他去玩，他冷着脸拒绝，直接甩开他们回了房。他在房里闷坐好久，傍晚带着一本书去广场上透气，坐在墙根下看了几页又发起呆来。

玩闹回来的小郑几人看见他，凑近了和他说话。

他没吭声，一副爱答不理的样子把那几个人惹恼。

那个年纪火气旺盛，本就最容易冲动，他们的言辞难听起来，不爽地骂：“装什么啊，叫你一直摆个臭脸，市里来的了不起？看不起谁呢，在这摆架子……”

他懒得理会，起身要走却被拦住。闹着闹着，莫名就演变成了推搡，他们推得他踉跄，不知是谁，把他的书抢走扔到了一旁。

那一刻，脑子里好像有什么东西，突然就断了线。

他妈妈特别喜欢给他买书，家里的书架上都是。他看完了很多，有一些还没来得及看。

那些东西成了他最后的精神支柱，来外公外婆家，除了随身行李他什么也没带，只带了那几本书。

他当时的表情很难看，大概也很吓人。脚踩在书封上的小郑明显愣了一下，下一秒就被忽然发疯一样的他掐住脖子，摁在地上。

他的拳头又凶又急，周围几个人从惊吓中反应过来，忙去拉他。

小郑被打得流鼻血，他完全失去理智，掐着小郑的脖子疯魔一般拖了几步，摁进旁边的公用小水池里。

其他人一直拉扯他，试图让他松手。过了好久他才被拉开，小郑的脑袋在水池里起起伏伏，呛了不少水，最后半身湿漉漉地跌坐在地上大喘气，吓得边喘边号哭。

池子里混着小郑的鼻血，丝丝缕缕散开。

被惊动的大人们赶来，吵吵闹闹，挤了很多的人。

他捡起书拨开人群就走，小郑的妈妈揪着他的衣袖要他给个交代，他手一挥用力推开，头也没回。

那些人找来家里闹了很久，他待在屋子里，听见外头吵吵闹闹。连续两天，小郑的妈妈来找他们要说法，和外公外婆吵架，嗓门震天响，不依不饶。

周围的邻居们因为这件事觉得他吓人，附近的小孩从几岁到十几岁，似乎都被叮嘱了离他远一点。

而小郑妈妈没有讨到说法，每天都在家门口骂。

外公外婆什么也没跟他说。

他以为他们会对自己说点什么，然而那天的饭桌上，他们只是如常做了他喜欢吃的菜，开着电视和他聊天。

尽管他不吭声，也不愿意接话，他们还是像以前他妈妈在的时候，像他来这里的每一年一样，和他说些零碎的闲事，用温言软语填满他的日常。

是后来，又过了一两天的时候。

他去镇上唯一的图书馆做作业回来，经过一户邻居家，门前有两个阿姨在说话。他径直走过的时候，其中一个阿姨忽然叫住他，给他拿了一份自家刚炸的麻花，让他带回去吃。

他面无表情地低声道了谢，提步走开。

没几步转过拐角，他想起练习册落在图书馆，便倒回去拿。还没走出拐弯处，他又听见那两个阿姨在说话。

另一个阿姨问为什么要给他拿吃的，拦住他的那个阿姨回答：“你以为我喜欢啊？还不是可怜老头老太太，一把年纪了，儿子媳妇不在身边，女儿又没了，还要操心外孙。”

她叹气说：“你是不知道，两个老人这几天到处赔罪，周围的人家都不让小孩跟他家外孙玩。他们俩那么大岁数了，一家家去拜托人家让那些小孩跟他外孙做伴。昨天来了我们家，我看了是真的有点不忍心……”

阿姨带着口音的话语，字字清晰。

他一瞬间僵在原地，没迈出的短短距离，忽然犹如千万里远。

她们之后又说起别的，他没听清，只记得自己站了很久，最后也没回去拿练习册，步子滞重地回了家。

外公外婆依旧没有和他说什么，在拐角听见的那些话，好像只是他的幻觉。他们不露半点情绪，更不曾责怪过他一句。

只说要给他做花糕，再过几天摘下院子里的果子，做成酱，另一些晒成果脯，等过节在院子里支一张桌子，做一桌好吃的，三个人一起吃。

晚饭后，他回到房间，外公在外面忙着做芙蓉清凉花糕，他关着灯，在黑漆漆的屋子里，把薄被拉到了头顶。

月光从窗户照进来，院子里外公外婆说话的声音很轻，他用手臂挡住眼睛，温热的液体源源不断沿着眼角淌下。

那是妈妈离开以后，他第一次，痛快地哭出来。

第二天一切如常。

外公将花糕做完晾在盒子里，邻里之间都在互送食物，唯独他们家门前静悄悄，没有一个人造访。

傍晚时分，太阳下山以后，他拎着食盒独自出了门。

青石板长街，一家一户，他一间间去敲门，送出分装好的花糕，一遍遍地说："前几天打架是我不懂事，以后不会了，我外公种的树结了果子，有空来我们家摘。"

到了小郑家，小郑妈妈拿着他递过去的一盒糕点，怒气冲冲地手叉着腰叱骂。

她说了很多又好像什么都没说，他安静地听着，没有反驳一句，也没有半点怨言，平静地道了一遍又一遍歉。

大概就是从那天开始，他又变回了所有人口中样样出色的优等生。考试永远第一，比赛奖项拿到手软，对老师长辈温和礼貌，安静又沉稳。

镇上的所有人都不再记得水池边的那一幕，很久以后小郑跟他道了歉，连小郑妈妈看到他也说不出不好的话，每个人提到他，无一不是好话。

夸赞、欣赏、喜爱，那样多。

可他却只记得，挨家挨户送完花糕，拎着空食盒走回家的那晚。

天特别黑，外公外婆站在门口，壁上的灯光线幽微。

他们就在灯下等着他。

他是从那个时候才重新回到了人间。

重新作为一个必须要活下去的人，好好地活着。

那一刻无法形容，但在多年以后的这个瞬间，他似乎又体会到了类似的感觉。

嘴里这块只有芙蓉花馅没有薄荷的花糕，和外公做的那么不一样，却让他觉得，好像就是这个味道。

是唐沅为了他，特意去陌生人家要来的点心。

是好多年前，他没有吃到的那一份。

就该是这样。

说笑的声音从厨房里传来，唐沅拿着小盆子跑出来，到另一边的树下摘花，一边摘一边回头冲里面喊："阿姨，摘多少啊——"

里头忙碌的阿姨说要半盆，应和的声音中气十足。

江现拿着花糕看向她。

院子里热闹如常，午后的光暖融融地照在她身上。

她察觉到他的视线，转过头："看什么？"又问他，"不好吃吗？"

他坐在这边的树下，缓缓勾起嘴角："没有，很好吃。"

唐沅皱了皱眉，不再看他。树上吹落的花瓣落了两片在她发间，不远的院墙外，金黄的光晕作衬托，她在风里明净又清澈。

江现静静地看着她的方向，忽然明白了拎着空食盒走回家的那晚，没能完全想明白的事。

一条路，只有这么长。

就向前走吧。

该走向你爱的人了。

芙花镇的七夕很热闹，光是听描述，就能想象到灯火璀璨花枝烂漫的模样。

唐沅和江现却没法待到那天，他们从浒城出来已经够久，在外婆这儿又住了有一阵子，该到启程回去的时候。

第二天就要离开，这趟出行的最后一日，连天气都格外配合，晴空万里不见一丝阴云。

外婆很是不舍，午饭后拉着唐沅的手不住念叨："七夕就快到了，怎么这么着急走，不多待两天……"

唐沅是真想留下多陪陪她，无奈盛江还有一堆事情等着江现处理。在芙花镇的这段时间，他几乎没怎么看手机，只在睡前看看助理们的汇报，怕是耽搁了不少事情。

外婆体恤江现辛苦，舍不得归舍不得，并没有真的强行留下他们，只是叮嘱阿姨们多做些菜。晚饭的菜单加了又加，要不是唐沅拦着，阿姨甚至要跑去市场再买几筐回来。

午后，外婆照例上楼小憩。

江现在院子里接助理的电话，唐沅和许久不见的江蔓蔓在微信上聊起来。

他们离开浒城已经好一段时间，江蔓蔓的夏令营结束，他们俩都不在公寓，她索性拎着行李回了自己家。

她妈妈给她请了阿姨，一日三餐和卫生都有人做，她在假期里交到了好朋友，带着新近熟起来的两个女同学天天在家撒欢。

在视频里和唐沅汇报完近况，江蔓蔓问："你们什么时候回来啊？"

"明天就回。"唐沅说，"干什么，想我了？"

江蔓蔓撇嘴："还好吧……就一点点。"她不好意思地说着，又道，"等你和我哥回来，我请你们吃饭。"

"你请我们？"

"我压岁钱很多的！"江蔓蔓听出她的质疑，不服气地瞪她一眼，语气很快又低下去，"我妈下个礼拜就回来了。她说她会在家待很久，我可能就不回你们那边了……下个学期，我妈如果不在家，我想搬去学校宿舍住……"

唐沅闻言微诧，江蔓蔓还愿意住宿舍，看来是真的交到朋友了。

她微微挑眉，嘴上却故意捉弄："哦，妈妈回来了，有了新朋友，就不稀罕我和你哥了？"

"不是！"江蔓蔓一下着急起来，"我不是……"

唐沅笑出声："知道啦，逗你玩的。住校就住校吧，有朋友是好事。"

江蔓蔓怕她觉得自己没良心，见她笑嘻嘻半点不生气，这才放下心来，兴高采烈地和她讨论要请他们吃什么。

唐沅陪着闲扯了一会儿，江蔓蔓的两个朋友在房里等，叫了她一声，她们便没再多说，很快挂断电话。

时光静好悠闲，唐沅和阿姨学着做香包，傍晚又跟进厨房，帮忙洗菜择菜。

满满一桌菜全是他们俩喜欢吃的，饭毕，江现把手机调成静音，和唐沅一起陪外婆聊了很久的天。

而后他们俩又趁着夜色出去逛了一会儿，夏夜凉爽，他们并肩在石板路上漫步，从路边的野花杂草说到天上的星点月光，逛了一大圈才回来。

外婆坐在厅里的摇椅上看节目，他们陪着待了一会儿，老人家渐渐困倦，被劝了几遍才上楼休息。

他们俩回到房中时，夜已经深了。

唐沅先洗漱躺下，江现很快也从浴室出来。

他身上带着些许清爽的气息，一躺下，床铺微微陷下去。

床头灯幽微，谁都没说话。

这是最后一天晚上，回去后他们俩便各有各的起居空间。

唐沅忽然有点恍惚，从济城到芙花镇，这些日子，似乎都快要习惯和他睡在一张床上了。

她对着天花板看了看，无声舒了口气，转过身找了个习惯的姿势，背对着他。

她正要闭眼酝酿睡意，身后有热源忽然靠来。

江现凑近抱住了她。

唐沅僵了一下。

他们都是很清醒的状态，没有淋雨生病，也没有喝酒，被他从后环着，他的体温和肢体触感格外清晰。

她动了动唇，想说话，又没出声。

安静了几秒，还是江现在她身后先开口："唐沅。"

她咽了下口水："干什么？"

"转过来。"

她抿唇，脸热了一霎。

江现声音平和，嗓音却比白日里低些："我怕你掉下去。"

"我不会掉下去。"唐沅耳根开始发烫，沉默了一下说，"你退回去一点，很热。”

他没动，更没松手：“开了冷气，等一会儿就不热了。”

“……”

唐沅僵着身子不动，被他身上的热意包围，只觉得后脖颈一阵阵发麻。

静谧间，江现的声音缓缓响起：“你不肯转过来，是害怕正面对着我？”

“我没有。”她背脊微僵，不肯承认，“有什么好怕的……”

他没说话。

四周蓦地又安静下来。

两个人的呼吸低低起伏一阵。

江现手臂微动，揽了揽她：“你转过来，我什么都不做。”

这带点说不清意味的一句话，让她耳根更烫。热意蹿上脸颊，她闭了闭眼，呼吸沉了几分。

他好似还嫌不够，手臂收得更紧了，气息也挨近她的脸：“我保证……嗯？”

唐沅红着脸没吭声，僵滞好半晌才出声：“你别勒我了……”她推了推他的手腕，缓慢地转过身面对他。

正面被他拥在怀里，她不敢抬头，视线停在他脖颈处，看着他的喉结上下滑动。

她心中有种说不清的紧张。

他的气息很近，就在她头顶，他们之间贴得太近，她又热又不自在。

不只呼吸低沉，身体更有几分灼热。

才几秒，唐沅便有些撑不住：“太热了，你……”

她抬起手推他的胸膛，还未用力，也没将话说完，江现就低下头朝她亲来。她一僵，大脑宕机反应不及，被他翻身压住，猛然涨红了脸。

热意包围而来，他没了往常的平和，急躁又热切。她的手抵着他的肩，和之前有过的触碰不一样，牙关被撬开，她来不及做出更多反应，被他亲得头昏脑涨。

好一会儿他才停下，唐沅微启唇喘气，推着他的手失力，脸上羞恼：“你……”

“马上就要订婚了，年内大概就会结婚，可是到现在，我们好像都没有互相进一步了解过。”江现呼吸不稳，看着她眸光深沉，“亲一下，不过分吧？”

唐沅整个人都烫起来，脸红透了，憋了半天才挤出一句：“你……你别盯着我！”

他岿然不动，偏要盯着，甚至直视她问：“为什么不看我？”

唐沅微侧着头，眼睫颤动，视线偏移落向别处，更加不看他，手越发用力试图推开他。

江现盯着她，唇瓣和她的一样，有些红：“你这么不好意思，结了婚以后住到一起，生小孩怎么办？”

唐沅不是第一次听他说这个，推不动他，羞愤地瞪了他一眼，微微咬牙：“你就这么想要小孩？”

“倒也不是。”

江现喉咙轻咽，嘴角似乎很淡地勾了一瞬，声音低哑道：“要不要小孩不重要，要小孩的过程比较重要。”

脑子里“轰”的一声，唐沅的脖颈飞快蹿起一股热意，她被他桎梏着动弹不得，脸更红了几分：“江现，你别闹……”

他低下头，埋首在她脖颈，轻嗅了一会儿，呼吸缓缓掠过她的脖颈、脸颊，描摹她的耳郭，带起一阵一阵说不清的感觉：“我没闹。”

热得过分的气息停在她耳边。

“我真的什么都不做。”他说，“就亲一会儿，行不行？”

那双看着她的眼睛眸光深沉，唐沅脸涨得通红，半晌说不出话来。

“你不说话，我就当你同意了。”他低低的声线，灼热而沙哑。

江现同学：

你好。

我是唐沅。

这次写信给你，有很多话想对你说，但突然又不知道该从哪里说起。

首先很抱歉，前段时间在走廊上让你听到了那些话，我没有别的意思，希望你不要误会。我对你没有恶感，也不是真的想捉弄你，只是有时候不知道该怎么表达。

还记得我们第一次见面的时候，那是暑假，那时我在你们家等江盈，没想到你突然回来了。我到现在都还记得那天的场景，真的很难忘。现在我们是同一个学校的同学，周围关于我的那些言论不知道你听到了多少。估计在很多人眼里，我也没有什么好形象。最近因为我，连你也被推到了风口浪尖，给你带来这些麻烦，我很过意不去。

不管你信不信，其实我也不想用这种方式被你认识，不想以这种姿态和你的名字联系在一起。

……

唐沅

她没来得及回答，吻又一次落下。

夜太静了，从未如此死寂，像有细微的声音在过分干燥的空气里被掰碎拉长。

心仿佛要从胸腔跳出来，大脑昏沉，眩晕地坠下去，在这夜里几近融化。

她没法思考，身体轻飘飘的，有些失重。

一切都变得不真实。

从被动，渐渐到下意识回应，似乎过了很久，唐沅自己也记不得，抵在他肩膀的手何时环住了他的脖颈。

床头昏暗的灯一圈圈泛着光晕，把人照得神志不清。温度贴合，意识蒙眬，只有源源不断的，汹涌的脉搏。

在这寂静无声的夜里，他们没有休止般，不知疲倦地亲了很久。

睁开眼对上江现的胸膛，唐沅的大脑迟钝了几秒。

他已经醒了，手环在她腰上，略沙哑的声音从她头顶传来："早。"

耳根迟缓地烧起来，唐沅慌忙推开他，从他怀里出来，下地穿起拖鞋便立刻局促地朝浴室走："我去洗漱！"

江现倒没拦着不放。

注定又是别扭和尴尬并存的一天。

江现还好，一派镇定，除了眼神总是长时间停留在唐沅身上，神色如常，没有丝毫异样。

唐沅一看见他就想起前一天夜里和他亲得难舍难分的画面，不得不随时用头发挡住频频发热的耳根。

他们下午才返程，阿姨们早上便开始忙前忙后，给他们准备带回去的东西。

唐沅在厨房帮忙打了一会儿下手，又出来陪外婆。江现逐渐恢复工作状态，坐在旁边用手机处理公事，不时抬眸看向她。

她走动之间，眼神一和他对上，彼此视线就有刹那的停顿。她倒也没完全躲开，总有那么几秒和他接触，过一会儿，又像吃不够“亏”一样，忍不住又朝那边看去。

谁都没言语，他们就这么在旁人看不出的某种气氛中度过了一整个上午。

吃过午饭，临走前他们去给江现外公上香。

外公的照片供在左侧廊下的一间小屋里，外婆平时没事的时候，常常会在这间屋子里待着，或是擦擦相框，又或是摆一摆供奉的水果。

他们到的第一天，唐沅就跟着江现一起来祭拜过。在已故的长辈面前，她收起了自己那点小情绪，和江现并排上了几炷香。

江现似是有话要和外公说，唐沅没打扰，给他留下空间，低声道：“我出去等你。”

他点点头，没说别的。

门轻轻在他背后掩上，大半光源被隔绝，屋子里暗下来。

墙上只开了一扇窗，这里的朝向不是太好，一向照不进太多的光亮。

江现站在柜前，静静地看了一会儿照片里定格的熟悉面容。

“这次就不多待了。”他沉默了好一会儿，缓缓出声，“您别生气。”

窗外传来几声清灵的鸟叫，衬得屋里十分寂静。

盘子里垒在一起的橘子歪了，他伸出手细致地摆正，而后忽地问：“我带她回来了，您喜欢她吗？”

照片里慈祥的面容不会答复他。

江现轻轻笑了一下，声音低沉地说：“我很喜欢。”

又是漫长的沉默。

他面容平静，喉咙却轻轻地哽了哽：“今年的芙蓉花开得很好，我吃到了花糕，跟您做的味道好像差不多。”他又说，“您不用担心我。我挺好的，有在好好地生活。”

幽暗的小房间里，燃着的线香的味道隐隐约约，带着点禅意，将静谧的时间无声泯没。

江现站在灰色的遗像面前，抬手拂去相框边沿沾上的香灰，对着照片里的人轻声道："我跟我妈说了，这次也告诉您一声，我们快结婚了。"

外头日光正好。

烈烈炎夏，草郁花浓，唐沅在院子里等着他。树上枝叶飒飒作响，清脆的鸟叫声夹杂其间，婉转悠扬。

如此平常，又珍贵的一天。

他认真地说："我要结婚了，外公。"

像每一个认真和至亲分享喜悦的人一样。

江现抿起嘴角，垂下眼哽咽地笑了笑，声音缓慢而温柔。

"是和我，喜欢的人呢。"

下午一点过半，司机把车停在门口。

外婆塞了好多阿姨们做的点心和小菜让他们带回去，送他们上车时还握着唐沅的手，不住地说着让她下次再来。

唐沅连连答应，和江现坐到后座。车开出去，她仍回头看了好几遍。

艳丽的小镇很快远去不见。

车绕过济城周边，开上通往浒城的高速公路。

大概是因为离别，唐沅情绪不太好。

她在车上本就容易犯困，闭目休息了很久，直到快到浒城时才恢复精神。

进入市区后，景致渐渐变得熟悉。

已是傍晚，天边晚霞火红，车经过一片旧城区，唐沅见摊贩们推着干净的车在路边卖小吃，不由得坐直了身子。

她在芙花镇尝过花糕，十分喜欢，看着路边走过的人手里拿的糕点，视线也跟着转。

一旁的江现瞥见，温声说："想吃到家让人买了尝尝。"

唐沅顿了顿，侧头看他一眼，和他视线相对一瞬，又飞快移开。

之前他专心在手机上处理公事，她兀自睡得沉，一路相安无事。这会儿打破寂静，前一晚的景象立刻又在她脑海里涌现。

唐沅不想把不自在表现得太明显，佯装镇定地看向窗外，然后便刻意不再看他。

车静静地向前开。

他的视线一直停在她身上，唐沅察觉到，越发盯着窗外看。没等她想好怎么将那股别扭掩饰下去，他忽地出声："唐沅。"

她顿了顿，很慢很慢地转了点头："干吗？"

江现背靠着车座，莫名有种矜贵的清冷气质，然而直直看着她的幽深眸子里，却似是带着几分丝毫不加以遮掩的薄欲。

他缓慢地轻声问："回去以后，要不要睡我的房间？"

Chapter 3

第3章

Why are you so late

唐沅被他的问题问得蒙了一瞬，回过神来，背脊霎时绷紧，脸上升起一丝热意，有点说不出话：“你……”

江现看着她局促起来的表情，平静地眨眼，语气一派自若：“我怎么？”

他端坐着，好似还嫌刚刚那话不够，又说了一遍：“我认真的，你要不要考虑一下？”

唐沅视线飘忽，又有点紧张，开始装糊涂：“我干吗住你的房间？”

江现悠悠道：“两个人一起，方便。”

唐沅不敢去细想到底方便什么，刻意忽略他的后半句，喉咙轻咽：“两个人……两个人住，容易妨碍到对方，睡觉还伸展不开……”

“家里的卧室够大。”江现一本正经答她的话，“我那间更是，床很宽大，不会不好睡。”

“我的作息和生活习惯不好，怕影响你……”

江现将她闪躲的表情尽收眼底，岿然不动：“不会，我觉得很好。”

她还在试图找话：“我睡相差……”

他眸光深邃，语调放慢，一字一顿道：“这几天，也不是没一起睡过。”

唐沅哑口无言，一时间想不到还能扯什么理由。

倒也不是抗拒这件事，就是有点形容不出的感觉。

这趟出行在外，前后好些天，他们俩确实睡在一张床上，但这是暂时的。

而江现此刻开这个口，性质就完全不一样了。

她如果搬进他房间里，好像就并不只是分享一张床那么简单。

江现见她不说话，沉默片刻，语气不急不缓：“反正迟早要睡一间，早一点也一样。”

唐沅一顿，脸色微赧。

他一副从容不迫的口吻，像是在提醒她，这是一个随时可能到来的“既定事实”。那股陡然提升的真实感，让车里的空气瞬间多了几分热度。

她捋了一下头发，转头看向窗外，半是挑刺半是转移话题：“我……我比较挑。我的床单被套都是我特意选的材质，一直是这种，睡别的不习惯。而且……你房间那么暗，颜色一点也不好看，看久了情绪都会变差。”

江现对她的意见照单全收，反过来征询：“你不喜欢我房间那样，喜欢哪样的？”

唐沅被他盯着，略不自然道：“就……比如我房间那种浅色的呀，颜色顺眼又舒服，还不会太暗……”

她答了几句，从大件数到小件越说越仔细，话里话外都在暗示，她自己一个人住挺好挺习惯。

江现认真听着没插话，直到她的声音停了，等了两秒才缓缓问：“那是不是我把床单被套、房间颜色，全都换成你喜欢的样子，你就考虑搬过来？”

话题莫名又绕回到这里，唐沅被问得一噎。

对上他的视线，她匆匆别开眼，打马虎眼："离订婚结婚不是还有段时间吗？到时候再说嘛……"

越到后面几个字声音越低。

她躲避得太明显，再说下去也说不出什么，无非就是绕圈圈。江现看着她，挑了挑眉，见好就收地没再问。

车子很快开到公寓。

到了家，一进门，玄关处的感应灯随即亮起，淡淡铺下一层灯光。

唐沅穿的鞋不好脱，脚下晃了晃，伸手还没碰到墙，胳膊先被江现托住。起初是扶，随后他便从后面揽上她的腰。

"我自己可以……"她想说能站得稳。

他只是"嗯"了一声，仍旧没松手。

不知是光线问题还是别的，唐沅看着他的脸颊有一刹那恍神。他正触碰的地方，似乎有热度透过衣物传来。

江现察觉到她的目光，侧头看她。对视不过两秒，她连忙敛起眸，扶着他的胳膊穿好拖鞋。

灯光幽幽，空气静谧。

在抑制不住的心跳声中，唐沅快步走开，匆匆扔下一句："如果你把房间换成我喜欢的样子的话，我就考虑搬过去。"

一路劳顿，回到浒城的第一晚，两个人早早就睡下了。

第二天一睁眼，作息调回正轨的江现，在唐沅醒来之前就已经去了公司。她懒懒散散直到日上三竿才起，刚坐到饭桌旁，就收到她姐的消息。

姐：回浒城了没？有空出来吃饭。

唐沅一只手持餐具，小口吃着，一只手打字。

沅不沅：你回来了？

姐：嗯，忙完了，总算可以休息一阵子。

唐沅微微挑眉，告诉她自己在公寓。

沅不沅：我昨天刚回来。

姐：那行，晚上出来吃饭，我订地方，等会儿给你发定位。

那边雷厉风行地敲定了这件事，丝毫不拖泥带水。唐沅早就习惯了她的行事作风，回了个表情也没多说。

没等她放下手机，又收到新消息。

是江现。

她指尖微顿，带着几分疑惑点进去一看，全是链接。

唐沅的问号还没回过去，他很快又发来一句。

江现：这些喜欢吗？

打开第一个链接一看，她愣了一下。

是床单。

后面几个，枕套、被罩、窗帘……无一例外全是卧室用品。

意识到他是什么意思，唐沅瞬间坐直，打字的动作用了点力。

沅不沅：？

江现：不喜欢？

沅不沅：这个点你不是应该在忙吗？

江现：嗯。

还嗯？答得可真不心虚！

唐沅一脑袋问号。

沅不沅：工作时间你能不能认真点？！

江现：刚开完会。

江现：喜欢吗？

又问一遍，还真是锲而不舍。

唐沅平复了心情，手肘撑在桌上，挑剔本能上线。

沅不沅：一般般。

沅不沅：都比较普通。

沅不沅：像第一个，感觉不太对。

故意使坏的劲头上来，她饭也不吃了，放大图片开始全方位找毛病。长串内容发了一句又一句。

最新的一行内容刚编辑到一半，他回了过来。

江现：你不喜欢的话，我重新挑。

唐沅的手指顿了顿。

沅不沅：你挑的？

江现：嗯。

……

这种事，她还以为他会安排助理去做。

动作停了几秒，她将屏划拉几下，点进那几条链接又看了一遍。

好像，也还行。

其实抛开她故意挑刺的成分，这些都是照着她昨天说的标准选的，和她的审美差得并不远。

唐沅眸光微闪，指尖悬在屏幕上方，犹豫许久。

江现那边没再说话，也不知是继续偷闲去挑卧室用品还是正经忙公事去了。

收回在屏幕上停住的视线，好一会儿，她才缓慢打下一行字发过去。

沅不沅：床单还行吧。

干巴巴的语气，勉强没有全盘否定，总算是稍微给予了那么一点认可。

傍晚时分，唐沅到达餐厅，她姐唐岚已经在等着。

她们俩年纪相差四岁，五官并不怎么像。唐沅像爸爸，漂亮得直白浓烈，美艳中带点英气；唐岚则更像妈妈，浅浅淡淡的秀丽，清冷又干练。

两个人在小圆桌旁坐下，点好菜，聊了几句近况。

唐岚及肩的短发剪得更短了些，问她："这趟去济城怎么样？"

提起这个，唐沅嘴角轻撇，答道："不怎么样。"

虽然不是很清楚，但唐岚对江家的事情也略有耳闻，她挑眉，没多问，只说："乱七八糟的事到哪里都避不开，不用太放在心上，谁要是敢给你气受就跟家里说。过阵子爷爷就回来了，你们到时记得回家一趟。"

唐沅说："知道。"

两个人聊着，菜陆续上来。两个人话不是特别密，有一句没一句地交谈，从生活琐碎说到繁忙工作，气氛还不错。

不短也不长的一顿饭时间，吃完天都没多黑，唐岚之后还有事，差不多便停下筷子。

她用湿巾擦着手，话锋忽然一转："对了，你要没什么事，下周来公司报到吧。"

唐沅正喝水，咳了一下，坐直："不是，你干吗非要我去公司？"

"你自己大一时说的，等你毕业了就回来帮我，我可记得清清楚楚啊。"唐岚瞥她一眼，"想赖账？"

……

唐沅没想耍赖，但确实不是特别情愿。

"你放心。"像是知道她在想什么，唐岚宽慰道，"妈不经常在，我都很少见到她，你不用整天跟她打交道。"

唐沅脸上闪过一丝沉色，表情淡了下来，没接话。

"你没话说我就当你答应了。"唐岚一向干脆，不给她磨磨唧唧的机会，直接拍板，"行了，我还有事先走了。"

她潇洒地起身，唐沅后知后觉地反应过来："你今天请我吃饭就是为了诓我这个？"

唐岚勾唇笑笑，伸手朝她脑袋一摸。唐沅歪头，却还是没能躲开。

"我们生意人，当然不做亏本的买卖。"

她冲唐沅挤了挤眼，拎着包款款朝外走："拜。"

唐沅翻了个白眼。

没再多待，她喝了半杯水，也起身走人。

刚走出店门，还没下台阶，她忽然收到江盈的消息。

将赢：你和我哥什么情况？！

唐沅放慢脚步。

沅不沅：什么什么情况？

将赢：他今天找我了，问我你喜欢什么风格的卧室。

唐沅一愣。

没等她回复，江盈又道。

将赢：吓死我了，八百年不跟我聊一次天，突然给我发一句“在吗”，我还以为他被盗号了！

将赢：你们俩怎么回事？给我速速交代，进展到什么程度？怎么就问起卧室来了？？

唐沅沉默了一下，被她追问得生出几分不好意思。

她搪塞了几句试图糊弄过去，然而江盈不依不饶。她没办法，边下台阶边吐露。

沅不沅：没什么。

沅不沅：就是他让我搬进他的房间，我说我不喜欢他房间的风格。

沅不沅：你不用理他。

那边静了好久，十几秒时间，唐沅见她不吭声，正要收起手机，江盈冷不丁发来一句——

将赢：你们该不会……

唐沅拿着手机脚下差点踩空，忙不迭地站稳。

沅不沅：？

沅不沅：你的思维是怎么发散到这么远的？

将赢：不然呢，都让你搬去他房间了，还不许我合理地猜测一下？

沅不沅：打住！

沅不沅：赶紧把你脑袋里的黄色废料倒干净！

将赢：真没有？

沅不沅：没有。

她说得笃定，江盈大概也觉得她不像在撒谎，连发了好几个遗憾的表情。

你来我往地扯了一会儿皮，司机开车到了。唐沅和江盈互发了几个表情包，结束这场对话。

车往前开出一段。

唐沅看着和江盈的聊天内容，扫过那句话里的“他过生日”几个字，视线有片刻的停顿。

还有好久呢，她眼睛轻眨着想。

江现的生日是元旦，一月一日。

高二在江家补课的时候，她问过他。他那年的生日早已经过了，她自己不过生日，却追着问他下一次办不办派对。

江现没正面回答，反问她：“办不办又怎么样？”

她说：“下一次你过生日庆祝的话要请我啊，我给你送礼物！”

不过很可惜，在那之后他的下一次生日，她还是错过了。

在高三的元旦到来之前，她就已经出国去读预科，一直到后来才回来了一次。

窗外景色倒退得飞快。

夜间灯火璀璨，车辆络绎，行人不绝。

车开过一段拥挤的道路，周边都是商场，唐沅看着车窗外，靠着椅背正感受着微风，忽地瞥见电子大屏幕，视线一顿。

商场外墙的屏幕里在播放“爱加交响乐团”的国内演出宣传视频，不同乐器组的首席独奏家们分别有单独的镜头及介绍。

画面上是演奏大提琴的女人，气质优雅，笑颜灿烂如星，和她那让唐沅印象深刻的名字十分相称——

白娅。

江现处理完工作，天色已经不早。

助理说完正事，又另行汇报："浒大之前发来邀请，邀您这个月参加建校九十周年校庆，您看怎么答复？以及，除了校方，还有您的导师也发来了邮件。"

校庆的事情江现已经知晓，这次是逢十的周年校庆，许多知名校友都受邀，均会返校参加。导师们私下也联系过他，前阵子他不在浒城不方便回应，当下点了点头，让助理应下校方："导师的邮件转我手机。还有没有别的事？"

助理看了看备忘录："没有了。"

江现不再耽搁，扣好衣襟，起身朝外走去。

乘车到家，他进门就见唐沅在客厅。

江现走到她对面坐下，闲话两句，和她说起校庆的事："这个月浒大九十周年庆，邀请我出席，你有空吗，一起去？"

唐沅捧着杯子喝水，闻言并没立刻答复，而是朝他看了一眼："校庆？那应该有很多你的校友会去吧？"

江现点头："学校邀请了不少人，受邀的基本都会出席。"

唐沅沉默了一下，缓缓道："你们学校知名校友好像挺多的。"

他抬眸，还没说话，就听她道："像那个爱加交响乐团，我今天就在商场看到了他们的宣传，里面好像有好几个首席、副首席都是你们学校毕业的……"

她的声音比之前低了几分，神色有些奇怪。江现微微蹙眉："你想听吗？"

"没有。"唐沅眼神轻闪，迅速否认。

她端起杯子喝水，也没回答他先前的问题，起身道："我先回房休息了。"

"唐沅……"

江现在身后叫她，她没回头。

唐沅加快步伐走进房间，把水杯往床头柜一放，仰躺在床上。

她叹了口气，对着天花板看了一会儿，拿出手机搜索。

如何应对老公……

手指顿住，她删掉“老公”两个字重新编辑。

打下“对象”，觉得不对，换成“未婚夫”，又删掉。

删删改改好几次，最后才在搜索框输入完整的一句——

如何应对喜欢的人曾经的暧昧对象？

页面跳转，搜索出来的结果不少，五花八门，却没什么实用性。

最多人浏览的一个，下面的回答要么是在说“喜欢的人还不是你的，你自己首先要摆正心态”，要么是在教导题主如何快速把喜欢的人拿下。

唐沅觉得自己关键词可能用得不太对。

她皱了皱眉，用“未婚夫”和“老公”分别搜索，浏览了一通。

帮助性极低。

她看得眼花缭乱，印象最深刻的是其中一条——

“什么，竟然有过暧昧对象？这种不守男德的东西要来干吗？腿先给他打折！”

看着下面一水的“附议”，唐沅脑海里闪过江现那张脸，默默地翻了个身，把手机关上扔到枕边。

偌大的办公室里，安静无声。

江现合上最后一份文件，轻轻扔下手中的钢笔，拧了拧眉心，往后靠住椅背。

他拿起旁边的手机，和唐沅的聊天还停留在二十几分钟前他发的那条。

出去了一段时间回来，要处理的事情太多，他这几天连轴转，吃了早餐出门，回公寓都是晚上九点多十点了。

工作间隙发给她的消息，她都有回复，但他总觉得她似乎不太开心。

在芙花镇融洽了许多的气氛，不知为何，莫名又开始不对。

视线随着滑动屏幕的指尖移动，江现沉着眸看了半天，没等他点开输入框，钟恒的电话忽然打了进来。

那边找他是问生意上的事。

他敛了敛神，一一对答。

聊了好一会儿，钟恒说完正经事，又谈起别的："浒大九十周年庆，你收到邀请了吧？会去吗？"

江现沉沉地"嗯"了一声。

"我本来估摸着没时间，最近手头上的事情进度加快了，刚巧就腾出了空，正好也挺久没回去看看了……"钟恒顿了顿，说着似是想起什么，悠悠地问，"你这回是自己去啊，还是带伴呢？"

这种活动，携伴出席很正常。

他的语气多少有些玩味。

江现蹙了蹙眉，倒没瞒着："我和唐沅一起。"

钟恒笑了一下，似早就料到一般，啧声道："唐沅啊。"

江现眼睛轻眨，淡淡地反问："怎么？"

"没怎么。"钟恒饶有兴味地说，"挺好的，都要结婚了，是该带个伴……看来你们进展不错，现在是什么情况？"

江现语气平静："没什么情况。"

"别啊。"钟恒明显不信，他一副八卦到底的架势，在电话那头不停追问，果真是忙完得空了。

江现从不和朋友聊这种私人话题，或许是因为钟恒对唐沅的态度和其他人不一样。

钟恒和唐沅之间没有过节，也没针对过她，高中开始一直到现在，无论言辞还是举止，对她都没有过任何尖锐的地方。

于是，他们在这些事上好像也能说上几句。

江现被他追问，没回答他好奇的探寻，只道："你对我的私人生活以及感情状态，似乎过于感兴趣了。"

"不是，你这话怎么说得我好像个变态？"钟恒失笑，"我这不是关心你嘛。人唐沅当初追你那会儿，别管认真不认真、玩笑不玩笑，挺有意思的不是？别说，我那会儿还真的挺希望你们俩能成。"

当时没成，现在绕了个大圈要结婚，也算曲线成功。

"而且……"

钟恒收敛笑意，缓缓道："我主要是觉得，当时她说不想和你有牵扯了以后，你也挺难过的。"

前面是玩笑看热闹的语气，到后一句，则多了几分朋友发自内心的关切。

江现握着手机，沉默着没接话。

唐沅高二还总是出现在他眼前，到高三就不见了人影——她高三只在学校待了一个学期不到，第二次月考后，她便说不想和他有牵扯，这件事同样传得很开。

没过多久，她就出国了。

钟恒见他不吭声，无奈地叹气，识趣地换了个话题："这次应该有不少校友回来，我朋友圈已经看见好几个了，到时候大家难免要聚聚，你会带上唐沅吗？"

江现淡淡地"嗯"了一声。

钟恒有几秒没说话，转瞬笑起来，这下是真有点打趣的意思："你真就这样带着唐沅去啊？"

他微妙的语气让江现有些莫名其妙："有什么问题吗？"

"白娅学姐不是也回来了？你确定可以？"

江现没理解其中的逻辑关系，眉头微拧："为什么不可以？"

"不是。"钟恒说，"那会儿在浒大的时候，你们俩可传了不少绯闻呢，都说你们是金童玉女，两个人特别般配特别合适。”

江现怔了怔，随即眉头皱得更紧。

钟恒察觉不对，十分诧异：“你们俩真没事？”

“没有。”江现答得毫不迟疑，嘴唇轻抿，“只是接触过几次。”

比大多数人熟一点，却也仅限一点。白娅去了国外以后，他们基本没有再联系过。

钟恒被这官方辟谣砸得沉默了几秒，恍然：“谣传啊？我差点都信了！那没事了，我还想说你们要是有什么，到时候唐沅碰上，万一出点状况可不好处理。不过也是大学那么久以前的事了，唐沅应该不知道……”

江现听得面色微沉，脑海里忽地闪过什么，蓦地一顿。

他拧眉打断电话那头的人：“白娅出国似乎去了某个研究所？是叫哈尔森吗？”

钟恒冷不丁被问，停下话头：“好像是吧，怎么突然问这个？”

……

他和唐沅提起校庆的事时，她没来由地突然提到了哈尔森研究所。

江现眉头紧皱，用力抿唇，许久才说：“没什么。”

和钟恒打完电话，江现一翻聊天界面，唐沅仍然没回消息。

早先她说过，她和她姐吃了顿饭，答应要进唐家的公司。她姐动作迅速得像是怕她跑了，立刻就从公司里捞来一堆积压的合作项目档案，成功的没成功的都有，让她分析一下，先理理思路练练手。

她估计正沉浸在那堆案例里。

江现点开通信录里她的号码，下一秒，敲门声忽然响起。

他只能停下动作：“进。”

助理入内，行至桌前提醒他之后的安排。

会议已经准备好，会后还有个酒会需要参加。

江现沉默了一下，缓缓收起停在屏幕上的指尖，低声道："知道了。"

他收起手机，两个人一道离开。

助理跟在他身后，到会议室时众人已经落座等待。

这个会开了四十分钟，不长。

待到结束，司机已经将车停好，在楼下等他。

江现没有停歇，也来不及休息，由两个助理陪着，立时又赶赴下一个场合。

宴会上有些应酬必不可少，进门寒暄一阵，来往觥筹交错。好半天，趁着主人家有事离开，江现暂时脱离人群，端着酒走到一旁。

他难得地无心工作，这会儿归心似箭，看了好几次时间。

在原地站了没多久，忽地有人叫他："江现？"

江现侧眸看去，是个有点眼熟的戴眼镜的男人。

"好久不见。"男人笑着和他打招呼，"还记得我吗？"

几秒钟后，江现很快想起来，板正的表情微缓，和他打招呼："方老师，好久不见。"

"当不起当不起，直接叫名字就好了。"男人不好意思地笑笑，"我给你们当家教都是多少年前的事了，也就只教了你们一两个月，叫我方学恺就好。"

江现叫他老师，并不是没来由。

高二时，江家给江盈请的家教就是这位。

以江现的成绩并不需要额外补习，可架不住唐沅跟着蹭课后又跑去找江老爷子，说她们俩补习完不会做题，硬是把他给拉下水。

方学恺的学生就这么从一个变成了三个。当然，薪资也翻了三倍。

"我们好多年没见了吧？"方学恺对他态度挺自然，没有令人不适的巴结感，只是寻常叙旧口吻，"我记得你进浒大那会儿，我都毕业实习了，除了偶尔有事才返校，都没和你碰见过。"

江现点头："确实很多年了。"

方学恺给他们三个补习的时候是浒大的学生，虽然后来有幸同为校友，但江现入学的时候他已经上大四，一直没多少交集。

现如今他和几个朋友创业开了公司，正在做新兴科技这一块。

难得在这儿遇见，两个人端着酒杯聊了一会儿。

方学恺说着想起什么，忽地道："对了，听说你和唐沅快结婚了？恭喜啊。"

江现眸光柔和些许："谢谢。"

"唐沅最近怎么样？"

"挺好的。"江现礼貌地道，"等我们结婚的时候给您下请柬，有空可以赏光。"

"那敢情好。"方学恺满口答应下来，不由得感慨，"时间过得真快，转眼你们都要结婚了呢。"

他微微叹气："我和唐沅也好久没见了。你们上大一那年，我见了她一次，后来就再没见过她。"

江现端着酒杯正要送到嘴边，蓦地愣住。

"大一？"

唐沅的大学是在国外读的。

外国学校春节不放假，他们断开联系的那几年，印象里，她一直在国外，中途没有回来过。

"对啊。"方学恺看着江现突然愣住的神色，不解地点头，"大一，还是在我们学校呢，我那会儿返校有事，在校门外咖啡馆遇到的她。当时不是听说她出去留学了嘛，看到她还挺惊讶的。不过也没聊什么，她说她有事所以回来了一趟。"

"那个时候刚好快元旦了，学校不是还办了一次庆典。"

方学恺推了一下眼镜，笑道："我记得，晚会还是你跟那个比我小一届的姓白的学妹一起主持的。"

黑色的天幕沉沉，窗外夜灯璀璨，高大的建筑群统统被蒙上一层暗色。

车内寂静无声。

江现坐在后座，静静地看着挡风玻璃外直挺的路面。

不时有灯光一晃而过，他沉沉地闭上眼，酒会上方学恺说的那些话浮现在脑海中，周围的一切好像都变得不是那么清晰。

已经过去很久……

他还记得，高二升学的那个假期，当时外公外婆已随舅舅定居新加坡许久，传来噩耗后，他沉浸在外公离世的悲伤之中，因没能送老人家最后一程而低落消沉。

是直到高三正式开学才知道，在假期里整个年级开始预先补习期间，唐沅和人发生了纠纷。

她也因此，在高三一开始就陷入了糟糕的舆论里。

那阵子，唐沅只和她那帮朋友待在一起，不再来找他。

他觉得自己好像应该和她说点什么。

宽慰，或者鼓励。

尤其是那天，唐沅和年级里一位同学当众争执起来，他料想她应当很难过，在短信里编辑了好几条内容。

他又有些犹疑，她一向是很骄傲的，他不确定是否恰当，迟迟没有发给她。

结果当天他便听说，唐沅浑不在意，和一帮狐朋狗友撒了欢地在外玩闹，似乎根本没把闲话非议放在心上，丝毫不受影响。

那几条没能发出去的安慰短信，就那样永远停留在了他的草稿箱里。

后来唐沅为了月考找他借书，他是有些意外的，还有些说不清的情绪。那本资料书他没有，竟鬼使神差地去问别人借。

唐沅考出来的成绩意外的好，又惹了议论，但他知道她真的用了功努了力。

那次学生代表拍合照，迟迟不见她人影，其他人都没察觉，他却忍不住提醒老师："还有人没来。"

然而老师清点完迟迟找不到唐沅，为了不让校方领导们干等，最后还是组织他们就那样直接拍了。

等他回到教学楼时，唐沅所在的那层几乎都空了。他拉住拐角一个扫地的同学问："唐沅呢？"

同学说，他们一群人已经走了。

他问："去哪儿了？"

那时他也想和她说点什么。

可那位同学悠悠的声音却告诉他，她根本没有在意："还能去哪儿，去玩了呗。"

他愣怔地站了几秒，最后沉默地离开。

她好像有她自己的世界，好像其实并不需要太多的开解和宽慰。

她身边有许许多多朋友，有玩不尽的花样，去不完的地方，遇到了不开心的人和事就聚在一起撒欢。

有的是人陪她排解坏情绪，根本轮不到他说什么做什么。

好像一直都是这样。

他们两人，始终都在泾渭分明的两边。

再后来，他出去参加竞赛，是那一年的最后一次。回来的当天，他就碰见急匆匆出门要和那帮朋友集合一起去玩的江盈。

他马上也被褚怀他们叫了出去，在奶茶店里，听他们闲聊。一个半熟不熟的男生说起唐沅，告诉他们："我九中的朋友，他们那些人跟唐沅他们还挺熟，听说昨天他们去全盛唱歌，有人问她最近怎么没找江现，你们猜她怎么说？她说什么，太麻烦懒得应付，已经不在意了。你们说说……"

一桌人听得都不满，纷纷嗤声：

“她是懒得吗？是没面子太久，丢不起这个人了吧？”

“不在意最好……”

在一片替他说话的声音里，他却莫名地愣在那里，耳朵里嗡嗡响，像是突然听不清周围的响动。

他甚至忘了最后是怎么回去的，脑子里只剩下那一句——

已经，不在意了。

窗外街景飞速倒退，江现的心沉甸甸的，吩咐司机：“开快一点。”

司机闻声点了点头，车速提升。

外头的一切在夜色中因车子加速而模糊不清。

已经很快，可江现还是觉得不够。

太慢。

太慢了。

慢得，他几乎快要错过什么。

公寓亮着灯，屋内的所有都和出门时一样。

唐沅在茶几旁盘腿坐着，听见江现进门的声音，回头朝他看。

“回来了？”她喝着水，对他道，“我先前在看案例，后来睡着了，醒来才看到你的消息，你怎么没回我？”

江现的眸光在她身上停了停，轻声说：“刚才在酒会上。”

他忙起来一直没什么时间观念，唐沅早就习惯，“哦”了一声，没多问，低头继续翻自己的书。

江现走到她对面的沙发坐下，她手里拿的还是和案例有关的书，眉头时不时拧起。

“难吗？”他问。

她抬眸，表情自信：“还好。”

江现静静地看了她一会儿，没打扰，好半天忽然开口：“你在国外成绩好像不错。”

唐沅朝他看，眉头轻挑：“嗯哼。”

默认了他的说辞。

她又低下头去，纸张翻动，客厅里一时没有多余的动静。

江现看她一会儿，问：“你在国外那几年，过得开心吗？”

他话问得莫名，唐沅顿了一下，看向他的神情有些许微妙：“怎么突然问这个？”

江现没有回答她的话，微微地抿了抿唇，不知是不想回答还是回答不了。他的眼睫很轻地颤动，视线落在水平线略低处，极缓慢地，一个字一个字地问：“你大一的时候，是不是回来过？”

唐沅蓦地僵住。

客厅里诡异地静下来。

“我遇到了方学恺。”江现喉咙动了动，说，“方老师，他说在浒大碰见过你。”

唐沅翻书的手停下没动，半晌没有说话。

空气中有股难言的沉滞。

公寓突然显得更加空旷，他每落下一个字，都像是要响起无尽的回声。

江现想挤出一个合适的笑，却根本勾不起嘴角，声音干涩：“你来浒大，是来找我的吗？”

唐沅捏着书页的手微微用力，呼吸沉了几分，抿住唇，依然没有作答。

也好像并不需要她回答，答案昭然若揭。

江盈不是在浒城念的大学，唐沅更没有什么朋友在浒大，她突然千里迢迢从国外回来，特意去到那里，除了他，还能找谁？

而且，还是在快到元旦的时候。

唐沅挺着背，整个身子发僵，一时间无法动作。

被旧事打了个措手不及，她的肩膀绷紧许久，才像是在沉闷的空气中找到落点，一点一点泄力般放下。

否认的话说不出口，也没有否认的必要了。

她确实回来过，在他们读大一的那一年。

当时她只身在国外，她妈不许她回来，她争取了好久，执意回了一趟。

她去到浒大，去了江现就读的学校。

在那所浒城最好的大学，全国名列前茅的高等学府里，他依然很优秀，依然是其中出众的一个，被许多同级生当成标杆，存在于他们的称赞中。

她也不知道自己回来究竟有什么意义。

就好像是凭着一股劲，在浒大转了很久，才打听到他在的那栋楼。

那天下着雨，她站在对面的廊下，看见他突然出现的身影时，有些愣怔。

只是没等她想好要如何上前，如何面对他，就见另一个温柔又优雅的女生从教学楼出来，和他一起走向校门。

她想叫住江现的，开口的一刹那，一旁同样在躲雨的几个女生看着他们突然兴致勃勃地议论起来。

她从她们的话里，知道了那个女生有个很好听的名字，叫白娅。

她听到她们聊江现和白娅走得如何近，聊他们一起主持学校庆典，聊他们在众人眼中是怎样的一对金童玉女，所有人都说他们有多般配有多合适。

那一刻，雨幕突然把她和江现的距离隔得更加远，甚至不只是两个国度、十几个小时飞机的距离。

她忘了躲了多久的雨，从细小的雨丝中走出去，在咖啡馆外碰见了有事返校的方学恺。

方学恺热情地请她喝咖啡躲雨，他们在咖啡馆里聊了一会儿。

她不动声色地问起浒大的庆典，听方学恺提到白娅："好像比我小一届，我跟她不怎么熟悉，不过她倒是挺优秀的，形象好气质好，在我们学校特别有名，人也挺好的，人缘蛮不错，经常参加一些大型演出……"

好多道听途说的内容，但都是好话，听起来似乎真的是个很优秀的人。

聊到后来，方学恺问她："你是不是想去看庆典啊？你想去的话，我晚上可以带你进去。"

店外淅淅沥沥的雨停下，剩下的半杯咖啡也终于凉透了。

她最终还是没有去看那场晚会，温声谢绝了方学恺的好意："不用了。我来原本是有点事情的，不过……"

她停顿了两秒。

想起江现在雨幕中走远的背影。

他好像过得很好，在他的新生活里，从容又自如。

咖啡馆桌前，她最后只是垂下眼睑，说："已经没事了。"

长久的沉默在公寓里弥漫开。

江现问："那天为什么不找我？"

唐沅许久才出声："已经过去很久了。"

这句轻得像叹气的话，不知道是在对谁说。

她的视线落在茶几桌面上，缓缓吸了口气，语气低沉而缓慢，再次强调："都是很久之前的事了。"

这份安静让空间显得过于逼仄，她不想再说，半晌，敛了眸起身："我有点累，先回房洗澡了。"

"我和白娅不是他们以为的那种关系。"江现背影僵直地坐在沙发上，忽地开口。

唐沅的脚步停了一下，微垂下眼，没出声。

再提步，依然是朝卧室方向。

声响渐轻，她的味道也在空气里变淡了，公寓被分隔成两个空间。

时间如静止般的客厅里，江现一个人坐在沙发上，许久没有动作。

高二那年，她缠着要参加他的下一次生日派对，她说要给他送生日礼物，帮他庆祝。

像是玩笑一样的话，她却认了真。

上大学之后的几年她都没有回来过，可在她长久地待在异国他乡以前，也曾远渡重洋，为他回来了一趟。

在快到元旦的时候，在他生日的前几天。

要怎么样才会愿意为一个人千里迢迢不辞奔波？

江现闭上眼，突然间，仿佛如鲠在喉。

所有人都以为唐沅缠着他，只是一时兴起的玩笑，在她说"不在意了"的那一刻，这场闹剧终于结束。

可是，不是的。

她对他的在意，并不是在她说结束的那天就真的停止，也并不是因为所谓的玩笑才开始。

没有人会为了玩笑，一次又一次，一遍又一遍地奔向他。

时隔好多年，整座城市被雨雾打湿的这个夜晚，江现听见了自己心里，有什么东西划出深痕的声音。

在所有不被当真的那些时光里。

她曾经，对他交付过全部的真心。

Chapter 4

第 4 章

唐沅睁眼醒来的时候，天已经大亮。她侧脸贴着枕面，房间里静悄悄的，若是挂着钟摆，或许能听见走针嘀嗒的声音。

前一晚和江现在客厅对话的记忆犹在，刚醒来的短暂呆愣退去，画面越发清晰。

她怅然地叹了口气，枕着软枕翻了个身。

江现早早就去了公司，公寓里只剩她一个。

这一天里，他给她发了好多条消息。

唐沅还在处理她姐交代的任务，一忙起来，看手机的频率就大大减少。

可不管她什么时候点亮屏幕，都有江现发的未读消息，表情包或是图片，她随手回复，一句都不曾落空。

谁都没有再提起前一晚的话题。

只是中途唐沅看着和他的对话框，莫名地停下来，出神了好半天。

他好像，越发地温柔起来。

到晚饭时间，江现仍不能早回，打来语音电话。

唐沅在桌前看了一天的档案，脖子又僵又酸。

一接起，那边问她在干什么：“吃晚饭了吗？”

她停下来休息，光脚踩在凳子上：“四点多的时候吃了一点。”

江现：“四点？”

她有点懒散：“太热了，没什么胃口。”

那边安静几秒后又问：“你想吃什么？”

唐沅端起满是冰块的水杯思索几秒，如实作答：“没有想吃的。”

“那天在路上，你盯着人家手里的糕点看了好久。”江现说，“要不要吃那个？我回来给你带。”

她愣了一下，余光瞥见窗外天色已经不早，便懒得再折腾：“不用了，等你回来都收摊了。”

而后岔开这个话题，随口说起别的。

那边传来助理的声音，他还要开会，没再多聊，口吻过分温和地叮嘱了几句才挂。

唐沅没怎么出声，放下手机，翻开档案页面继续看。

看着看着，心里却没来由地烦躁起来。

强忍了十几分钟，她终究合上文件，吐了口气，给她姐发消息。

沅不沅：有空没？出来喝酒。

唐岚回得很快。

姐：就你那酒量？

吐槽完，下一句却还是应承下来。

姐：我过一会儿忙完，自己来公司楼下等我。

唐沅坐不住了，换好衣服收拾了一番，正准备出门，孙助理的电话忽然打进来。

那边说江现让他送东西过来，问她在哪儿。

唐沅拎着包顿了一下：“我现在正准备出去。”

“您能稍等一会儿吗？”孙助理说不用太久，他和司机马上过来，还可以顺道送她。

也不是特别急，她想了想，说好。

十分钟后，车开到楼下。唐沅坐到车后座上，孙助理从前面递来一个纸袋。

“什么东西？”

她说着打开一看，顿了顿。

里面是回浒城那天她看见别人在路边吃的糕点。

孙助理恭谨地道：“江总晚上还有会议，他让我提醒您按时用餐。”

唐沅捏着纸袋边缘，没说话。

车开到唐岚公司门口，不一会儿人就下来了。

唐沅坐进车里，和唐岚一道去了她的公寓。

唐岚住的地方挺大，十分适合看夜景。

她从冰箱里拿出几瓶酒，两个人一块在落地窗边坐下，注意到唐沅拎来的糕点，伸手拨弄：“这是什么？”

唐沅说：“江现让人送的。”

唐岚眉头微挑，神色略带玩味，刚想调侃两句，却见唐沅打开易拉罐，闷不吭声地喝起来。

“怎么，”唐岚表情稍愣，问，“他对你不好？”

“没有。”唐沅缓缓吐了口气，“他对我挺好的，越来越好了。”

从芙花镇开始，她渐渐能感觉到不同。

他好像是有点喜欢她，可是她又无法确定。

啤酒的气泡口感在舌尖散开，唐沅捏了捏瓶身，说：“他昨天问了我大一时候的事。”

唐岚转头看向她。

她微垂眼睑，声音变低：“我也不知道。我只是不希望他是因为怜悯，或者愧疚。”

唐岚晃着手里的易拉罐，看着她许久没说话。

她们姐妹俩的关系，其实别扭了很多年。

小时候唐沅原本挺黏她这个姐姐的，只是自从父亲离世，不管唐沅做什么，再怎么努力，都要被妈妈挑刺指责，拿来和她比较。这就导致唐沅越长大越叛逆，姐妹俩一碰面，说不上几句就要呛起来。

直到大一唐沅突然回国那次，才真正有所好转。

那天唐岚刚好回老宅有事，不期然在院子里看见唐沅拿了一打酒坐在那儿喝，吓了一跳。过去问她搞什么鬼，她头也不抬，半天没吭声。

唐沅这个人要强又要面子，唐岚站了一会儿以为她不会开口了，正准备走人，谁知破天荒地听见她叫了一声："姐。"

那声音醉醺醺的，好像又有点清明，下一句，声音快要跌进尘埃里一般，低声问："我是不是真的不太好？"

唐岚当时就顿住了，盯着唐沅耷拉的脑袋，随后走过去坐下。

那天是她们多年以来第一次交心，也是她第一次从唐沅嘴里听到江现的名字，知道了好多他们的事情。

交谈的结尾，她揽住唐沅的肩膀，第一次没有奚落她，而是说："没有的事，我妹妹很好。"

从那天起，她们姐妹的关系开始好转。

而唐沅酒醒后，回国外念书，变得很努力很努力，一点也没给家里丢脸。

在公寓里明亮的灯光下，唐岚叹了一口气。

她如同那天一般，揽住唐沅的肩膀："什么同情怜悯的，想什么呢，你别老是想太多。"

唐沅朝她靠近，安静了一会儿，缓缓说道："姐，谢谢你让我。"

"快别。"唐岚"啧"了一声，让她打住，"我可不掺和你们的事。本来就跟我没关系，哪来的让？"

唐沅半闭着眼，微微苦笑。

唐岚语气无奈："你这样，我都不知道当初联姻的时候打电话叫你回来，是对还是不对了。"

Tang yuan

Jiang xian

Jiang xian

Tang yuan

Jiang xian

唐沅喝了一口酒，没说话，轻轻扯起嘴角。

当初联姻的时候，爷爷的第一人选，其实不是她。

而是唐岚。

江家那边也定下了江现。

两家如此，都选这一辈最优秀的，也算一种合作的姿态。

唐沅接到唐岚的电话时恍惚了很久，那两天都心不在焉。

两天后，她回了国。

在飞机上的时候，她想，命运真的很爱开玩笑。

她本来已经忘了，想平静地过自己的生活，努力地让江现这个人成为过去。

可是偏偏又绕到这样一个无法转圜的地步。

她一想到江现会成为她的家里人，和她家里的某个姐姐或者妹妹成为夫妻，将要和她在未来无数个场合碰面，永远要保持一种不远不近的关系，让她避不开也近不了……一想到这儿，她就觉得煎熬。

她无法接受，曾经那样在意过的人，成为她的姐夫或妹夫。

如果唐家非要有一个人和他有关系，那只能是她。

否则，这个坎她一辈子都过不去。

所幸爷爷那时还没把婚约的事对外透露，具体人选也未定，只有被他找过的唐岚知道。

回国后唐沅把唐岚叫过去，一起去见了爷爷。

她说了很多，被爷爷单独留在书房里谈话，谈了好久。

自那一天起，和江现联姻的对象，就从唐家的其他人，变成了她。

多么像在开玩笑。

唐岚似是也想起了那个时候，歪头碰了碰靠在她肩上的唐沅的脑袋。

这已经是她们第二次夜话，谈的还是同一个人。她的脸颊贴着唐沅的头发，禁不住怅然和感慨："人怎么会这么喜欢一个人啊……值得我妹妹这样去争取。"

江现真是，何德何能。

唐沅无声地笑。

她的酒量很差，这一会儿绯红就已经往脸上爬，她抬手捂着自己的脸颊，轻飘飘的眩晕感开始出现，这种感觉让人十分轻松。

“你告诉他了吗？”唐岚侧眸，低声问，“婚约的事。”

半醉的人摇头，闭上眼，长睫轻颤：“没有。”

唐岚默然地看着她，伸手将她垂下的脑袋扶正，稳稳靠着自己。

无声的空气里，酒的味道涩涩甜甜。

化不开，散不去。

太喜欢一个人好像真的不行。

唐沅闭上眼，醉醺醺地想。

绕了这么一大圈，只有很努力很努力，才能装得不那么喜欢一点。

从地上到沙发上，唐沅几瓶酒下肚，醉得睡着了。

唐岚的酒量比她好得多，给她披上毯子，正头疼是该把她弄回房间里，还是让她凑合在沙发上睡一夜，她口袋里的手机适时地响了。

来电显示是江现。

唐岚顿了一刹那，摁下接听键：“喂？”

那边听见她的声音，沉默一瞬：“你哪位？”

“我是她姐。”唐岚说，“她喝醉了，在我这儿。”

江现反应过来，语气礼貌地叫了一句：“唐岚姐。”

唐岚没跟他废话，问：“唐沅现在睡着了，要不让她在我这儿住一晚？还是……”

没等她说完，那边就道：“我过来接她，麻烦您说一下地址。”

唐岚把地址报给他，二十分钟不到，门铃声便响起。

她给江现开了门，他没多说闲话，简单地问了两句，便到沙发边把人抱起。

唐沅酒劲正上头，很是安分。唐岚一路送他们到门边，忽地开口："江现。"

电梯前的江现转过身朝她看，见她似乎是想说些什么，没吭声地静候。

唐岚没出门，倚着门框，眸光幽幽地道："对我妹好点。她要是有什么事，我一定找你麻烦。"

江现面色不改，也没有丝毫被冒犯的神色，平静地收下这句话，点了点头。

电梯到达，他抱着唐沅下楼上车。她一路睡得沉，在他怀里一动不动。一直到回了公寓，睡了一路的人才终于稍稍转醒。

只不过酒意还是没退，唐沅脸红红的发着热，被他放在沙发上，一脸的迷瞪和困倦。

江现给她倒了一杯水，喂她喝过，就放下杯子，转头就见她缩在沙发角落，曲起腿用双手抱住。

他微顿，伸手帮她把微乱的头发拨到耳后："怎么了？"

唐沅视线直勾勾地朝前，也不看他，一根手指竖在自己唇上，"嘘"了一声："我不是人。"

江现顿了下，随即很配合地轻声问："那是什么？"

她顶着滚烫的脸一本正经地回答："是汤圆。"

她醉醺醺的，说了一句完全没有条理的话。

江现的眉眼却在刹那间柔和下来。

她忽地扭过头问他："你也是汤圆吗？"

他想也没想，点头道："嗯。"

唐沅眼神迷离地看着他，似有好奇："那你是什么馅的？"

他一下被问住，愣了一秒。

"该不会是花生馅的吧？"她有点嫌弃，眉头皱起，呢喃着，脸皱巴巴地挤成一团，"我不喜欢花生馅的……"

江现也不知道自己在陪着幼稚个什么劲，轻声否认："我不是花生馅的。"

她愣怔地看了他片刻，似乎在考虑他这话的真假，过后又缓缓抱紧自己的腿，呆呆地问："我是什么馅的啊？"

江现抚摸她头发的手顿住，她醉得和平时不一样，无厘头又跳脱的问题，一时让人有点回答不上来。

没等他组织好语言开口，她突然"呜呜"地哭了起来。

他一怔，凑近抱住她，撩开因她低头而垂下来挡住脸的头发："哭什么？"

唐沅的眼泪不一会儿就糊了半张脸，呜咽着说："我好苦，都不甜了……"

她真把自己当成汤圆，抱紧自己蜷成团状，边哭边嘀咕"馅不甜了"之类的胡话。

这样的胡言乱语，江现却听得心里微酸，喉间生出一股苦涩。

他揽住她，放低了声说："怎么会呢，很甜的。"

唐沅泪眼婆娑，醉醺醺地抬头问："那我是什么馅的？"

下一秒，不给他说话的机会，她自己先撇了嘴，边哭边向他怀里靠。

江现将她拥在怀里，许久没有说话，喉咙缓慢地咽了咽。

她小声地哭了一会儿，倚着他的胸膛不知不觉又睡过去。

她眼睫上还挂着泪，江现抬指抚平她轻皱的眉头，看了她好一会儿，轻轻地亲了亲她的嘴角。

怎么会不甜呢，明明甜得很。

汤圆是什么馅的？

头顶灯光幽幽，他抱着她，鼻尖贴着她的脸颊，很轻地开口，触碰到未干的泪痕，就如他的声音一般，微凉又滚烫。

"唐沅是江现的。"

或许是心里积压了太多情绪，唐沅已经很久没有睡得这么沉过。迷糊中她感觉不是在自己的房间，空气里的味道陌生又有种淡淡的熟悉感。

她在枕间软软地陷下去，这一晚睡得别样安稳。

直至亮堂堂的日光透过窗帘照进来，唐沅半梦半醒地翻身转了好几遍，睁开眼对着窗帘看了几秒，才思维迟钝地反应过来，认出自己是在江现的房间里。

推门声和脚步声来得刚好，她转过头，便和端着一杯水进来的江现对上眼。

“起了？”他一副打理妥当的模样，“出来吃早饭。”

唐沅半撑着起身，看看他，再看看窗外，不用确认时间都能猜到已经不早。她愣怔地眨了眨眼，有点蒙：“你怎么还没去公司……”

“不着急，来得及。”

他说着，走近将水杯递给她：“喝点水。”

以往这个时候他早就出门了，唐沅沉默片刻，后知后觉想起自己所处的地方。身下是他的床，她睡着他的床单还盖着他的薄被，在这个属于他的空间里，全方位被他的气息所包围。

她略微有些僵硬：“昨天……”

“昨天你在唐岚姐那里喝醉了。”江现柔声给她解释，“我接了你回来，怕你醉着晚上会不舒服，所以带你回了我的房间。”

唐沅垂眸看了一眼，身上没有什么不舒服的，随后倒是因为自己这个动作稍稍不好意思了那么一刹那。

这一觉她睡得真的很沉，身体里的疲惫仿佛一扫而空。

江现凝眸看她几秒，没有多说什么，没问她昨天在唐岚那儿聊了什么，也没问她为什么喝醉，语气如常，只催她起身：“早饭已经好了。”

唐沅捧着杯子喝了小半杯水，点点头要动身，又听他说：“对了，浒大校庆之前，有个饭局需要你陪我一起出席。你今天有空吗？”

她抬眸对上他的眼睛，想了想，“嗯”了一声。

江现接过她手里的杯子，唐沅掀开薄被正要下床回房洗漱，他忽地朝她伸出手。

她顿了一下，他轻轻拿下她发丝间沾上的毛线纤维，高挺的身形在床边莫名有几分压迫感。

“唐沅。”他出声。

她有点紧张，不明所以地抬头望着他：“嗯？”

江现垂下眸，视线轻缓地扫过她刚睡醒尚且发蒙的脸庞，声音慢悠悠的，像是带了些许暧昧的语调，问：“我的房间，是不是也没那么难睡？”

江现说有饭局需要她一起出席，唐沅特意费心挑了一身衣服。傍晚时分，他回到公寓楼下接她，驱车前往市中心的一家餐厅。

店里人并不是太多，进门前，唐沅小声问：“见的是你的客户吗，还是朋友？”

江现沉默了一下：“算是朋友。”多的没说，他只道，“进去你就知道了。”

唐沅带着几分疑惑同他一起入内。

侍应生一路将他们引向某处座位，离得近了，看清已在座位上等候的人，她脚下步伐不由得一滞。

身旁的江现却忽然牵住她的手。

唐沅愣愣地抬眸，他眼神不移，脚下没有丝毫迟疑，牵着她朝那桌走去。

座位上的人见他们走来，勾唇温婉一笑，站起身相迎。

江现礼貌地打招呼：“好久不见，学姐。”

“好久不见，你看着挺不错的嘛。”穿一身长裙的女人打量他两秒，视线落到唐沅身上，多了几分热切，“这是你未婚妻吧？你好，我是白娅，和江现是校友。”

是前些天在高校咨询页上看到过的那个人，也是当年大学时，和江现一起主持过校庆的那一位。

唐沅缓慢地眨了下眼，回过神轻轻握住她伸来的手：“你好，我是唐沅。”

寒暄几句，三个人分两边落座。

白娅喝了一口柠檬水，嘴角含笑看着他们俩：“这么久没见，没想到一回来就听到你的喜讯。你们什么时候结婚？婚期定了吗？”

江现说：“年内，具体的日子还没定。”

“那我先提前说声恭喜。”白娅笑笑，“我不一定有机会参加婚礼，不过到时候我一定会封一个大红包。”

江现淡淡地勾唇，谢过她。

话题转移到唐沅身上，白娅温声问：“你之前是在国外念的大学吗？”

唐沅点头：“是的。”

白娅夸道：“江现跟我约这顿饭的时候，我问了才知道你在国外读的大学，我有几个朋友也是你的校友，你们学校挺难毕业的。”

话题又转回江现身上，她调侃道：“难得他还记得我，这么些年几乎都不联系，我还以为他早就忘了我是谁了。”

唐沅朝江现看，他神色如常，语气平平：“学姐说笑了。”

他并未否认她的“指责”，也并没为长久不联系一事道歉或解释什么。

他有的时候，是有些冷情的。

白娅也没真的计较，和他说话的语气虽然熟稔，却不亲昵，拿捏着恰到好处的分寸，如同所有寻常熟人见面。

聊了好一会儿，唐沅注意到白娅的手指。

见她看过来，白娅低眸看了一眼，稍抬起手：“漂亮吧？”

唐沅微顿，点点头。

她的戒指戴在象征结婚的手指上，白娅笑得甜蜜："这是我先生选的，订婚前他挑了好几个月，就为了给我惊喜。"

江现将话接上，仿佛是在解释什么："学姐几个月前已经订婚了，她先生也在国外。"他随即看向对面，把先前的恭喜还回去，"办婚礼的时候可以告知一声，我们一定备一份贺礼。"

白娅笑起来："那敢情好。"

菜陆续上桌，白娅是个亲和力很强的人，温声细语，说说笑笑，没有半点冷场，气氛一直不错。

唐沅听着，偶尔对答几句，思绪有那么几分滞缓。

"以前在学校，我和江现被人误会了好久。"聊着聊着，不知怎么说到这个话题，白娅的态度依旧大大方方，没有半点遮掩，"我跟身边的朋友解释过，他们倒是没误会，学校里其他人的猜测就真的有些莫名其妙。"

"我们都不是一个院系的，平常接触也不多，除了偶尔有事需要帮忙才联系一下，不知道怎么就硬是被凑成对……"

白娅只觉好笑，语气带着无奈："我当时还让江现快去找女朋友，免得影响我的声誉。偏偏他闷得要命，对谈恋爱根本不感兴趣，理都不理。"

江现面色平静，没作声，只低头把盘中的肉切好，分到唐沅面前，像是对这一段持默认态度。

唐沅握着刀叉，轻轻勾唇，礼貌地对白娅的话做出反应，那弧度却有些许僵硬。

盘子里是江现仔细切好的食物。

她送到嘴边，也吃出了这顿饭的含义。

饭吃到一半，江现来了电话，起身离开了一会儿。

白娅对唐沅热络不改，点评完这家餐厅的口味，看着江现空出的位子，又说回到他们身上："回国前我还真没想到江现会特意带对象出来见人。"

唐沅抬眸朝她看："为什么？"

"你都不知道他以前上大学的时候有多闷。那时候好多女生追他，他看都不看一眼。我还以为他只一门心思读书，对别的都不感兴趣。"

唐沅听着好奇："那你们是怎么认识的？"

"我们啊？那时候我陪我传媒院校的朋友，想给他做个采访，他参加了好多比赛嘛……他可太难采访了，我朋友的职业生涯差点在大学时期就夭折。"白娅开玩笑道。

"然后采访中途休息的时候，他们调试设备、修改问题，我低血糖，在旁边吃巧克力豆，江现看见了，忽然问我能不能给他一包。"

唐沅持刀叉缓慢切割肉块的手停住。

"很奇怪吧？他看起来根本不像会喜欢吃那些零食的人。我刚好带得多，就分了一包给他。难得他拿了零食，后来话总算多起来了。"白娅挑了挑眉，像是想起什么，失笑道，"他还跟我说什么，那个牌子的巧克力豆，原味和咖啡味的最好吃。"

刀尖停在盘中的食材上，唐沅微僵，突然一下失神。

白娅调侃完，见她神色不对，奇怪地道："怎么了？"

唐沅咽了咽口水，缓缓勾唇，轻声说："没事。"

白娅笑笑，见状又说起别的，从大学到她出国留学后一些私人的见闻，话题渐渐走远。

好几分钟后，江现才回来。

似是从她看来的视线里察觉到什么，他几不可见地拧了下眉："怎么了？"

"没什么，就聊了一会儿天。"唐沅眼神微闪，飞快地转回头。

饭毕，临走前，白娅还邀唐沅以后出国有空可以去找她玩。

他们在门口告别，没多耽搁，各自分开。

看着白娅上车离开的背影，江现并没急着动，在门前略站了站，问她："走一会儿？"

唐沅默然点头。

夜风温热，被黑色天幕笼罩的城市，光影璀璨，本该寂静的每一处都被繁华充盈。

他们并肩安静地迈步，从一栋建筑走到另一栋建筑前，唐沅终于出声："为什么要安排这顿饭？"

他的意思，她在见到白娅的那一刻就明白了。

后来的交谈里，更是越发清晰地感受到。

几年前在浒大，她因为他和白娅的绯闻沉默地离开。

而现在，他在解释。

"我只是觉得，"江现低声说，"我那天说的那一句还不够。"

他和白娅从来不是别人以为的那种关系。

但就那么一句，不够。

所以，在校庆碰面之前，还要特意安排这一场会面。

其实也是可以等到校庆见面再说的，那时候他们总会见上。

但他就是想早一点。

早一点，再一次解释给她听。

让她知道，那个时候她退却的原因，根本就不存在。

江现说："虽然过去很久了，也该有个交代。"

唐沅没有说话，缓缓深吸了一口气。

他的步子比她大，他不知什么时候放慢了脚步等她，在这段路上，他们的步伐渐渐开始一致。

不知走了多久，他出声道："唐沅。"

她轻声回答："嗯？"

"可能有点迟，但我还是想问，你能不能……"

江现的声音从身旁传来，一字一句放得很轻："再喜欢我一次。"

唐沅一僵，脚下机械地走了几步。她还没有说话，发现鞋子的系带散开了。

她刚准备去系鞋带，他已经站到她面前，蹲下身帮她系上了。

喧嚣的夜景之下。

江现单膝就地，半蹲半跪在她面前。

唐沅低头看着，似是有热风吹进喉咙，带起一阵轻微的哽咽。

原味和咖啡味的巧克力豆，最好吃。

他们曾经斗过的嘴，她痴缠说过的玩笑话和真心话，他好像都记得。

在那些他看起来不为所动的时刻，他或许也和她一样，有某一刹那，曾在意过她？

风悠悠地吹，没有一刻停歇。

“我很挑的。”

唐沅微抬下巴，朝侧边别开脸，试图不让声音里的那股颤意太过明显：“要求特别高……就算结婚了也不代表我会喜欢你，想让我喜欢得要很久……我可比你挑剔多了……你也得，努力追我才行。”

那时候不是没有幻想过这样的一天。

十七岁的风，终于吹到面前。

有什么东西从眼角一闪而过。

在很多年后的这个瞬间，他半跪在面前，以俯首臣服的姿态。

没有半句不情愿，只是温柔又坚定地对她说：“好。”

公寓里灯光明澈。

回来的一路，唐沅的情绪渐渐缓和，却开始有种不真实的感觉。

进了门，江现的视线一直若有若无地跟着她，她穿着拖鞋闷头往房间走，脚步匆匆，脖子如僵住一般不敢回头。

洗漱完换上睡衣，唐沅想出去，感觉这个举动似乎太刻意，走到门边又退回来，在房间里踱步。

直至听见客厅里没了动静，江现似乎回房了，她站了一会儿，闷头回到床上趴下。

好半天，纷飞的思绪被手机提示音唤回。

江现发来微信消息，是一张图片。

点开一看，略随意的照片，拍的是他身边空着的那半边床。

他没配文字，就这么简简单单一张照片，仿佛一个邀请姿态。

唐沅的脸一下热了几分。

沅不沅：？

沅不沅：干什么？

江现：没什么，就是给你看看。

江现：我的床挺大的。

唐沅给他回了好几个表情包，最后打字。

沅不沅：看你表现。

他回得倒快。

江现：好。

随后也没持续这个话题，江现很识相地在她有意的打岔中和她说起别的。但他们也并不是正经在聊什么，全是些琐碎的内容，你一句我一句。

聊到后面，简短的两三个字，毫无意义又没营养，可谁都不想停下。

夜色浓浓。

唐沅抱着薄被，看着手机里和江现的聊天内容，舍不得放下，忍不住侧身将脸贴住枕头，埋了又埋。

有一种好强烈的不真实感。

透明，浅淡，薄薄一层，又紧紧地，将人包围。

前一夜聊得太晚，唐沅不知不觉睡着，起来时江现已经不在公寓。他让人给她备了早饭，还热乎着，手机上有好几条叮嘱她按时用餐的消息。

唐沅一边吃一边看，指尖划拉几遍，很高冷地没有回复。

饭毕，不期然地，她接到一个很久不联系的同学的电话。

她愣怔片刻才想起来，对方是高中时同年级的一个男生。

不知道他从哪里弄来的她的电话，唐沅问："有什么事吗？"

男生说过几天有一场同学聚会，年级里很多人都会去，邀请她参加："不知道你有没有空？"

唐沅没有立刻回答，心下奇怪。

她不觉得这些同学聚会之类的活动，会有谁想要邀她参加。虽然除了江盈他们，她在年级里也有些相熟的同学，但她和高中的大多数人早就已经不联系了。

男生像是挺希望她参加一般，语气热情："大家好久没见过你了，有空的话就来吧！"

唐沅略一思忖，没有把话说得太笃定："我不确定有没有时间，过两天再答复你。"

那边很识趣地没有再催。

这通突如其来的电话一结束，便被唐沅抛到脑后。

稍作休息一番，她打起精神不再注意其他，专注地投入到案例文档中。

一天时间过得飞快，晚上唐沅换了个场地，把东西从房间桌上搬到客厅茶几上，盘腿坐在地上，一个人忙碌也自在。

直到看得疲劳来袭，天色也已经不早，算算时间江现也该回来了，唐沅停下，一边"摸鱼"一边等他。

她吃着果子，又翻了几页纸，想起之前买书时送了一堆小本子，回房翻出一本，拿到茶几前翻开。

她提笔在首行写下两个字——

江现。

纸张空白，唐沅来了兴致，涂涂画画，将他的缺点和优点一条条列出来，缺点扣分，优点加分，不时咬着笔尖，文思如泉涌，停都停不下来，很快便写完一面。

直至听见脚步声，她连忙擦了擦手，把小本子往茶几下一塞。

江现缓步入内，满茶几都是档案纸张，他瞥了一眼，在她身旁的沙发上坐下："看得怎么样？"

"还行吧。"唐沅把纸页理好，接上先前看的内容，脸不红心不跳，"我看得正投入……"

她似是极其认真，江现没出声打搅，随手拿起她扔在桌上的一本书翻看。

唐沅看着看着，余光悄悄朝他瞟。

他微低眸，白皙的脸上神色平和，视线落在书上，那张脸长得那么好，看起来又特别的……聪明。

唐沅忍不住开小差，趁他不注意，偷偷拿出茶几底下的本子，侧过身给他记分。

很不巧，江现下一秒就发现了她的动作，放下书朝她看："在写什么？"

唐沅下意识就想藏，江现没给她机会，从沙发上坐到地上，伸手绕过她，拿过来一看，眉头皱了一下："这是什么？"

顶上是他的名字，其下是各种加分减分项。

唐沅的眼神闪了闪，被发现了，没法再躲，低声说："也没什么，就是给你列个标准，考核一下。"

"类似实习生那种考核？"江现挑眉，"考核完，过关就可以转正？"

她的视线飘向别处，好久才含混不清地"嗯"一声，算是承认。

闻言，江现垂眼看她写的内容。

她写了不止一面，他一边粗略地轻扫，一边瞥她："我现在多少分？"

没等她回答，他翻了两页，在末行看到自己的得分。

他眉头一挑，慢悠悠地，一字一顿："负三百分？"

唐沅声音低得有点心虚："嗯……"

江现沉默着，倒回前面从头仔细看——

"黄昏恋，扣五十分。"

"说我买的巧克力豆难吃，扣二十分。"

"考第一的时候还挺帅，加五分。"

"拎着我的书包走了不说一声，扣十分。"

……

时间大概可以追溯到很早很早以前。

那些过去的事，她一件都没放过。

江现眉头微拧："这个黄昏恋是什么意思？"

唐沅说："你忘了？以前你嘲讽我，说我们只能谈一场黄昏恋。"

对上她指责的眼神，江现顿了一下，想起来。

他盯着纸上那三个字沉默半晌，不得不开口："但是，我们讲道理，按照你当时的构思，等你在唐家掌握话语权，我们确实……只赶得上黄昏恋。"

他说得还挺认真，唐沅沉默了几秒，脸色微红，不知是臊的还是被气的，越发不想讲道理："我不管，解释权在我，扣就扣了，你不要质疑！"

江现无言以对，视线只能往下扫："拎着你的书包走了，这个又怎么说？"

"难道不是吗？我让你帮我看着书包，你一声不吭带去厕所了，那你不要告诉我的吗？我回来找不到还以为你走了，我的书包被人偷了呢！害我白白担心一场，这不是你的问题吗？！"

唐沅质问得理直气壮。

江现俨然有种自己已经罪大恶极，十恶不赦的感觉。

一时找不到话说，片刻后，他无可奈何地问："这个考核标准，总分是多少？"

唐沅看着他，想了想："三万……吧？"

"……"

江现闭了闭眼，深吸一口气，缓缓把本子合上："唐沅。"

"嗯？"

"你如果对我有什么意见，现在就可以说。"

"……"

唐沅脸上一臊，把本子抢回来："你不要觉得多，好好思索一下自己身上未开发的巨大潜力！"

她瞥他一眼，飞快地移开，又道："那你以为，追人有这么好追的呀……"

江现看向她，她低头摆弄着手里的东西，嘴角微撇，有点别扭又别样的可爱。

这次他没跟她抢，也没再反驳。

闹了这么一会儿，唐沅把本子收起来继续看案例，茶几旁重新安静下来。

江现没起身，随手拿起先前放下的书继续看，就这么同她一起在地上坐着。

不一会儿，唐沅忽然又抬眼朝他看，也不说话，就那么一下下瞟他。

"怎么了？"

察觉到她的眼神，江现凑近一看，她遇到了棘手的地方。

"这个案例？"快速扫完一遍，他挑眉确认。

唐沅咬了一下笔头，点点头。

她是在国外念的商学院，有些具体内容，在国内落实起来不太一样。

见她似是为难，江现道："我给你讲讲？"

唐沅眼一亮，说好。

他扫了她一眼，缓缓问道："那这个，是不是应该加分？"

唐沅顿了一下，眼神警觉起来："加多少？"

江现缓缓瞥向纸上密密麻麻的字和数据："我们盛江之前做过一个

类似的项目，但这个案例挺有难度的，解释起来很复杂。”

“……”

“具体的例子比较少见，国内有经验的公司大概就这么几家。”

“……”

“涉及的条例也多，如果我没记错的话，国内外在这一块侧重的方向点十分不一样。”

“……”

他说了一条又一条，生怕不能凸显这有多“难”。

在唐沅快要听不下去之前，他总算打住，眸光沉沉地看着她：“就加个两万九千八吧。”

“……”

唐沅立时倒吸一口凉气：“你怎么不干脆凑个整？！”

不如直接加到三万算了！

“那倒也不用。”他很淡地笑了一下，还挺体贴，“留一点给你后面慢慢加。”

唐沅看他一副老神在在的模样，气鼓鼓的，很有骨气地把案例拿回来：“不要你讲了，我自己来！”

江现任她把东西抢回去，若有若无地勾了下唇，不急不缓地说：“其实不加也可以。”

唐沅眼里带着狐疑看向他。

他没辜负她的期望，眼神幽幽地道：“你亲我一下，我就教你。”

她的脸“唰”地红了，抿唇憋了好一会儿，也不理他，鼓着脸颊低下头，决定自力更生。

不过心有余，力稍稍不足。

国内外商学院还是有区别的，尤其在实际情况上，更有出入。这个案例涉及各种相关条款和市场生态，唐沅分析得头疼不已。

江现在旁边面色不改地盯了她好一会儿，眼里隐隐闪过轻微的笑意。

不知过了多久，大概在她快要抓狂的前一秒，他终是伸出手，将她面前那些纸张全部拿到了面前。

“重点在这里。”

他拿过她的笔，没提任何额外的要求，神色正经地一处处挑要点讲给她听。

他的另一只手臂绕过她身后，撑在茶几边沿。唐沅被他半环在身前，几乎要陷进他的胸膛里，她顿了一下，到底没作声，安静地听。

江现说得仔细，引用了盛江之前那个项目，将细节拆分进行讲解。

唐沅在国外念书时成绩本就不差，甚至可以说是很好，理解得很快，不仅听进去了，还不时打断他提问，和他探讨起来。

江现虽是盛江高层，却并非甩手掌柜，即使是具体到底下的各个环节，依然很有自己的见解。

好一会儿，唐沅大致明白了，难处也全都搞清。

她听着听着，视线渐渐上移，在他的声音中，不时地用余光看他。

不知道是别人都这样，还是只他一个，每当专注起来，就格外有魅力。

恍惚间像是回到很久以前他给她讲作业的时候。

在江家补课那阵子，偶尔题目做到太晚，江盈不在或是起身离开，只剩他们两个人，她有时也会走神盯着他看。

那个时候和他离得既近又远。

江现察觉到她走神，朝她看过来：“怎么了？”

她咳了一声：“没什么。”连忙敛眸继续认真听。

一个案例讲完，唐沅缓缓舒了口气，时间不早，差不多该收拾回房。

江现有电话进来，似是公司的事。他收回手臂，那种若即若离的暧昧距离一下拉开。唐沅松了口气，只是背后空荡荡的。

她将手中的动作放轻，有意减小动静，慢吞吞地整理好茶几上的纸张。

回头瞥他一眼，两秒钟时间，又似乎只是瞬间，她抱着怀里的一堆东西，在起身之前的一刹那，飞快地凑过去在他脸上亲了一下。

江现一愣。

她脚步不停，下一秒便快步跑走。

电话那头似乎察觉到他的停顿："怎么了，江总？"

"没事。"江现握着手机，过了好几秒才说话，"你继续。"

耳边是那头讲公事的声音。

坐在地上的江现支着条腿，背靠住沙发边缘，忍不住低下头无声地叹了口气，勾唇淡淡地笑。

做生意先不论。

撩人的本事，她是真的比他强得多。

Chapter 5

第 5 章

Why are you so late

唐沅快步回到卧室，关上门，扑到床上滚了好几圈。

她静静地听着自己的心跳声，好一会儿才想起该去洗漱。

洗完从浴室出来已是半个钟头后，她换上睡衣，躺进被窝里看手机。

江现给她发来消息。

江现：跑那么快？

江现：光明正大偷亲我？

沅不沅：我们唐家人做买卖很公平的，从不占人便宜。

唐沅压着枕头，托住微热的脸颊，回了这么一句。

他给她讲解案例难点，她还他一个吻，很公平。

越发觉得自己的行为合理，她想了想，更加理直气壮起来。

和江现没说几句，群里便聊开了。她切换界面去看，蓝默等人讨论着约会要去哪里的话题，正说得起劲。

平时唐沅不大在群里出现，偶尔才说句话。当下心情好，她看着他们接连不断的内容，顺手发了个表情包。

你的蓝哥：哟，沅老板来了。

蓝默眼神够好，在夹缝里捕捉到她。

其他人的注意力纷纷转移到她身上，唐沅一口气又发了两个表情包。

将赢：你今天心情很好啊？

沅不沅：？

沅不沅：你从哪儿看出我心情好了？

你的蓝哥：你心情不好能一下回三条？平时都不群聊的人。

你的蓝哥：发生什么好事了，跟大家伙说说。

……

他们一唱一和，其他人在后面也跟着附和。

唐沅看着他们的话语，不由得沉默了片刻。

她盯着屏幕里的各个头像思忖，这话是他们要问的，她也没想显摆，他们都这么好奇地问了……

暗暗地低咳一声，她换了个舒服的姿势躺着，轻挑眉头，在对话框里打下一句话。

沅不沅：也没什么，就是最近有人在追我。

将赢：？

将赢：你还会当我嫂子吗？

沅不沅：废话，你是不是有什么毛病？

将赢：你那样说，我还以为你打算投入别人的怀抱了……

唐沅轻轻吸气，不得不把话挑明。

沅不沅：我说的，就是江现。

群里一刹那沉默下来，好几秒无人应声。

沅不沅：干吗？都不讲话？

将赢：？

你的蓝哥：不是，你说别人我信，江现追你？

你的蓝哥：怎么回事，是不是他对你不好？好好的一个人怎么还犯了臆想症呢？你有什么不快乐大胆地说，我们找他算账！

你的蓝哥：娘家人都在呢！

唐沅被蓝默的傻子言论噎到，有那么一秒，是真的想找他算账。飞快打字回了好几条，然而不管她怎么说“是真的”“没开玩笑”，群里愣是没人信。

唐沅被他们似嘲讽一般的安慰气到，差点把手机都给扔了，转而点开江现的头像，愤愤地发去一个生气的表情。

江现：？

她把蓝默那几句质疑截图发过去，控诉。

沅不沅：他们都不信！

江现：为什么不信？

能为什么？还不是他以前太难搞了。

唐沅深吸一口气。

沅不沅：这个问题，你难道不应该反思一下自己？

江现：……

唐沅越想越不爽，翻了个身，开始毫不留情地对着江现吐槽蓝默。

下次见面她一定要在游戏里把蓝默捶爆！她发誓，绝对不会手下留情！

发泄了好一通情绪，唐沅平复下来，中止话题，把手机往旁边一扔，起身去了浴室。

等她做完最后的护肤再出来，已经过了好一会儿。

她重新回到床上，端起旁边的水，还没喝，随手拿起手机一看，有一条江现的未读消息。

不是先前的话题，只是简简单单的一句话。

江现：看朋友圈。

唐沅顿了一下，点开朋友圈，向下划拉。没一会儿，她就看见一条他不久前刚发的动态。

是一张照片，图片里的脸她再熟悉不过——她每天照镜子都能看见。

唐沅的朋友圈没有关闭，也没有设置时间限制，发过的内容都大大方方地放着，任好友浏览。

江现从她朋友圈里挑的那张图是她最近一次发的自拍，大概在几个星期前。

他的配文也很简单，只有一个爱心。

评论里，他们的共同好友已经蜂拥而上。

上一次出现这种情形，还是她发了那束他送的花，他评论后，被其他人调侃。

这回又不一样。

江现的朋友圈几百年都难得发一次动态，偶尔一条，不是转的什么财经新闻就是什么新兴科技资讯。

这个怎么看都像是秀恩爱的举动出现在他身上，着实惊掉不少人的下巴。

唐沅先是有几秒愣怔，视线扫过评论里她能看到的那些言论，脸颊随即升起一股浅淡的热意。

指尖上下滑了滑，片刻后，她回到聊天界面，莫名扭捏，删删减减好半天才在对话框打下一行字。

沅不沅：你干吗偷我照片？

江现：让我朋友圈里的人多看看美好的事物，长长见识。

唐沅无声地“喊”了一声，抿了抿唇，往枕头上趴。

过了一会儿，她没忍住，又点开他的朋友圈看了几遍回味。

沅不沅：你怎么选那张啊？我随便拍的，光线不是很好。

江现：会吗？

江现：可是你很好看。

唐沅对着手机，挑剔到一半，瞬间像拳头打在棉花上，耳根也热了。

没等她回复，那边又继续道。

江现：需要我单独截图发给江盈吗？

江现：或者你把蓝默的微信推给我，我加一下。

唐沅被他臊得不行，她还要脸，生怕他真的发，连忙回了句“不必了”，鸵鸟一样把脑袋往枕头里埋。

几分钟后，凭自己本事刷到动态的江盈，还是截了个图发到群里。

将赢：？

将赢：这是什么？！

这张截图犹如惊雷，先前还信誓旦旦说唐沅在说胡话的一群人，纷纷惊得除了发问号和感叹号，再不会发别的。

唐沅一点开群，满屏都是标点在飞。

你的蓝哥：沅老板，你是不是把江现的手机偷了？

她没好气。

沅不沅：滚！

氪金富婆：牛啊沅老板，还是你牛！

半酷：这是什么大型连续剧，放以前你跟我讲有今天，你看我会信？

滑仔：这么难搞都搞到了，沅老板，你厉害！

……

回神的其他人纷纷吹起彩虹屁，唐沅找回了面子，懒得再理他们，板着一张冷漠脸切出群去。

淡定不了的江盈追着她私聊——

将赢：我错了！

将赢：我哥都问起卧室了！我不该质疑！

没等唐沅回复，她又道——

将赢：不过我又要问了。

将赢：你们该不会，要让我做小姑了吧？

因这一句，静止的空气里，仿佛突然有画面浮现，唐沅一下子关上手机，扔到旁边，将这八卦精连同群里的傻子一起屏蔽不理。

室内静悄悄的。

她抱着被子翻了个身，趴了半晌没动。

脑海里闪过江现发的那条动态。

唐沅深深吸了一口气，脸贴得枕头更紧。

这个人怎么这么会撩人，可恶！

耳朵里，心跳声剧烈，连呼吸都滚烫。

唐沅好半天没回消息，江现靠坐在床头，视线轻扫屏幕，动动手指又发去一条消息。

江现：这算表现好吗？

半分钟左右，她终于出现。

沅不沅：勉强吧。

江现：那有什么奖励？

沅不沅：抵了刚刚扣的分，扯平。

江现：就这样？

唐沅发了一个翻白眼的表情包过去。

江现失笑，聊了几句，她又好一会儿没回。

朋友圈不时有新消息提示，他点进去看了看，评论和点赞里熟悉与不熟悉的人都有。

平时常来往的那群朋友，除钟恒点赞又留言外，有几个也在评论区留了表情或标点，受惊程度一点都不比别人小。

好些交情深交情浅的都在调侃，问他什么情况，是不是快结婚了，所以特意秀一次恩爱给大家看。

江现没有一一回答，只公开回复了一句——

还没结婚，在追。

随即又是一轮疾风骤雨般的调侃。

他没在意，起身到卧室的沙发旁边倒水。

他端着杯子回到床边，随手拿起手机，不经意一瞥，在不停歇的新消息提醒中，看见了一个最为熟悉的头像，视线顿住。

唐沅给他点了个赞。

没有只言片语。

只是轻轻巧巧的一个小标志，和他配文里的那颗爱心遥遥相望，相得益彰。

风和日丽的上午。

唐沅的案例差不多快要看完，终于可以向她姐交差。等过不了多久，她大概就要和江现一样，每日在公司和公寓之间奔波。

她坐在桌前正一边喝着咖啡，一边处理最后的几份文件，莫名其妙地收到好多微信好友添加请求。

都是来自褚妤一个人。

唐沅有种场景重现的错觉，看了一眼日期，确定时间没问题。

早先和褚妤阴差阳错吃的那顿饭，因褚怀不欢而散。褚妤那时就想跟她道歉，加了她很久，她搁置几天没理。褚妤见她软硬不吃，最后只好消停。

只是不知道为什么，过去这么久了，这个人突然之间又跑来加她。

唐沅心下疑惑。

本不欲理会，奈何褚妤锲而不舍的劲头比上次有过之而无不及，她无奈地放下咖啡杯，通过了申请，看对面到底要作什么妖。

褚妤过了好几分钟才反应过来。

Yoyo：？

Yoyo：唐沅！

沅不沅：干什么？

Yoyo：我加了你那么多次！

唐沅面色不改，丝毫不愧疚。

沅不沅：哦。

褚妤气得又发了一连串感叹号。

没等唐沅问她到底有什么事，她的下一句话便甩到唐沅脸上。

Yoyo：你应该不会去参加那个同学聚会吧？！

唐沅愣了一下，想问什么聚会，过后才想起来，好像是有这么一回事。

褚妤的手速和江盈不相上下，她还没来得及回复，那边已经开始“暴风输出”。

Yoyo：千万别去！

Yoyo：我听说郭雅琳他们好像找来了丁巧，你去了肯定没什么好事！

唐沅看着褚妤提到的那个名字，不由得一怔。

丁巧。

明致高中一直有特招生制度，特长生，或是学习优异的，校方会通过不菲的奖学金吸引他们入学。

所以虽然明致是私立学校，却有不少成绩特别优秀的贫困生。

丁巧也是其中一个。

只不过在高三正式开始时，丁巧被学校调去了相隔两个区的分校。

分校的地理位置以及师资、设备等各项条件都远不及主校，时常被主校同学戏称“条件艰苦”，向来只有分校优异的学生调往主校的，从来没有反过来的。

丁巧家庭条件很差，妈妈常年生病，继父收入微薄，脾气还不好。她平时沉默寡言，只知道闷头读书。在学校里，除了和她一起被特招入校的继兄，几乎不怎么跟人打交道。

在高三正式开学前，准高三生们返校预先补习的那段时间，丁巧和唐沅起了冲突。

唐沅公开说过要让丁巧在明致待不下去，后来，丁巧就真的在正式开学时被调去了分校。

这件事当时就在校内传遍，而唐沅的小舅是校董会成员，同样所有人都知道。

于是，甚至不用过多猜想，唐沅“仗势欺人逼走贫困学生”的事情在学生间不胫而走，传得沸沸扬扬。

唐沅的高三生涯，从这桩“霸凌”事件开始，陷入了无比糟糕的舆论旋涡之中。

有人在学校贴吧开帖子骂她，有人在背后议论她，提到她的时候，无不是用阴阳怪气的语调调侃“小心点，可别被她找麻烦”，或是“当心被她赶出去”。

褚妤斟酌着道——

Yoyo：我也不知道你们当时具体发生了什么，别的我不太好说。

Yoyo：但你最好还是别去，她们肯定要搞事情。

唐沅沉默了好一会儿才回。

沅不沅：丁巧会去是吗？

Yoyo：对。

简简单单的一个字，一切尽在不言中。

唐沅一下明白了那天那通莫名其妙的邀请电话，也明白了褚妤的好意。

没有讨论她此刻来提醒自己是什么立场，也没有多说其他，唐沅沉沉地吐了口气，回复她。

沅不沅：既然丁巧愿意出现，那我会去的。

唐沅没有删掉褚妤的微信，和她简短地聊完以后就未再继续其他的话题。

大概是提及的事情不太愉快，褚妤也很识趣地没再纠缠她。

找出几天前打来邀她去聚会的那个号码后，唐沅对着手机看了一会儿，发去一条消息。

“聚会我会参加，时间和地点发给我。”

那边很快回复，热情的话说得有几分虚假。

看过地址和时间，唐沅一个字都懒得多说，把手机翻过来盖在桌上。

多少还是影响了心情，最后的几份案例她几乎用了一下午才看完。之后看闲书的时间，她略有些分神，短短几页让她翻了好久。

江现难得在天黑前到家，晚饭不用阿姨做，他带了些符合她口味的菜回来。

饭桌上，见她小口小口进食动作比平时慢，他不由得皱眉："不合胃口？"

唐沅抬眸看了他一眼，否认道："没有。"

桌上都是她爱吃的菜，没有哪样是不喜欢的，味道也都恰到好处。

江现没说话，视线停留在她身上。

她沉默了一下，几秒后，戳着米粒轻声问："最近有没有以前的同学联系你？"

"以前的同学？"他凝眸，想了一下，"没有，怎么了？"

"哦。"唐沅弯了下唇，继续扒拉米粒，"没什么，就随便问问。"

邀请她的那些同学似乎没有邀请江现。

想想也很正常，他本身就不是个交友广泛的人，和那些人多半不熟。即使他们想开口，也要掂量掂量有没有这个面子。

咽下一口饭后，唐沅道："我过几天要去参加一个聚会。"

"聚会？"

"嗯。"她点头，"在梵山会所那里。"

江现问时间，她想了想，说："后天。"

"后天我正好要和钟恒去那附近谈事情，我顺路送你过去？"

他还得工作，想必是从公司直接过去，特意绕回来接她太麻烦。于是唐沅说："不用。江盈会和我一起去，她开车。"

"那结束后我去接你？"

"没事，江盈可以送我回来。"

他挑眉，目光不让："江盈是江盈，我是我。"

"我又不会丢了……"唐沅扒拉着米粒嘀咕，被他盯得有点不好意思，便没再拒绝，"知道了，来接就来接嘛。"

晚饭结束后，两个人在沙发上待了一会儿，打算看电影。

他们一边挑一边说话，一开始还好端端坐着，到后面越挨越近，唐沅整个人都快倚进他怀里。

只是没等选好片子，江现突然有电话进来，又是临时的公事。他皱着眉接听，和那边说着话，好久都没挂。

唐沅等了半天，手里翻着片单界面，安静地朝他看着。

他握着手机，一边瞥她，一边眉头微拧。

这通电话打了好久才结束。

唐沅听见几句内容，抿了抿唇："你有事啊？"

江现沉吟："嗯，有点事情要处理。"顿了一下，他又道，"要不然你先看，我处理完马上出来陪你？"

"你有事就先去忙，我又不是小孩子。"

唐沅撇嘴，心知看不成了，也没多纠结，推他："你去吧，我回一下消息，等会儿就回房洗漱。"

江现站起身看了她一会儿，在她摆手时缓缓提步。

唐沅没瞧他，低头刷着手机，直至听见他走向书房的脚步声消失在走廊，才停下动作回头看了一眼。

屏幕上是她先前选的几部片子，她默然点了几下，挨个添加进收藏夹，叹了口气，起身回房。

江现进了书房，之后的大半个晚上都没再出来。

客厅里静悄悄的，听不到半点动静。

还好没等，不然她怕是要一个人看完一部电影。

唐沅无奈地想着，洗漱完躺进被窝，给他发消息。

沅不沅：还在忙？

他过了好久才回。

江现：嗯。

唐沅没再打扰他，安静地翻了翻和他的聊天记录。

准备睡觉前，她切出对话框，不经意瞥到褚妤那个被挤到下面的头像，视线顿了一下。

她和褚妤的对话，还停在之前聊的那个话题上。

卧室和客厅一样静，只有灯光幽幽地照着，半点声响也无。

唐沅没有再点开看，盯着屏幕好久没动。在这寂静之中，感觉细微的呼吸似乎也变得沉重了几分。

她放下手机，抱着薄被侧躺，闭上眼后脑海里乱糟糟一片。

四周太过安静，她也不知道自己什么时候睡了过去。

梦里好乱，她梦到好多高中的事情，梦到自己被人骂，她生气地找到背后骂她的人，可是对方却理直气壮地反问："我说错了吗？我哪句话说错了？怎么样，欺负人上瘾吗，是不是也要把我赶走？"

周围的人都在看热闹，全用一种看坏人的眼光看着她。

她本来有好多话，一下子统统说不出口。

在人群的最外围，她看见了江现。

他和那帮朋友一起，他们之间隔着长长的距离。

她在人群里被人质问指责，是众矢之的，是所有人不齿的坏人。而他正好途经，亲眼看见她的难堪，无所遁形。

视线遥遥和他对上的一刹那，她突然就泄了气，再多的话，再多的委屈，一瞬间都化为泡沫。她只来得及用尽最后一点力气，狼狈地带着身边的朋友落荒而逃。

从梦里醒来的时候还是深夜。

眼角有轻微的湿意，唐沅静静地盯着天花板看了一会儿，感觉一道很浅很浅的微凉水迹从眼角滑过脸颊。

她缓缓抬起手臂，挡在眼睛上。

手机屏幕忽然亮了，她坐起来看，是跳出来的新闻。在那之下，还有一条江现发给她的消息。

江现：睡了吗？

唐沅没有打字，拨去语音电话。

凌晨三点，几秒钟不到，那边接了。

他的嗓音带着微微的沙哑："喂？"

唐沅闷闷地问："你怎么还没睡？"

"等一会儿。"他说，"你怎么还不睡？"

她的声音轻颤："我睡不着。"

似是听出她的不对劲，江现顿了一下："怎么了？"

"做噩梦了。"唐沅闭了闭眼，眼眶里热意隐约，"我梦见，你讨厌我。"

所有人都讨厌我。

没有人喜欢我。

那边的沉默把时间拉长，随即响起一阵起床下地的动静。

她没有说话，半分钟后，听到卧室外传来敲门声。

不等她说进来，江现已经推开了门。

唐沅躺在枕头上朝门口看，他握着手机，穿着真丝睡衣站在门边。

夜色下，她的声音有些小，有一种自己也没察觉的委屈："你怎么过来了……"

江现身材高挺，深蓝色的衣领处露出锁骨。他缓缓收起手机，眉头很轻地挑了下，淡淡的声音里带着几分哄她的味道："我来看看是哪个江现这么不识好歹。"

他一本正经的语气逗得她破涕为笑，不禁吸了吸鼻子。

江现走到她床边，挂了语音将手机放到一旁的桌上，在床沿坐下，就着床头灯看她。

“哭了？”

唐沅忽然有点不好意思：“没有。”

江现凝眸，撩了撩她的头发，轻声宽慰：“梦都是假的。”

她没出声，嗅着他身上好闻的味道，朝他的手掌蹭了蹭。

安静片刻，她忽地问：“你会不会觉得我很差劲？”

他似是不解：“为什么这么说？”

“以前……”唐沅咽了咽口水，“高三的时候，他们都说是我把丁巧逼走的。”

江现听她提起这个，眸光沉了沉。

他的手撩过她头发抚上她的背，他放轻声音：“我信你，一定是事出有因。”

唐沅的眼睫颤了颤：“那如果我真的欺负人，逼人转学呢？”

他像是想了几秒，很快坦然：“那就只能让他们以后骂的时候，连我一起。”他说，“‘江现和他老婆一样坏’，或者‘唐沅和她老公都不是好人’……哪种都可以。”

他宽慰的语气认真又不失温柔，莫名教人心安。

唐沅抱着被子，嘴上嘀咕：“还没结婚呢……”

语气却比先前好了很多。

江现的口吻平和，说话没有一丝犹豫：“犯了错就一起扛，别人说什么骂什么都不要紧。至少不要怕，有我陪你一起。”

唐沅鼻子一瞬间发酸，把脸朝向枕头，不太想让他看到自己这一瞬间的表情。

“我不是坏人。”许久，她才轻声说，“我不骗你。”

江现“嗯”了一声。

没有追问，没有问那些过去的事究竟如何，只是陪她一同分享此刻的时光。

无论她是什么心情。

窗外夜色深沉，他的声音却柔和："睡吧，我在这儿陪你。"

这个人似乎有别样的魔力，在他的话语中，唐沅的情绪就这么平复下来。

他的手仍在她头上轻抚，她犹豫了一会儿，小声问："你要不要跟我一起睡……"

江现似是笑了，眉头轻挑，语气平静又带一点点刻意的夸张："还有这种好事？"

唐沅被逗得不自在："我不是那个意思……"

他依旧坐着没动，只嘴上调侃："你做噩梦不开心，怎么反倒让我占好处？"

她知道他是开玩笑，瞪他一眼，抱着薄被撇嘴："照你这样说，那以后我多做几次噩梦、多不开心几次，你不是就……"

后面的话她没说下去。

"那我还是不要占好处。"江现唇角的弧度浅淡，替她拉了拉薄被，面色沉静如常，表情温柔，声音也温柔。

"我想你开心。"

她愣了一瞬，看着他，那股莫名的酸意又冲上鼻尖。她抿了抿唇，缓缓垂下眼睑，不再说话，感受着他轻拍在后背的动作。

那是哄小孩一样的举动。

闻着他身上的味道，让人安心下来。

灯亮了很久，他在床边也坐了很久。

唐沅闭上眼，缓慢地、沉沉地睡去。

她又一次坠入梦里。

这一次的梦很长，温温柔柔，再没有悲伤和恐惧。

转眼就到聚会当天，江盈准时开车来公寓楼下接她。

原本江盈没打算去的，从唐沅那儿得知了褚妤说的话，又听说她要出席，放心不下，第一时间改了主意，决定陪她一起去。

江盈一边开着车，一边问："你没跟我哥说你要去见那些人？"

唐沅摇头："我说要参加聚会，具体的没说。"

江盈皱了下眉，看她懒懒地靠在车椅上，欲言又止。

其实不止江盈一个，他们这群朋友都很疑惑。

他们和丁巧并没有交集，高三的时候唐沅突然和丁巧闹矛盾，还发了好大的火，说要让丁巧在明致待不下去。别说别人，他们当时都特别惊讶。

后来学校里流言蜚语疯传，唐沅成了众矢之的。大家虽然不敢明着怎么样，然而隐隐发酵的那种氛围，实在令人窒息。

他们作为朋友，一直陪着唐沅，相信肯定是有什么原因，却也一直没敢过问。

江盈犹豫半天还是没问出口，默默叹了一口气，只道："她们要是真想搞什么幺蛾子，有我在呢，大不了我们直接走。"

唐沅瞥她一眼，像是笑了笑，唇角的弧度很淡，轻轻点头。

车开到梵山会所。

同学聚会的地点是郭雅琳等人选的，要了一个中等大小的厅，足以容纳二三十个人。

唐沅和江盈被服务生领进去，推门入内，厅里已经到了的人齐刷刷地朝她们看过来。

空气静了两秒，郭雅琳立刻笑着迎上唐沅："终于来了，我们等了你好久，快坐快坐。"

江盈对她的笑里藏刀暗暗轻嗤。

若非唐沅坚持要来这一趟，谁会搭理这种低段位的鸿门宴。

唐沅的态度同样敷衍，假意笑了笑，什么都没多说，径自找了个安静的位子坐下。

厅里顿时响起各种客套寒暄，这个说起以前怎么怎么，那个说起当年如何如何，还真是一派其乐融融的景象。

唐沅兴致缺缺地听，没吭一声。

没一会儿，他们就把话题转移到她身上。

“唐沅你怎么不说话啊，你难得来参加这种活动，我们好久没见你了，你也不跟我们多聊聊。”

“是啊是啊。”

“就是说……”

附和的声音听在耳中，唐沅的表情没有丝毫波动，淡笑道：“有什么好聊的？”

一群人噎了一下。

唐沅又不客气地道：“同学聚会就这么干坐着聊一天吗？这么无聊，不然我还是先走吧。”

郭雅琳等人的笑容僵住，生怕她走了似的，忙不迭道：“哪里会无聊，先坐着聊一聊嘛，待会儿可以玩游戏……”

唐沅不搭腔，静静地看她们虚与委蛇。

十几分钟后，郭雅琳像是收到消息，看了看手机，笑容一下真切了几分：“哎呀，有个等了很久的老同学来了，她们接到了人，现在正进来。”

没话找话的那些人立时抬头。

唐沅正百无聊赖地听他们重温过去的话题，闻言，表情微微变了。

郭雅琳边说边看向唐沅，意有所指：“大家一定都很想见她。”

就像终于到了重头戏，她的话仿佛点燃了气氛，一群人脸上都有些迫不及待的神情。

门边传来动静，几个人推门而入。

其中一个被带来的，明显穿得朴素简约。

郭雅琳连忙起身迎上去拉了拉那个人的胳膊，极亲热似的：“这是丁巧，大家应该都还记得，她以前高中的时候一直是我们年级前几名。”

她笑着看向唐沅，眉头轻挑，缓缓道：“唐沅，你没忘吧？”

厅里，所有的视线都集中到唐沅身上来。

江盈蓦地身子紧绷，唐沅轻轻地摁了摁她的手，坐着没动，只静静地抬眸，看向丁巧。

江现从公司出来，车开到半路，钟恒打来电话。

他摁下接听键：“什么事？”

“你在路上了吗？”

“嗯。”

那边道：“刚会所打电话说我订的酒暂时没货，要不换个地方？”

江现没什么意见，顿了下，说：“梵山会所离得挺近。”

钟恒听他提议，道：“行。那就去梵山，我给他们打个电话。”

江现挂了电话，吩咐司机：“去梵山会所。”

司机应声道好，重新规划路线。

江现往后靠着车椅，给唐沅发消息，告诉她自己换了地方。

等了一会儿没见她回消息，不知是还在江盈车上，还是已经到了梵山会所。

江现收起手机，十几分钟后到地方，和钟恒会合。

除他们俩外还有两三个人，都是半熟不熟的，以前打过交道，这次来谈正经事，气氛还行。

几个人在包间里坐着喝茶，席间，钟恒出去接了个电话，回来后没立刻坐下，而是碰了碰江现，俯身轻声说：“唐沅好像在那边？”

江现点头：“我知道，她有聚会。”

她今天来梵山会所，一早就跟他说了。

钟恒皱了皱眉头：“唐沅是跟明致的人聚，我刚碰见几个认识的，都是以前学校的。他们说周霖的对象那个郭什么琳的也在，那帮人好像找来了以前高中那个叫丁巧的女生。”

江现一怔。

钟恒怕他不记得，提醒道："就高中去了分校的那个。"

江现当然知道是谁。

他之前确实不太记得那些同学的名字，但这个丁巧，唐沅前两天做噩梦那晚才提过。

脑海里闪过唐沅当时的表情，江现脸一沉，转头对其他人道："不好意思，我有点事出去一下。"

他说完立即起身，边往外走边问钟恒："在哪儿？"

钟恒回来前已经问过，告诉他在哪个厅，两个人快步往那边走去。

绕过走廊又拐了两个弯，找到了他们聚会的厅。

江现伸手推门，门刚推开一条缝，就听里面传来一个甜腻的声音："丁巧，打个招呼啊，唐沅也在呢。"

他眉一拧，正要推门进去，下一秒便响起一道女声。

似乎就是那个叫丁巧的。

没有愤懑，没有质问，声音柔和又有些许沉重，几不可察的颤意里带着点说不清的情绪，是完完全全的善意和怅然。

"好久不见，唐沅。"

丁巧的一声"好久不见"，温和得过分。

郭雅琳和其他人都愣了，她的态度，完全不像他们想象中那种，面对曾经欺凌过自己的人的愤慨和厌恶。

"这是唐沅啊，你不记得了吗？"郭雅琳提醒她，"你们高三的时候不是还……"

她挑眉，拉长语音，点到为止。

丁巧微微吸了口气，开口道："你是想说她霸凌我，逼我转学，把我赶去分校区是吗？"

郭雅琳眸光一闪，嘴角轻勾，正要顺着话说下去，丁巧忽地低头笑了一下："我高中毕业后考去了很远的城市，很久没有回来，如果不是你们找我，我都不知道……"

她说着，抬起头面对众人，下一句话让满厅静了片刻——

"唐沅没有霸凌我。"

江盈本做好他们拿过去的事说事的准备，因这突然而来的状况愣了一下，不由得转头看向身旁的唐沅。

作为全场的焦点之一，唐沅全程抿着唇没有说话，只是神色凝重，背有些僵直地挺着。

"你在说什么啊？！不是她还能有谁，是她自己说的要让你在明致待不下去……"

和郭雅琳一起的一个女人忍不住开口，看了一眼唐沅，眼神飘忽，把人叫来的那点小心思这会儿终于不掩藏了，明晃晃又迫不及待地摆到台面上。

"我说了，"丁巧拧眉打断，"唐沅没有霸凌我。"

郭雅琳那群人脸上闪过一丝尴尬，其中一个不知是想到什么，看向岿然不动的唐沅，眼神一凝，有了新的猜测："是不是她找你了？她是不是对你说了什么，还是威胁你了？你不用这样，大家都在这儿，难得聚一聚，你有什么话就……"

"我说得很明白了。"丁巧加重语气，"我去分校，并不是因为唐沅逼我。"

那群人逼问得越发紧，唐沅见状，眉头皱起，出声叫她："丁巧！"

"没事。"丁巧看向唐沅，沉沉地吸了口气，"我真的没事。"

她扫视过在场的一张张脸，郑重道："是我自己想去分校。"

郭雅琳身边的几个女人愣怔一瞬，回过神来驳斥："开什么玩笑，谁都知道分校条件不如主校，哪有人主校不待跑去分校……"

"因为我一直在被猥亵！"

丁巧陡然拔高的声音尖锐，话音落下后满场寂静，她看向说话的人，看向在场的每一个人："这个答案你们满意吗？"

她好像就是为了这一刻，开口没有丝毫迟疑。

厅里如死一般沉寂，在座众人全都愣住。

唐沅和其他人一样背脊僵直，却又比他们多了一种难以形容的情绪。

在这阵死寂中，她喉间有点烫，缓缓吐了一口气。

她猜到有这一刻，在她知道丁巧要来参加同学聚会的时候，就预料到了这个场景。

可还是不知道该如何面对丁巧这样在大庭广众下自揭伤疤的行为，面对这静止的一切。

厅中的丁巧看着被冲击到的众人，站得比任何人都直，声音一字一顿——

"我继父的儿子，和我一起特招进明致的那个老实人，他一直在猥亵我。

"我今天来就是为了说明白，唐沅从来没有霸凌过我，是她，拦住了跳河的我。

"你们没有资格攻击她。停止这种无聊的行为吧。"

……

唐沅遇见丁巧那天，是高三补课期间的某个傍晚。

丁巧在河边正要跳下去，被她拦下了。

那天下午，丁巧哭得停不下来。唐沅问了很久，她才崩溃地全盘托出——她的继兄，那个所有人眼里木讷寡言的老实人，从高二下学期开始，一直在猥亵她。

唐沅当时就气不过要替她找继兄算账，却被丁巧拉住。她说她不敢让人知道，她妈身体不好，常年吃药，靠着继父才能活下去，她在家也总是被继父叱骂。

想了好几天，唐沅终于想到办法，让她转学去分校区，避开和她继兄的交集。

然而丁巧的继父轻易不会让她转学，分校区离家远，她去了就没办法帮家里做事。她更不敢直接撕破脸皮，一直不停地哭着说，继兄的事被人知道她会活不下去。

看着处在崩溃边缘的丁巧，唐沅没有办法，最后只能对她道：“我赶你走吧。如果你是被我赶走的，你家里人，继父也好继兄也好，都不会说什么。”

过往从无交集的两个人就这么公开地吵了一架，丁巧冲撞唐沅，唐沅当众放话要让她在明致待不下去。

再后来，唐沅私下去找她小舅，悄悄拜托了小舅很久，才把调动的事给定下。

一切都很顺利。

丁巧“得罪”了学校有权有势的人，被逼得转去分校区。继父嫌她惹是生非，还好到了分校区仍旧有书读，奖学金也不变，只得骂骂咧咧让她去了。

她的继兄更是没察觉什么。

丁巧名正言顺地搬到了另一个校区的宿舍，奖学金一分不少按时寄回家，她继父根本就不管她回不回去。分校和主校的课错开，一放假她就出去打工。她的继兄忙于学业，也就没办法再继续骚扰她。

而唐沅不仅帮她转了学，还帮她申请了其他补贴。

甚至因为她胆小怯懦，害怕被继兄发现她在反抗，不敢让人知道被猥亵的事情，就连转校这件事的原因，到最后也一个字都没有对外说。

她付出了一个十几岁少年人的所能，帮她逃出生天。

这一场匆匆聚起的鸿门宴，在丁巧自揭伤疤的举动中，尴尬又荒唐地散场。

唐沅和丁巧是最先离开的，在那些人缓过来之前，她们就先抽身走人。

河边的风带着些微凉意。

唐沅和丁巧靠着桥壁，彼此都没说话。

江盈已经先回去，她本来还不放心，得知江现会来接她后，这才拖着缓慢的步伐走了。

握在手中的手机不时地亮起，唐沅瞥了一眼，并没有打开。

今夜，各个同学群里，大概都要因这桩陈年旧事引发骚动。有好多人给她发消息，探寻的、八卦的，形形色色。她把声音关了，迎着河风长长地舒了口气。

“这好像我跳河时的那条河。”丁巧忽地出声。

这略带玩笑的话，引得唐沅勾唇，却又不知该笑还是不该笑。她轻轻敛眸，看着河面，沉沉地道：“你今天干吗要来这一趟？”

这样的聚会，她其实可以不来的。

唐沅是知道她要来所以才来，而她……

丁巧没正面回答，笑了一下：“我还觉得我来得太迟了。”

高三那年，她托唐沅的福去了分校，躲避了外界的一切，对什么都不闻不管，毕业后匆匆逃离那个家，这些年更是远远地将浒城丢在身后。

如果不是这些人找到她，她还不知道，因为她那时的怯懦，唐沅背下了“霸凌”的罪名，从来没有解释过一句。

后来的这些年里，为了她的名声，唐沅也始终守口如瓶。

明明她没有做错什么，却一直被一切错误包围。

“对不起。”丁巧低声开口，“是我自私，连累了你。”

她只顾着自己躲，自己逃，却忘了替她背了黑锅的唐沅会是什么样的处境。

这么久以来，她一直都在做缩头乌龟。

“她们找到我的时候，我就想着，是该见见你了。”她的声音有点哽咽，“真的很对不起，也很谢谢你。”

唐沅沉默了一下，神色淡淡的：“都过去了。”

不想气氛这么低沉，她转移了话题："你这几年过得怎么样？"

"挺好的。"丁巧说，"我妈在我大学的时候去世了，我和那个家早就断了联系。我去了很远的地方读了很好的大学，读书的时候还去了山区支教，教了很多小朋友，闲下来的时候就出门看风景。我打工做家教，自己攒了挺多钱，现在年薪也不错，这些年去了很多地方。"

唐沅真心笑了笑，替她高兴："那挺不错。"

漆黑的河面泛着粼粼的光，像要破开那暗色。

她们第一次真正接触是在河边，多年后的这一次还是。

两个人吹着夜风，有一句没一句地聊着。

其实她们并不是很熟，但因为有过一段特别的回忆，言谈间像是熟识的老友。

聊了好久，见时间差不多，唐沅看看天色，收住话题："我该走了。"

她今天来这个聚会，原本就是想和丁巧见一面，事情到此已经结束。

她站直身，问："你住哪儿？"

丁巧说："我订了酒店的房间，开车过来的。你呢？"

"我……"唐沅朝马路对面指了指，"男朋友在等我。"

出来后没过多久，她就收到了江现发的消息，他的车就停在对面等她。

丁巧闻言放下心来，两个人说着最后的闲话，一起往前走。

到车边道别分开，丁巧拉开车门，忽地出声："唐沅。"

唐沅回头朝她看。

她缓缓道："你那时跟我说的，我去看过了。"

跳河的那一天，唐沅拦下她，告诉她，不能死，要好好活着，要去看好看的风景，吃好吃的东西，要做一切好的事情。

她告诉丁巧海边的日落是什么样，云峰上缭绕的雾有多好看，悬崖上的雪景又是如何壮阔，她认真地对丁巧说了一遍又一遍，不能就这样结束。

她是再渺小不过的一粒沙。

而唐沅是这波涛汹涌的海里，唯一推她上岸的浪花。

“我看过了。”丁巧笑着，透过模糊的视线朝她看，“真的很美。”

街边天色昏暗，风把树枝吹得摇曳。

唐沅站在淡淡的暖黄光线下，轻轻弯起嘴角：“那就好。”

江现的车停在路边等了有一会儿，唐沅走近，他降下车窗，才发现他自己坐在驾驶位上，司机不在。

脚步微顿，她拉开副驾驶室的门坐进去，上车后系好安全带。手机持续不断有新消息进来，她干脆放到一边，懒得打开看。

江现没有问，丁巧也好，今天晚上的一切也罢，他什么都没提。

唐沅也没有说。

照那些群聊的动静，不用她开口，他估计也都会知道。

况且噩梦那天，她已经问过一遍他的答案了。

“你怎么自己开车啊？”唐沅懒懒地靠着车椅，侧头问他。

他“嗯”了一声：“反正也没什么事。”

疲惫感涌上来，她揉了揉眉心，有点累：“我想睡一会儿，到家了你叫我。”

江现点头说好：“我把空调温度调高一点。”

他说着将她的座椅调低，空调温度调高，又拿出车上备的薄毯给她盖上。

回家的一路，窗外灯光一道道掠过。

她侧着头，闭上眼呼吸逐渐均匀，睡颜恬静。

江现车开得平稳，比平时速度更慢一些。到公寓外时，唐沅还在睡，钟恒突然打来电话，他便没急着进去，而是靠路边停下。

戴上蓝牙耳机后，他问：“什么事？”

那边说：“没事，我就问问你，你回去了吗？”

“嗯。”

钟恒顿了一下：“和唐沅一起？”

江现又“嗯”了一声。

钟恒沉默了几秒，开口：“今天晚上我在的高中群里好多人在聊这件事，都传开了。”

他指的自然是晚上明致部分校友聚会的事。

前面那会儿他们赶到聚会的厅外，江现推了门却没进去。后来在唐沅出来之前，他们就走了。

但中间丁巧说的话，不用别人传开，他们当时就听得清清楚楚。

认识的人的八卦，再久远也不算迟。

毫不意外，各个明致校友群都在聊这件事。

一无非是说丁巧爆出的“猥亵”的事，有几个校友群里她那个继兄也在。有些正义感十足的女生看不过眼，当场就在群里骂他，还骂得极为难听。

他一句都不敢回，没一会儿就灰溜溜地退了群。

二自然就是唐沅对丁巧“霸凌”事件的真正经过。

钟恒说不清作何感想，叹了口气：“那时候唐沅被骂得可惨了。”

江现看着挡风玻璃外的道路，眸色比夜色更加深沉。

他当然知道。

丁巧转校后，好多人都在议论唐沅仗势欺人。

有个同年级的女生还在贴吧发帖子骂她，唐沅得知发帖人后，找去对方班上。

结果那个人不仅不低头，还和唐沅吵起来。

围了好多人看热闹，颇有给那个女生壮声势的感觉。

江现和钟恒他们正好经过，什么都没来得及说，人群中的唐沅朝他看了一眼，脸色便有点僵，后来很快就带着她那帮朋友走了。

就是那次，他想发消息和她说些什么，犹豫着编辑了几遍，却在得知她当天随后就跟那帮朋友出去疯玩后，又把短信扔进了草稿箱。

那时候，真的有点傻。

江现抿了抿唇。

她那种自我保护的应激反应，他竟然会以为她没放在心上。

钟恒没多说这个话题，大概也是不知道该怎么说，转而问："话说回来，你们什么时候办婚礼啊？别太突然，我好提前准备贺礼。"

"不着急。"江现手握着方向盘，"恋爱还没谈，急什么。"

"不是。"钟恒笑了一下，"你来真的？谈什么恋爱，这都住到一起了，两家都让你们结婚，还搞谈恋爱这一出？难不成你上次朋友圈发的那条动态是来真的？"

江现没觉得有什么不对，语气平静："真的不行吗？"

钟恒笑也不是不笑也不是，半晌，只得道："行行行，还是你有情趣。"

调侃闲说了几句后，江现便挂断电话。

把车开进车库，他解了安全带，倾身靠近唐沅，去解她的。

唐沅微微睁眼，揉了揉眼睛，呢喃："到了吗？"

她的脸睡得有点红，江现的呼吸拂在她脸上，低头在她的唇上轻轻亲了亲："到了。我抱你上去？"

她不太想动，还有点没睡醒的倦怠，含糊地应声："嗯……"

江现下车，从另一边车门抱出她，一路到楼上，抱着回了她的卧室。

刚把她放在床上，她蜷着被子，立刻翻了个身。

江现出去给她倒水，一眨眼的工夫，回来就见她又睡得沉沉的。

他想叫她，话没出口，默默地收声。他把水杯放到桌上，走到她床沿缓缓坐下。

她朝向他这边，秾丽的脸显得十分沉静。

在车上时，钟恒那句"谈什么恋爱"的话在耳边响起。

江现看着唐沅，眼里带着说不出的沉重和说不清的自厌。

他们都还没谈过恋爱。

他垂眼，抬指拨她额前的发，喉间缓慢地轻咽。

有什么不可以呢？

她已经够辛苦了。

凭什么，连遗憾也要比别人多？

Chapter 6

第 6 章

唐沅睡了一会儿，没有太久，睁眼摸到手机一看时间，离从河边回来那会儿只过去了两个多小时。

夜正深，她掀开薄被下地，客厅里还亮着灯，沙发上的江现也没睡，听见动静朝她看：“醒了？”

她点点头，往后撩了撩微乱的长发。

他一边起身一边问：“饿不饿？”

晚上没怎么吃东西便去聚会了，那场鸿门宴散得快，一觉睡到现在，此刻还真有点饿。

唐沅点了点头，江现见状，很干脆地朝着餐厅走：“我给你煮点东西，你等一等。”

她带着点睡醒后的蒙，站着看他忙活了一会儿，回房端了床边的水杯出来，在餐厅稍坐片刻，面前很快多了一碗热腾腾的面。

面条筋道，放了虾和贝，还有熏烤过的火腿肉切片，碧绿的葱花点缀，看着极有食欲。

唐沅吃了满满一碗，过后回房洗漱，顶着一头湿漉漉的头发坐到床边，江现正好拿了杯温的水进来。

没多说话，他顺手接过她手中的吹风机。她朝他看了一眼，并未阻止，一个坐一个站，他就着灯在床边给她吹头发。

头发吹干，唐沅懒懒的，脱了鞋翻身就躺下。

江现放下手里的东西，没出去，转身走回来。

察觉自己睡下得太自然，唐沅看着在床沿坐下的他，微顿："你还不去休息？"

时间已经不早，他明天还要早起去公司。

江现"嗯"了一声，垂眸看她，手顺势帮她撩开散乱在锁骨处的头发。

唐沅有些许的痒，她抬眸对上他的视线。没等她说话，江现先道："今晚我可以在这里睡吗？"

她一愣。

他问得自然，认真的表情不像在开玩笑。

或许是灯光太炽，掩藏在头发下的耳根热了起来。唐沅的眼神闪躲一瞬，手拢着薄被，过了几秒才低声回答："你想的话那就睡呗……"

她都睡过他的床了，她也没那么小气。

唐沅往旁边躺，给他空出位置。江现已经洗过澡，身上的睡衣是常穿的那套深蓝色的，衬得他的皮肤格外白，五官更显浓烈。

掀开她的薄被，他朝着她躺下，不一会儿，展臂将她揽进怀里。

面对面贴着，唐沅的脸蹭到他的胸膛，心跳有点快，温度被他的体温带高，又觉得这种热意令人舒适飘然。

安静间，谁都没说话。

江现的手轻摸她的头发，她听到他问："手机上是不是收到了很多消息？"

唐沅在他怀里抬头。

他说："刚才你睡觉的时候，屏幕一直在亮。"

确实收到了很多消息，群里那帮狐朋狗友几乎刷了一晚上的屏。她刚刚起来后看了好久才看完，还有一些家里互相认识的圈里人，高中也曾是明致校友，听闻八卦后关切地向她问询。

他大概已经知道事情的经过，唐沅低低地应了声：“嗯。”

除此之外，她没再多说什么。

“钟恒跟我说，褚怀他们找他聊了。”江现轻抚她长发的动作没停。

在这件事上，他们都曾说过不好的话。如今多了江现和她的这层关系，诧异之余，不免都有些尴尬的歉意。

“之前说在订婚前让朋友互相见一见，过些天正好有空，不如就聚一下。他们挺抱歉的，想跟你说一声。”

唐沅没吭声。

褚怀他们从小就跟她不对付，加上丁巧这一桩事，对她的厌恶感进一步加深，几乎是再正常不过的事。

她今天收到了很多道歉，她不在的同学群里，有些曾经因这件事骂过她的人，也辗转找来表达了歉意。

唐沅其实不知道说什么好，当时那种情况，她不得不背下黑锅替丁巧隐瞒，被误会是注定无解的事情。

她做了这样的选择，真要论起来也怪不了别人。

况且都到了这个时候，没必要再回头纠结。对她来说，一切在今夜已经翻篇。

唐沅正出神想着，额头上突然落下一吻，抬眼看去，江现的面容别样平和，却又略显深沉。

“褚妤摔下楼梯那天的事，我做得不够好。”

他忽然提及好久以前的事，教唐沅愣了愣。

“和丁巧的事一样。高中那时候，所有人都说你不好，但我想你一定是事出有因，才做出了那样的举动。褚妤摔下楼梯那天，其实我也本能地担心和你有关，又觉得你不是这样的人，就怕你是有什么原因，失去理智做出了不谨慎的举动，所以才拦着不让你和她经纪人起冲突。”

那天人真的很多，褚妤摔下楼梯，如果真和她有关，又会是一桩被人诛伐的谈资。

“我应该再坚定一点的。”江现眸光柔下来，“是我一开始就想错了，我应该更相信你。没有什么事出有因，这些所谓的‘事’从一开始就不存在。”

逼人转学，推人下楼，都没有。

“我们唐沅，根本不会做这种事。”

唐沅看着他的眼睛，好几秒才移开，长睫轻眨，她的脑门挨着他的睡衣面料，轻轻撇嘴：“知道就好。明天就把分扣上，之前漏了，至少得扣一千八百多分。”

那略轻的语气，不似抱怨，而是一种有了倚仗，明确知道会被纵容才撒娇的意味。

江现的手臂更紧了几分。

唐沅在他怀里蹭了蹭，重新接上先前的话题：“你说过几天聚一聚，去哪儿聚啊？”

早先说要安排朋友见面，是该提上日程，至于尴不尴尬的，到时候再说。

饭局，会所，游轮，不拘地点哪里都可以。江现提了几样，唐沅没意见，打算问一问江盈他们再定。

两个人靠着说话，他的手顺着她的头发向下，没一会儿，手揽在她腰上渐渐用力。

察觉和他贴得太紧，唐沅不由得抬手抵上他的胸膛。

“江现……”

话没说完，他的气息沿着她的眼睫落下来，唇随即被吻住。

只是亲吻，却也令人战栗。

真的很奇妙，每个瞬间都像在融化，精神上有一种持续不断的愉悦感袭来。

蓝默一帮人在群里刷屏聊了一通丁巧的事，安慰、开解以及各种狗屁话说了又说。这一页揭过去后，没两天，被唐沅告知要和江现那帮朋友见面，闹哄哄地将地点选定在游轮上，随后又提议要搞什么cosplay（角色扮演）主题。

唐沅问过江现，他没半点意见，她便同意了他们的提议，一切以大家开心为前提。

这厢和他们聊完聚会，唐岚紧接着就给她打来电话。

唐沅本以为是要说工作的事，不料那边一开口，却是她更不想听的话题。

“妈过几天回浒城。”

唐沅沉默了一下：“她有空了？”

唐岚“嗯”了一声，说：“她不是一个人回来。”

唐沅一顿，察觉到她话里似有别样的意思。

果然，唐岚下一句便道：“她和邓家那个叔叔的事定下了，他们打算订婚。”

唐沅握着手机的手用了一下力，唐岚又道：“邓叔叔不一定和她一起，可能晚几天。妈应该会带着邓叔叔的小孩先回来。”

她妈妈的这段恋爱，大概是在唐沅留学第二年的时候开始的。

这些年听倒是听了不少，但她一直在外，还没见过人。

如今，到了要确定名分的一步。

唐沅想问“爷爷知道吗”，又觉得没必要问这样的问题，这本来就是她妈自己的事情，不过是再嫁而已。

她微吸一口气：“她怎么不自己打电话给我？”

“估计等回来就联系你了。”唐岚停顿几秒，“你也知道她忙。”

唐沅闻言笑了一下，带着点自嘲。

那边又说：“到时候要正式见面，你刚好带江现一起，回家吃个饭。”

没心情再多言，唐沅压下心中那股烦躁，尽量轻声：“知道了。”

她又随口说了两句便挂了电话。

她闷闷地在沙发上坐下，屏幕一亮，江现的消息进来。他一直抽空回她的琐碎言语，原本有些低沉的心情忽地缓解不少。

唐沅和他有一搭没一搭地说着，睡了个午觉后，精神好了许多。

她喝了杯咖啡醒神，又接到丁巧的电话。

唐沅没有她的号码，接通后听到是她，诧异了两秒。

丁巧为的不是别的，仍是跟她道谢——不过不为多年前的那一桩，而是新的这遭。

“辞退？”唐沅听她说完，愣了两秒。

“对。是别人告诉我的，他被辞退了。”丁巧说的是她的继兄。他就职的公司收到不少针对他“猥亵”说明的邮件。

就在昨天，他被辞退了。

“我托浒城的老同学打听了一下，说是盛江方面有人和他的公司交涉。”

丁巧继兄所在的那家公司也是大企业，待遇薪资都是国内前列，是十分拿得出手的体面工作。那样久远的事情已经没有证据，原本大概率是不会影响到工作的。

但他最终还是切实地得到了制裁。

大公司之间有共同的圈子，以后他在浒城很难立足，如不是第三方干涉，根本不可能会有这样的结果。

至于盛江为何出面，缘由想都不用想。

丁巧诚挚地向唐沅表达了对她和江现的谢意：“我和江现不熟，没有他的联系方式，想来跟你说也是一样的。”她叹了口气道，“又麻烦你们了，真的很过意不去。谢谢你们。”

唐沅应得含糊，主要她自己都诧异，微微愣怔地聊完，就给江现打去电话。

那边接得很快。

她问："你没在忙？"

他说："没，刚开完会。怎么了？"

平时他在公司，她若非有事，一般不会打电话给他。

唐沅说："丁巧刚刚联系我了。"

江现没说话，对此好像并不怎么意外。

唐沅心下更明了："是你让人辞退丁巧继兄的吗？"

江现没否认，"嗯"了一声。

她沉默片刻："你怎么突然想到这个的？"

"做错了事就该受惩罚。"他的语气沉沉。

一切问题皆因丁巧的继兄而起，作为罪魁祸首，伤害连累了别人，没道理一身轻松地置身事外。

唐沅本也想过，是不是要帮丁巧讨回公道，无奈时隔久远，已经没有证据。

她没想到的是江现会那么细心，连善后这一点也记得。

不管丁巧继兄之后是不是还能找到好工作，至少在浒城不容易，也至少让他尝到了真正落到身上的苦果。

她低声问："那你是不是欠人人情了……"

"还好。"江现说，"后面正好和他们公司有合作，适当地让半分利就是了。"

对他而言只是开个口的事，其实也算不上人情不人情的。

他停了片刻，而后又悠悠地道："你要是觉得不好意思，想表达感谢，下次就让我亲久一点。"

低沉的语气莫名教人耳热，唐沅赧然，瞬间不想接他的话了。

怕他越说越远，她嘀咕了几句，正要结束这通电话，那边忽然又叫她："唐沅。"

他语气突然正经起来，唐沅挂电话的动作顿住："干吗？"

"我也没有那么正义。"他说，"让他滚蛋只是因为不爽。那样的脏东西，平白让你受了那么多委屈……”

江现的声音一如既往的沉静，每个字却都落在了她心上：“我真的很不爽。”

浒城东侧连绵的海岸有许多港口，除了肩负对外贸易的重任，同时也是许多旅游船只的必经之地。

唐沅和江现订婚前的这场朋友间的游轮派对，地点就选在和贸易港口首尾相望的海岸边。

傍晚时分出发。

江现从公司动身，唐沅不和他一路，出门前没忘提醒他主题是cosplay。

群里众人聊着各自的装扮，纷纷上路。

为了保留一点神秘感，唐沅特意在衣服外加了一件薄风衣，把里头遮得严严实实的。

快到游轮停靠的港口前，江现发来定位消息，向她展示自己的动向。他们离得不远，她先下车，等了没两分钟，他后一步就抵达，彼此在岸边碰头。

一艘三层的中型游轮靠岸停着，这场聚会人不多，这个大小绰绰有余。

江现仍旧穿着正装，但比起平时，又有点不一样的感觉。

一身深黑的新西装剪裁合宜，将他的腰身长腿比例衬得格外好，胸口别着一枚小巧精致的胸针，领带颜色也不似平时沉稳，是清亮妖异的银。

他戴了一副金丝边眼镜，面无表情的时候，冷漠的俊脸上透出几分矛盾的绮丽感。

见他走近，唐沅一抬眸，愣了一瞬，虽然很快回神，但那短暂的神色还是被他捕捉到了。

江现迎向她，一只手插兜，另一只手十分自然地顺势搂上她的腰：

“怎么了？”

她的眼神略微闪躲，莫名有点不敢直视他，佯装无事地问：“你扮演的是什么？”

他思考片刻，皱眉说：“一个事业有成的，年轻总裁？”

唐沅：“……”

主题发起人蓝默并没限制必须扮演影视动漫里的人物，只说随意打扮随意发挥，江现这一身很好地贯彻了他的宽松要求。

“你也太敷衍了吧？”

“会吗？”江现并不觉得，轻轻蹙了蹙眉，“那我换一个。”

唐沅抬眸看向他，腰上的手忽然紧了些。她怔了一下，不知是不是因为他戴着这副金丝边眼镜，那看过来的眼神比平时多了几分矜贵的冷感。

她难得磕巴：“换……换什么？”

“一个事业有成的，”他微垂眸，不动声色冲她挑眉，“斯文败类。”

“……”

唐沅不禁觉得羞耻，随后又感觉自己这反应简直太莫名其妙。

他的目光落在她身上，见她裹得很严实，十分好奇：“你里面穿的什么？”

唐沅卖起了关子，反而越发拢起风衣：“晚点就知道了，你怎么这么好奇？给这个主题留点惊喜好不好！”

两个人一边说着，一边上了游轮。

已经有不少人在，唐沅的几个朋友，江现的几个朋友，都在最高那一层。

两边的人从前是校友，虽不是特别熟悉，甚至还有过一点小摩擦，但已经过去这么多年，十几岁时那些莫名其妙的别扭劲早就淡得差不多。以前没有接触的机会不会特意来往，如今因着唐沅和江现的关系，多少有点“一笑泯恩仇”的意思。

他们互相说着话，有的直接穿着扮演的角色的戏服，有的外面也披着外衣，全都打扮过，大概是cosplay这个主题神奇地用另一种“尴尬”冲淡了彼此之间的尴尬感。

唐沅倒是真的有点尴尬。

江现那几个朋友还好，打扮得都挺正常，至少还在人类的范畴内。蓝默这几个人就有点不对劲了，什么千奇百怪的装扮都有。

他们一进舱内，蓝默见了她心情还挺美，喜滋滋地顶着那旋开的风扇叶一样的头发跟她打招呼：“哟，来了！”

唐沅不忍直视地问：“你扮演的什么啊？”

蓝默自信地亮起他的海绵肌肉：“超级赛亚人！”

她隐约记得角色本尊挺帅的，但落到蓝默身上，只想叫他把那一身海绵肌肉的假胸肌遮上点，看着太辣眼睛。

旁边其他人就更不必说了，她看都不想看。

简单地和在场的人打了声招呼，江现的几个朋友面对她时略有些不自在，她倒是挺自然，没多在意他们。

不一会儿，江盈到了。

天色将暗的时候，钟恒和褚怀兄妹也来了，人陆陆续续到齐。

唐沅坐在靠侧边推门的沙发上，褚怀在不远处，看着她神色纠结，欲言又止。她察觉到目光，坐着没动，倒是褚妤，二话不说扑到她身边的空位上。

杯子里的饮料晃了晃差点洒出去，唐沅被她吓了一跳。

褚妤先发制人，没好气地质问：“我给你发那么多消息，你怎么都不回我？”

丁巧的事情之后，褚妤给她发了不少内容，长长的好几条。唐沅不是没看，她是仔细看完，但不知道该回复什么，过后便给忘了。

那些内容的大意无非就是对误解她感到抱歉，还提起她们从小到大的一些七七八八“扯头花”的事。

“啊，你说你很抱歉，觉得我挺好挺有魅力，特别想和我交朋友，我都知道了。”唐沅淡定地喝了口果汁，倚在沙发上幽幽地说，“主要是你热情得我有点招架不住，实在不知道该回你什么。”

“你……”褚妤脸一红，看她欠欠的样子莫名牙痒痒，极力忍着才没抓起抱枕打她。

唐沅看她的模样，慢悠悠地端着杯子笑了一下，没再逗她：“你以后每句话控制在二十个字以内，我一定回你。”

“真的？”

她“嗯”了一声，褚妤眼神轻飘，端坐起来，勉强接受了这个条件：“算你识相。”

游轮上有服务人员，舱里摆放着整齐的推车，推车上是各色食物，品类丰富，样样都有。

众人说笑吃喝走动着，褚妤走开后，江现从外面进来，坐到唐沅身边。

说了几句话，他的一个朋友忽地端着酒走到唐沅面前。

认识不少年头，来人神色不太自然，但还是把道歉的话完完整整说了一遍。

青春期时有太多没来由的看不惯和看不顺眼，后来又对她仗势欺人产生恶感，如今却发现其实都只是过程曲折的误解。

对她的这些讨厌和针对，一下子不太站得住脚，更没了必要。

不等唐沅表态，江现先阻止来人：“她不喝酒。”

知道江现不是那种会故意给人难堪的性子，那个朋友也没多说：“没事，你不用喝，这杯我干了。”

他一口喝尽，唐沅没说什么，也没有太多的表情。

有这个打头，随后，又有几个人端着酒杯过来。

褚怀是最后一个，他在唐沅对面的沙发上坐下，神色比其他人要沉得多。

“之前在餐厅门口的那次误会，我一直没有正式和你道歉。”他说，“对不起。”

这个口开得有点艰难，他没有直视唐沅：“以前因为你和我妹关系不好，对你有偏见，说了很多不好听的话，这一点也很抱歉。”

唐沅看着他好一会儿没吭声，气氛渐渐僵滞。

褚怀朝她看了看，她一直不言语。

安静间，尴尬，还有一种轻微的难堪，在空气中无声地涌动。

其他人察觉到异样，纷纷朝这边看来。

就在褚怀的脸色快要绷不住的时候，唐沅这才慢悠悠地开口：“感受到了吧，就像这样，以前每次和你们遇上，我面对的气氛就有这么令人不舒服。”

褚怀一僵。

“我不喝酒。”唐沅下一句便转移了话题，没有揪着说太多难听的话，只瞧着他道，“但你这一杯，是不是不太够？”

蓝默一听，立马自请上阵：“来来来，我替沅老板，跟我喝跟我喝。”

不管是看在江现的面子，还是因为褚妤，她至少给了他台阶下。褚怀不傻，当然不会拒绝蓝默，顺从地被他拉到一旁拼酒。

江现一直盯着她看，唐沅转头迎上他的视线：“你看我干吗？”

“生气的话也没关系。”他说，“他们道歉归道歉，你可以不谅解。”

见这一面，该说的话都说开。

但这并不代表她非要接受，非要握手言和。

“我才没空呢。”唐沅撇了撇嘴。

其实也说不上生气或是如何，她对褚怀主要是感到比较烦。

她没那么宽宏大量，却也没那么小肚鸡肠。丁巧的事情在她这儿翻篇了，其他的那些零碎，她就不想再浪费心力。

没对此多言，唐沅轻撩头发，听不出什么情绪地道：“以蓝默的酒量，褚怀今天不吐个几趟估计是下不了这艘船了。”

她挑眉，优哉游哉地端起果汁愉悦地轻抿一口。

天越发黑沉，船上的气氛也越发热闹起来。

褚怀果真被蓝默灌得喝吐了三回，到众人在甲板上张罗烧烤时，站都有点站不起来。

先前一群人玩水枪逮着人就喷，唐沅怕被淋湿，和江盈躲进了另一个舱。待他们支起烧烤炉子在前头呼唤，她们才出去。

聚会已进行过半，穿外衣的几个都脱了，唐沅想起来，也脱掉捂了半天的外衣。

她刚走出舱门，迎面就和江现碰上。

四目相对，他的视线在唐沅身上停住，没等说话，蓝默就在前头大喊江盈："快来尝牛肉——"

江盈馋那几块肉馋了一个晚上，一听这话，冲江现叫了声"哥"，根本没管他们眼神在交流什么，一边应声一边忙不迭地飞奔出去。

船这一侧略有些昏暗，唐沅刚想问江现是不是来找她的，一抬头，见他眸光幽深，话到嘴边莫名顿住。

他盯着她问："你扮演的是什么？"

"呃……"唐沅看了一眼自己，"女高中生，不像吗？"

她穿着一身日系校服，白色的短袖衬衫太过贴合规整，反倒有一种呼之欲出的性感。领结是紫色格纹样式，下面的百褶裙同样是紫色格纹图案，有点短，堪堪遮住大腿。

两只白丝筒袜正好到裙子边缘，那双修长的腿被包裹着，纤细匀称。

不是不像。

而是……

江现眼中的暗色更重。

唐沅还没说话，他突然走近，下一秒她就被他揽进怀里。他的手不似平常一样放在她的腰际，而是一路摸向她丝袜的边。

"这个也是女高中生穿的？"

落在她耳边的声音有点低沉。

他贴得太紧，唐沅差点站不稳，只能抓着他，脸微红地提醒："裙子……"

没来得及控诉江现，她猝不及防被他拦腰抱进舱内，背一下抵住船舱墙面。

外头玩闹声喧嚣。

唐沅勾着他的脖子，有点不敢看他："他们在叫我……"话没说完，就被他俯身堵住了唇。

腿弯着踩不到地，她只能攀附着他。

这个吻持续了好久，她的胳膊渐渐无力，几乎都勾不住。

好不容易才结束。

唐沅脸发烫，江现的气息同样滚烫。

从游轮上下来已是几小时后。

天色不早，众人各自坐上停在港口边的车，纷纷散了。

唐沅重新穿上那件外衣，她的cosplay装被江现弄得有点乱，没能正式见人。后来她去到甲板上，江盈看见她还问她怎么不把风衣脱了，她不得不借口晚风吹得冷遮掩过去。

回去的一路，唐沅没有看江现，也没有和他说话，空气中仿佛升腾着说不清的温度。

车开到公寓楼下，两个人乘电梯上楼。一进玄关，她的外衣就被扯掉扔到一边，江现在墙边压着她亲，一路抱着她回了他的卧室。

背后的床柔软，唐沅眩晕着分不清天和地。

在船上她就有些招架不住他作乱的手掌，这会儿更是。

直至亲吻结束，她才回过神，羞赧到极致地想要将堆到锁骨的衣摆拉好，手被他捉住。

江现的唇瓣贴着她的脸颊，呼吸沉沉，声音喑哑地在她耳畔一字一字地说：“想亲一亲。”

她脑袋里“轰”的一声，脸瞬间迅速涨红。

唐沅不知自己是怎么从江现的房间回来的，洗完澡换上睡衣，躺进被窝里，整个人还泛着热意。

她抱着薄被翻了好几个身，低头看向自己的领口。刚才冲澡没仔细看，手指移开少许，入目便是锁骨下的若干痕迹。

唐沅抱紧被子，闷头将脑袋埋进枕间。

回唐家的日子定下，唐沅依然是被唐岚通知的。她妈这周会回浒城，周末要进行一次简单的家庭餐聚。

没多说，她再不想也避不开，索性不多费口舌，随意应下后，转头便知会了江现一声。

这是他头一次正式跟她回家，难免重视，唐沅却说不必：“这次我爷爷不在，之后单独再见他老人家就是。周末吃饭不用那么在意，她也不是为了见我们，主要是为了她自己订婚的事。”

这个她指的是谁不言自明。

唐沅兴致缺缺，还不如对待江蔓蔓来得慎重。

从芙花镇回来之前，他们就说好，等回浒城后，要和江蔓蔓一起吃顿饭。

游轮局是他们两方的朋友，考虑了一下场合，觉得不太适合小孩子，便没叫上她。

在周末来临前，唐沅和江现终于抽出空赴了江蔓蔓的约。

江蔓蔓说要请客，唐沅拗不过，只能让她张罗。地点选的是一家高级自助餐厅，虽然没那么安静，但人均也不便宜。

下了车，三个人在餐厅门口会合。一见面，唐沅便把手往小姑娘脑袋上一搭，欠兮兮地调侃：“这顿饭要花不少钱吧？你零花钱还真多啊。”

江蔓蔓拉开她的手，嘟囔道：“请你吃饭你怎么还说我？”

唐沅笑嘻嘻的，揉乱她的头发。

好久不见，江蔓蔓有太多话要说，一边走在前面领他们进去，一边叽叽喳喳说个不停。从新交的朋友说到和她妈的沟通相处，再到开学后发生的有趣的事情。

进了门，江蔓蔓停下话茬和服务生确认预订信息，江现趁空微微倾身靠近唐沅。她疑惑地偏头，就听他道："我感觉……"

"蔓蔓好像更喜欢你了。"

刚住进公寓那会儿，江蔓蔓总缠着江现说话，现在絮絮叨叨都是对着唐沅说。

唐沅愣了一下，失笑道："你干吗，吃醋啊？"

"没有。"江现是直接穿工作时的那身正装过来的，一只手插兜，从头到脚很有几分倜傥风流。他没什么表情的脸板着，落在她身上的眼神却总有种说不清的深沉，"我只是觉得她太能说了。"

"一直不停。"他道，"我都没法跟你讲话了。"

唐沅微顿，嗔了他一眼，没接这个话题。

说话间三个人到位子上坐下，毕竟是高级餐厅，环境还是很好的，食材也都新鲜，肉类和海鲜类按照不同品级摆放，中西餐的大厨们在后面一点的区域忙碌，现场制作食物。

唐沅和江现让服务生适量取来食品，比起江蔓蔓面前堆的小山，分量少得可怜。长身体的年纪吃得多很正常，唐沅没拦她，却也不忘叮嘱："吃慢一点，不要积食。"

像江现说的，江蔓蔓对着唐沅真的有好多话说，嘴上半天不停，还拉着她一起去拿甜品。

这家虽是自助餐厅，但取餐基本是服务员的工作，每桌差不多都配备了一名服务员，以便应对客人的需求。无奈江蔓蔓坐不住，偏要自己走动，唐沅只得迁就她，被拉着手起身，离开前还冲独自留下的江现扔去一个"没办法，我就是这么招人喜欢"的眼神。

她们在甜品区域慢下步伐，江蔓蔓取了点心，等着甜品师做冰激凌。她用胳膊碰了碰唐沅，语气八卦地道：“你跟我哥，现在是不是……那个啊？”

看她一副人小鬼大的样子，唐沅不动声色地反问：“哪个？”

“我看你们和之前好像不太一样……”她朝唐沅凑近，“是不是？是不是？”

“哪不一样？”

“我哥一直在看你，你们还离得那么近。”江蔓蔓一副看穿的表情，“我又不瞎。”

“有吗？”唐沅被说得回想了一下，她自己没注意那些小细节，对上江蔓蔓灼灼的视线，只能揉了揉她的头发，佯装无事地移开眼含糊过去，并没有真的跟小姑娘细说。

江蔓蔓大概也知道问不出什么来，追问了两句便作罢。

两个人端着甜点回去，唐沅还给江现带了一份。他执起银匙尝了一口，便默默地将自己那份换给了唐沅。

江蔓蔓和唐沅正说着话，唐沅见状朝他看，他表情平静，淡淡地道：“这个不那么甜。”

她不是特别喜欢吃太甜腻的东西。

他说着，把她那份已经吃过一半的甜品挪到自己面前，慢条斯理地执起银匙，就着她吃过的地方送入口中。

唐沅顿了一下，对面江蔓蔓的眼神微妙起来，在他们俩身上来回扫。

她低咳一声，假装没看到，伸手移了移他推来的小碟，面上一本正经，嘴角的弧度却悄悄扬起了那么一两分。

这一顿饭吃得气氛融洽，他们慢声细语边聊边吃——主要是江蔓蔓和唐沅在聊。到尾声，江蔓蔓差不多吃饱终于停下，拿的东西也消灭得差不多，没有浪费。

正准备走，厨师区域推出了新的巧克力甜点。江蔓蔓一看，立刻坐不住了。

唐沅诧异："你已经吃了冰激凌还要吃？"

"那个只有这家餐厅有，要另外付钱，而且是限量的。"江蔓蔓边说边掏出手机，眼睛发亮，"每个月单数的日子，家庭用餐可以免费领一份……今天就是哎！"

她"唰"的一下看向唐沅和江现，朝桌子靠近，压低声音："我去那边就说我是跟爸爸妈妈来的，你们俩别转头让人看到。"

唐沅无奈："你真觉得我们……我能生出你这么大的孩子？"

"所以让你们不要转头嘛！别被看清脸！"

她振振有词，唐沅忍不住抬指敲她的脑袋："别在这儿坑蒙拐骗。去买，钱不够我出。"

江蔓蔓捂着脑袋不敢反驳，撇嘴起身。

唐沅没好气地看着她走开，转回头见江现正看过来，一顿："看什么？"

他说："你教育小孩挺有一套的。"

对上他这样的视线，她莫名有点不好意思，推开他的脑袋不让他看自己。

江蔓蔓很快带着她的巧克力甜品回来。

结束用餐离开餐厅，江蔓蔓坐车回她妈妈的公寓。临别前，唐沅叮嘱她："有什么事可以给我打电话，不要耍小孩子脾气，跟你妈妈闹了不愉快也不能一声不吭跑出去，不要搞离家出走那一套，听见没？"

江蔓蔓连连点头，看着倒是很老实。

把人送上车后，江现冲着唐沅淡淡一笑。

她有些莫名其妙："你笑什么？"

"你让人家不要离家出走？"

唐沅瞬间一赧。

她以前好像没少干这种事，有一次还是他送她回的家。

江现调侃了一句见好就收，牵起她的手，没急着上车，两个人沿着街道漫步。

“上次……”他忽地说起，“蔓蔓给我们订主题餐厅的时候，我好像还答应你一顿饭？”

那天回去以后，他说下一回由他来安排。

唐沅的眼神微闪，长长地“嗯”了一声才说：“饭就算了……去看场电影？”

江现说好，她停下脚步，拿出手机搜索附近的影院和排片。

近期没有什么好看的影片，她浏览半天也找不出一部想看的。

“那回家看吧。”江现说，“回家看也一样。”

唐沅没意见。

司机接到电话，把车从停的地方开过来。在等待的几分钟空当里，她拉着江现去买了些看电影吃的零食，果干蜜饯、爆米花，还有小吃一类。

她负责挑，江现埋单，再尽数拎在手上，一只手牵她，一只手拿东西。

上了车，唐沅继续找电影。之前他们在家没看成的那次她收藏了好几部，全部翻出来，不时地凑到江现面前问他意见。

到家后她把买回来的吃的在茶几上摆好，不一会儿江现便弄好机器，关了灯，坐到她身边。

客厅变得昏暗，只有降下的幕布，投映出电影画面。

片子是唐沅选的一部外国喜剧爱情片，票房和口碑都还行。她和江现挨着坐，两个人姿态放松，她盘着腿，腿上还放着一个抱枕。

一开始他们还会交谈几句，慢慢地，谁都不说话了。

手臂紧贴手臂，腿和腿隔着衣物相触，仿佛能感受到彼此的体温。

唐沅有点不自在，刚想着是不是换个姿势，和他稍微隔开一些，江现忽地伸手，从后面搂住她的腰，一下将她抱进怀中。

她下意识地轻呼，坐进他怀里，一刹那僵住。

江现从后面圈住她，搂着她的腰轻挪，抱得更贴合。

背后就是他的胸膛，唐沅周身升腾起一股热意。他的怀抱也是热的，温度一点不比她低。他没有更多的动作，但她还是好一会儿才慢慢学会放松。

靠着他总是有些不自在，电影也看不进去。手机这时振动了一下，唐沅急需分散注意力，忙不迭拿起来看。

群聊消息来得很及时，是狐朋狗友里的一个找她问一款包包的事。

她垂头打字回复消息。

背后胸腔震动，江现的声音忽然靠近耳边："专心看电影。"

电流般的酥麻感从背脊蹿过，她身子一僵，小声说："朋友问我事情……"

江现的下巴枕在她的肩上，随意瞥了一眼她的屏幕，瞧见他们的称呼："沅老板？"

"啊。"她应了声。

"为什么这么叫？"他往常也听她那帮朋友叫过。

唐沅解释："因为以前出去经常都是我请客，他们谁被扣零花钱了手头紧，都找我借。我借完总是忘记，每次他们还钱我都要想好一会儿才想得起来。"

她看着就心大。江现用鼻尖蹭了一下她的耳垂，她下意识地想往旁边躲，被他抱着动弹不得。

他道："那我也给你这么备注。"

唐沅蓦地转头看他，察觉脸离得太近，转到一半又停住，仍不忘问："你现在给我备注的是什么？"

他说："没有备注。"

"没有？"唐沅蹙了一下眉。

她的眼神微妙起来，正要大肆讨伐，被江现幽幽一瞥，先发制人："如果我没记错的话，你给关系好的都不打备注，但我的备注是，江现。"

唐沅一下语塞，在自己的“双标”行径面前，突然没了底气指责他。

“那好吧。”

她闭上嘴不说话了，重新把目光投向幕布。

江现没吭声，过了一会儿，下巴在她肩上蹭了蹭，从口袋里拿出手机打开，点进微信递到她面前。

唐沅垂眸：“干吗？”

“想备注什么都行。”

“哪有自己给自己备注的……”

她嘀咕，嘴上这么说，却还是接过他的手机。

点开自己的主页，到修改备注的界面，她遮了一下：“你别看。”

江现随她，毫不反抗地移开目光：“嗯，不看。”

唐沅见他真的没看，飞快打下几个字后退回主界面，把手机熄屏还给他：“先不许看。”

他说好，温顺地收起手机。

群里的消息回了，备注也改完，两个人又继续看电影。

没了说话声，客厅静下来，只有影片的光影不时闪烁。

气氛太静，唐沅看了一会儿，再度被周身的热意攫夺注意力。

不自在。

江现的两只手都环着她，隔着衣物传来温度。电影的声音响着，她却好像只听见自己和他的呼吸声，格外清晰。

不知是不是她的错觉，他的气息不时拂过她耳边，似乎一次比一次灼热。

好怕自己的心跳声太剧烈，被他听见。

国外的爱情电影，亲密场景必不可少。进展过半，主人公亲吻起来，在这幽暗的环境中，唐沅有点僵，一动也不敢动。

耳根似乎一下子被他的灼热呼吸点燃。

她眼睛盯着前方，除了前方也没有别处可看。

身后的江现突然贴近她，她一动，耳垂碰上他的嘴唇，霎时烫得更厉害了。

他在她耳侧，声音低沉："目不转睛地盯着，他亲得有这么好看？"

唐沅的脸烧起来："不……"

话没说完，他温热的薄唇落了下来。

她微昂着头承受他的亲吻，渐渐倚向他，不一会儿就被他压在沙发上。

如同往常一样炽热。

电影最终还是没能看完。

两人抱着竭力平复了一会儿，唐沅找回理智推开江现，红着脸匆匆回了房。

江现看着她离去的背影，在沙发上姿态随意地坐了坐，低头一瞥，眼里闪过一丝无奈，关了电影，口干舌燥地回到卧室。

水声哗哗。

洗完澡擦拭干净，穿上睡衣，江现靠坐在床头拿起手机，随手点开微信，忽地瞥见唐沅头像旁她给自己改的备注，眸光一顿。

默然几秒，他那暗色未退的眼里带上柔和，点开和她的对话框。

唐沅回房洗了个澡，躺进被窝，好一会儿才冷静下来。心跳渐渐缓和，她摸摸脸颊，感觉没那么热了，才长长地舒了一口气。

手机轻振，是江现发的新消息。

唐沅点开一看，愣了一下，几秒后，像是意识到什么，热度退去的脸重新染上一层绯红。

她用他的手机，在他的微信上，给自己改的那个备注是——

对待沅老板要认真。

以后每一次和她聊天，他都会看到这句话。

而现下，他发来的消息，只有两个字。

江现：遵命。

——对待沅老板要认真。

——遵命。

Chapter 7

第7章

尽管唐沅并不期待，但周日还是如期来了。

因是家庭聚餐，重点在晚饭，她也不想那么早过去和她妈见面，一直拖到下午两三点才动身。

江现特意空出时间在家办公，忙完，午后在沙发上陪她看书说话闲坐了一会儿，丝毫没有催促她。

出门后的一路，唐沅的表情控制不住地沉了下来，看着窗外的风景，不见半点喜色。

都是第一次正式见对方家长，这次和上次去济城的情况相似又不太一样。

唐家的长辈江现见是见过，但不多，尤其是唐沅她妈，一直都挺忙，这么多年打过照面的次数，一只手就数得清。

至于她们的关系，他以前读书的时候就有所耳闻，唐沅和她妈相处得不太好。

记忆最深的还是她离家出走那次，唐沅几天没去学校，他从别人那儿听说她把手机也关机了，江盈他们都联系不上她。

当晚他在自己家附近的街边遇见她，本来已经很累了，最后还是忍不住多跑了一趟，陪她走到家。

江现只问了一些和唐家有关的事情，有意避开她妈的话题。

还是唐沅自己主动提起：“你怎么不问我和我妈的事？”

他沉默片刻后道：“你不想说我就不问。”

“也谈不上什么想不想说。”唐沅沉默了一会儿，神色晦暗地开口，“很早以前，从我爸离开后，我和她的关系就越来越差。”

唐沅的爸爸，江现没有见过。

以前也甚少听她提起。

“我小学毕业，我爸就生病走了。”她的语气和眼神忽然变得柔和，“以前他在的时候，工作也忙，但总是会抽时间回来看我。”

“我妈那时候还没进家里的公司，自己和朋友做一点小投资。虽然她有时间陪我和我姐，但我觉得她那个时候就挺不喜欢我的，至少很不满意。

“我考试考九十八分，她会说你姐姐这个年纪都考一百；我比赛拿第二名，她就说你姐姐一直都是第一。不管我怎么做，她都觉得不够好。”

唐沅稍微停顿了一下，又继续说：“但我爸不会。他会买礼物，会给我庆祝，让我不要听我妈说的那些不好听的。他说我可以不用跟姐姐比，考九十八分很好，第二名也很棒。”

江现第一次听她说这些，没有打断。

“后来我爸去世，我妈忙起来，我们就不经常见面了。可是只要一见面，她依然拿我跟姐姐比。她不满意我，我也不想理她。”

两个人的关系渐渐就更差了。

唐沅垂下眼睑，安静了好一会儿。

江现看着她半晌没说话，伸手摸了摸她的头发，不愿她再想，岔开话题：“你爸爸都给你买什么？”

唐沅抬眸看向他，缓缓道：“就那些娃娃、零食和漂亮裙子之类的。”

她略微绷紧的肩随着声音放松下来："还有游戏机、音乐盒，好多好多……不只考试、比赛给我买，每次回家他都会带礼物。"

她爸并不厚此薄彼，给她买，也会给她姐买。

唐岚当时在国际小学寄宿，从小就不喜欢那些，礼物多半都是要书之类的。

那会儿姐妹俩关系不好，每次唐岚在家，唐沅就故意抱着自己那堆宝贝去显摆。若不是唐岚懒得理她，她早不知挨了几次打。

"我攒了整整一个箱子的东西，可宝贝了。"唐沅勾了下唇，眼里却没多少开心，"小时候只要出远门就一定要带上一些，娃娃或者游戏机，抱着舍不得撒手。我姐还说我，有本事就永远都走到哪儿带到哪儿，一辈子别扔。"

江现顺口问："后来呢？都收起来了吗？"

她搬进他的公寓，房间里似乎没有她说的那些东西。

唐沅的表情似是有一瞬的愣怔，随后敛回眼神，嘴里含糊地"嗯"了一声，没再细说。

江现察觉她的态度有种古怪的模糊，见她好像不想提，没有追问。

聊了一会儿她妈气人的事情，车缓缓开进唐家。

唐沅和江现下车进门，午后阳光澄澈，阿姨边迎他们边进去通知。

家里除了她妈章雪芬和她姐唐岚，还有一个陌生的小女孩。

江现礼貌地喊了声阿姨，又跟着唐沅同唐岚问候。

寒暄过后，唐岚给他们介绍那个小女孩："这是邓叔叔的女儿，邓恬。"

唐沅看过去，邓恬大概是刚上初一的年纪，瘦弱得仿佛迎风就倒，怯生生地叫了她一句："姐姐……"

之后她就不说话了，直往唐岚身后躲。

章雪芬保养得宜，因在生意场上浸淫多年，举止中带有几分威严，微拧眉道："这么点路，怎么磨蹭了这么久？"

唐沅一听见她说话，表情立刻淡下来，也不应答。

江现主动揽下："我工作上有些事，耽搁了。"

章雪芬这才面色稍霁。

几个人在客厅里聊了一会儿，章雪芬的话题很快转移到生意上、公司上。

唐沅听得不耐烦，找了个空起身离开。

她绕到另一侧的偏厅，把落地门打开，在门边的单人沙发上坐下，侧头看着庭院里的草坪透气。

前面的院子比较小，后面这一块有一大片草地，视觉上要宽阔得多。

待了一会儿忽地听见响动，转头一看，是抱着作业进来的邓恬。她在旁边的茶几前的地板上坐下，瞧了唐沅一眼，有点畏惧地飞快低头，翻开书写作业。

不知是习惯还是什么，邓恬一边做作业，一边从口袋里掏出糖来，写几行就剥一颗吃。剥开的糖纸也不扔，攥在手里搓个不停。

偏厅里安静，那声响格外明显。

唐沅眉头微蹙，好一会儿，没忍住转头道："你能不能小声一点？"

邓恬受惊般颤了一下，看着她眼神惶惶。

这反应过于大，唐沅觉得有些莫名其妙，眉头皱得更紧了。

邓恬忙不迭松开手，胳膊僵硬地不敢再捏糖纸，低下头写作业，脸都快埋进书里去了。

唐沅想说什么，最后还是没开口。她重新盯向窗外，好几分钟时间没再出声。

直到一个细弱的声音从旁边传来："姐……姐姐……"

唐沅转过头，邓恬还是那般紧张的神色，手里攥着一颗糖伸向她。

她眸光停顿，好半天也没动作。

见她不接，邓恬放回口袋里，又换了一颗不同味道的。

唐沅抿着唇没伸手，声音微凉："我不要。"

邓恬表情僵了一下，脸上白一阵红一阵，随即拘谨又慌张地退回到原先的位置。

“……”

唐沅沉默地看着她那副模样，一下又感觉自己的语气有点过，生出些许不忍，朝那边打量了几眼。没等她再说话，邓恬已经收起书本，低头抱着作业快步离开了。

随之而来的脚步声是唐岚的。

见邓恬匆匆走出去，她挑眉：“你们说什么了？”

唐沅说：“没什么。”

“我估计她也不会跟你说什么。”唐岚在沙发上坐下，“她胆子特别小。”

唐沅瞥她一眼，没接话。

她道：“邓恬从小跟着保姆长大，邓叔叔和他前妻两个人都很忙，一直没怎么管过她。后来邓叔叔的前妻去世，家里才发现邓恬性格有问题，胆小怕生，还有点讨好型人格，在学校里被欺负了不敢反抗，怕被人讨厌，不管是零花钱还是玩具，同学拿她什么，她都给。”

唐沅愣住。

唐岚叹了口气：“上一次刚见我的时候也是话都不敢说。我看她在剥橘子管她要了一半，她马上又给我剥了好几个。”

唐沅抿了抿唇，视线扫向茶几。邓恬刚才待过的地方空空如也，心里突然有点过意不去。

然而其后的时间，邓恬不知是不是在躲着她，她一直没能找到机会和邓恬说话。

倒是章雪芬终于跟江现聊完，江现过来找她：“在做什么？”

唐沅收起思绪：“没什么，要不要逛一逛？”

唐家和江家差不多大，他以前和大人来过，但并不熟悉。

江现点点头，牵起她的手，随着她四处转悠。

从一楼开始逛，主要是前后院的一些景观，接着到楼上，别的房间不适合参观，只有她的卧室能看一看。

唐沅的房间每天都有人打扫，里头的一应摆设基本没动，一如她高中离开那会儿。

她自己也好久没回来了，反手关上门，进屋四处看。

江现对她书桌上的东西很有兴趣，不时拿起一样问她是什么。

闲话几句，两个人一道在床沿坐下。江现摸了摸被单："你的被子？"

唐沅说："不是，我回国以后才铺的，怕我有时候要回来住。"

其实她已经好久没回过这里。

她两手往身后的床上撑，看了看床头，颇为怀念："以前每天晚上我都在这和江盈打电话聊天。"

她们的"电话粥"一煲就是好久。

"有那么多话要说？"

"对啊。"唐沅点头，十几岁的女生有太多可聊的了，"好玩的游戏、好看的电视剧和新的杂志，喜欢的衣服、鞋子，什么都聊。"

白天在学校说仍然说不够。

"有的时候一起骂讨厌的人，还有聊八卦之类的。"

她兴致勃勃地说着，江现忽地问："有聊过我吗？"

她顿住话头朝他看，不由得笑了一下："那可太多了。"

"都说我什么？"

"说你讨厌啊。每次考试都考那么好，让别人压力好大。又难搞，我天天往你面前凑找你说话，你都爱答不理……"

聊过他的话题太多太多，多到细数不过来。

唐沅一脸不爽地数落，撇了撇嘴："有几次我都跟江盈说，以后再也不要理你了。"

可后来还是理了，没有一次成功过。

江现看着她，她移开眼睛，避开他的视线。

“你都不知道你有多气人，我真的是烦都烦死你了。你还记不记得那次，我准备了那么久……”

她絮絮叨叨说起一件好久远的事情，话匣子打开就停不下来。

江现静静地听着，又似乎没在听。

她的房间已经很久没人住过，空气里依然有她的味道。她的书桌是很可爱的少女款，桌上有花花绿绿的小装饰，笔筒是玩偶形状，衣柜旁的矮桌上还有半人高的娃娃。

到处都是她遗留的痕迹。

是她出国前，十几岁的高中阶段残存的一点一滴。

唐沅犹自不觉地说着，江现的视线停留在她身上，一寸不移。他嗅到她的香味，不浓烈但无法忽略，丝丝缕缕地往他的鼻子里钻。

他眼睫颤了一下，忽地开口：“你门反锁了吗？”

唐沅话音中断，抬头：“啊？”

他看着她的眸光幽深，是那种她熟悉的眼神。

她愣了一下，还没反应过来，下一秒，已被他倾身压覆在床上。

“江现？”唐沅因他突然近到鼻端的呼吸脸一热，推他，“你干吗？”

江现身板结实，压得有点沉。

彼此的脸离得太近，被他深沉起来的视线盯着，外头还是大白天，空气中突然就多了几分不可言说的意味。

“也没什么。”

他喉头微动，气息变得粗重，幽暗的眸子看着她的唇，声音低哑：“就是突然想在这……”

在这个她从小长大的房间里。

在这张承载了她少女时期无数个日夜的床上。

“跟你接个吻……”

参观房间的活动这一耽误就耽误了好久。

好不容易从楼上下来，江现在客厅里被章雪芬叫住，唐沅也不管他，忙不迭把他扔在身后，自己躲开。

晚饭还没开始，唐沅碰上唐岚，被她吐槽：“你怎么慌慌张张的？”

“啊？”唐沅摸了摸自己的脸，“会吗？”

在得到肯定的答复后，她只能含糊其辞地搪塞过去。

没再给江现乱来的机会，唐沅避开他，一直到饭桌上才重新坐到一起。

食不言寝不语，她们家规矩虽然不多，没那么死板讲究，却也没谁在吃饭时说个不停。偶尔有人开口，都是轻声慢语简短的一两句。

吃完一餐，阿姨上了甜点。

章雪芬一边擦着手一边说：“过一阵子你邓叔叔就会回浒城，等他回来，我们一家人再坐下聚一聚。”

话不知是对桌边的谁说的，又或许是所有人。

毕竟除她以外，他们都是小辈。

唐沅终于从她口中正式听到这件事，她执着餐具还没动甜点，脸色蓦地沉下来。

章雪芬不吃甜品，说完便起身：“唐沅，你跟我来一下。”

她朝里间走，唐沅面上虽不耐烦，却还是放下餐具随她进去。

一楼的书房陈设简单。

章雪芬在桌后问话：“你姐说你决定去公司了？”

唐沅懒得坐下，站着“嗯”了一声。

“你年纪也不小了，是时候负起责任了。有什么不懂的就问你姐，她在你这个岁数，样样都已经做得很好。”

章雪芬扫来一眼，又问：“你和江现平时都还好吧？”

回家这么久，都快要走了，难得听她问起。

唐沅不想跟她耗心情，随意应答了几句。她紧接着又是一些叮嘱，半带数落。

这些话唐沅早就听得耳朵生茧，根本不期待她会对自己有满意的时候。

唐沅正等着她结束，章雪芬好不容易停下，话锋忽然一转："你应该听你姐说了，我和你邓叔叔订婚的时间定了，就在下个月。"

她停了一下，报了个日期："我们不准备大办，到时候家里几个人一起吃顿饭，你带上江现一起来。"

唐沅脸色却是一变："你说什么？"

章雪芬抬眸，抿住了唇没有说话。

她要订婚无所谓，时间比自己和江现早也无所谓，唐沅直直地盯着她："你把日期再重复一遍？"

章雪芬眸光微顿，过了一会儿，第一次避开她的眼神。

"你和我爸的结婚纪念日。"她不是不知道，她分明记得，唐沅铁青着脸，一字一顿，"什么时候不好，就非要挑这一天？"

"我和你邓叔叔都忙。"章雪芬说，"回来一趟安排好事情过几天又要走，之后各自有重要的项目要处理，这两个月只能挑出这一个好点的日子。"

"年底不行吗？明年不行吗？"唐沅控制不住音量升高，"实在挑不到那就别订！"

章雪芬被她吼得愣了一下，脸上随即浮现怒意，出声斥责："唐沅，注意你的态度！"

唐沅不想再跟她说话，转身开门就走。

"你给我站住！"

章雪芬被她的态度气到，手里东西一砸，追出门，伸手拽她。

这边动静太大，加上刚才的那几声，江现和唐岚被惊动，立刻从餐厅过来。

唐沅被拽得心头火起，狠狠地甩手，脸上气怒交加，站定后对她道："我以前只以为你这个人心冷，没想到你根本就没有心。你爱跟谁订婚就跟谁订婚，我不来了，反正你没把我当女儿，我也不想要你这个妈！”

“你——”

章雪芬被甩得没站稳，气得全身发抖，扬手就朝她挥来。

唐沅没来得及躲，但巴掌没有落下。

江现一步上前，挡在她身前，一把握住了章雪芬的手腕。

气氛凝滞。

他一改对长辈的礼貌尊敬，丝毫不让，棱角分明的脸上神色晦暗，语气微冷：“阿姨，您这样不太好。”

公寓里亮着灯。

江现从房间出来，推开唐沅卧室的门。

她盘腿坐在地板上，面前堆着乐高，听见声音后抬起头。

离开唐家回来后，她的心情就不是特别好。

江现走到她面前，学着她的模样坐下：“在拼什么？”

她拿起旁边的图纸，说：“城堡。”

江现从她手里接过，看了几眼，也拿起零部件和她一起拼。

“我爸以前给我买过一个差不多的。”唐沅垂着眼睑，手里动作没停，“我一直摆在房间里的书桌上。离家出走你送我回家那次，吵架的时候被我妈摔了。后来我重新买了好多，都不太像。”

她说着，又沉默下来。

城堡已经有了大致的模样，房间里除了他们拼乐高的声音，一时间没了别的声响。

“我并不是接受不了她订婚。”安静了好久，唐沅咽了咽口水，忽然说，“我只是希望，那种不被在意的感觉可以少一点。”

不管是对她也好，还是对她爸也好。

江现没有插话，唐沅像在对他倾诉，又像是在开解自己。

“我爸不在以后，她没有给我过过生日，后来连我爸的忌日也忘了。她有好多事情要忙，除了我姐姐优秀，能让她花时间看一眼，其他的好像都不重要。”

她手里摁着一块配件，不知哪里不对，始终装不进去。她停下手，动作和声音都变得沮丧：“她从来没有夸过我，只会让我觉得自己很不好。”

“拼不上就算了。”江现拿过她手里那块配件，缓缓说道，“你怎么会不好？明明很好。”

他试着将配件换了个角度，轻轻摁进去，先前卡住的地方一下就嵌入了。

他收回手，看向她，继续夸：“在国外特别努力，认真完成了学业，成绩这么好。”

唐沅抬起眸，江现伸手轻撩她耳边的头发，声音没停。

“留学的几年，一个人也能很好地生活。

“脑袋又这么聪明，高中的时候想考前十就真的考到了。

“会为了不熟悉的同学让步和牺牲，比大多数人都要强得多。”

“……”

他温柔地一句句细数，一句句地夸。

唐沅的鼻尖微酸，朝着他手掌的方向低了低头：“一个人留学也算优点啊……”

“当然算。”江现说得笃定，“我们唐沅就是很厉害。”

她抬眼朝他看，迎上他认真的视线，心跳渐渐平稳下来。

原本从唐家宅子回来时情绪是很低落的，可突然间，又好像没那么难受了。

“这个乐高今天要拼完吗？”江现换了个话题问她。

唐沅看着还剩一半的配件：“不了吧。”

她无声地舒了一口气，问他：“你还不睡？”

江现帮她把东西收好，慢条斯理地说：“今天也想在你这儿睡。”

他淡淡的嗓音有说不出的好听和诱惑，问她："留我过夜吗？"

这句话被他说得让人有种面红耳赤的感觉，唐沅的心跳快了一拍，没有拒绝，脸上带着一丝还没有完全缓过劲来的小情绪，低声说："那今天不可以亲。"

他没什么表情，不动声色地挑眉，接受了她的要求。

乐高放好后，江现把她从地上拉起来。

躺上她柔软的床铺，两个人面对面侧躺着相拥。

或许是因为她提了要求，他抱得不如平时紧，胸膛和胸膛之间稍稍隔着一点距离，手揽在她背后，轻轻地拍着，耐心地哄她入睡。

江现真的没有亲她，也没有其他动作。倒是唐沅，不知过了多久，忽然朝他靠近，伸手抱住了他的腰。

"嗯？"他低下头，轻拍她的动作停顿，在她背上抚摸。

唐沅抬起头，凑近他亲了一下。

"不是说今天不想亲？"他的声音低沉又极轻。

她红着脸没回答，只是又亲他。

一下、两下，她的呼吸先变热，很快得到他的回应。

如同之前的每一次亲吻，他们彼此也变得滚烫炽热。

在理智可控范围内，互相做着最大的探索，和以往无异，又是一次很久的纠缠。

直到江现埋首在她脖颈喘息的时候，唐沅后知后觉这样好像不太好。

好多次了。

他每次都停得很艰难，似乎特别难受。

脸埋在她颈间的江现平复了好久都没说话。

她眼神迷蒙着，没等说点什么，他先开口。

"……订婚是两个月后吗？"

他的呼吸有点急促。不知道他为什么突然问起这个，唐沅勾着他的脖子，有些眩晕地听着自己和他略重的心跳声，低低地"嗯"了一声。

“我第一次追人，没什么经验。”鼻尖唇瓣在她的脖颈间蹭了蹭，他哑声道，“问个有点冒昧的问题。”

唐沅被紧紧圈着，他的怀抱灼热，感受着他的体温，她的声音里有种说不清的细弱无力感：“什么？”

江现喉间传来明显的吞咽声，他似乎在她颈间深深地嗅了一口，灼热的呼吸拂在她的皮肤上，像有什么抑制不住的东西快要破笼而出。

他嗓音低哑，一字一顿，艰难地问：“订婚之前……我们可以睡在一个房间吗？”

午后的公寓安静谧然。

唐沅窝在沙发上出神，直到空气加湿器冷不丁发出声响，她才蓦地回过神来。

家里只她一个人在，江现临时出差，要离开两三天。一个小时前助理跑了一趟，回来帮他拿了点行李。

这个点他大概已经动身。

唐沅拿起手机看了看时间，随后放到一边。

脑海里想起前一夜他在她床上问的那个问题，那时昏头昏脑……她只记得自己似乎含糊地给出了肯定的答复。

热意快要散开，唐沅连忙收回思绪，长长地舒了口气，抛开脑子里的杂念起身。

不一会儿，手机突然响了。

一看来电，她愣了一下，快速接通。

“爷爷？”

那边应了声，声音浑厚，苍老但不颓然，透着丝丝威严。

唐沅在沙发上坐下，听那边说已经回浒城了，顿了顿道：“江现这两天出差，我们可能没那么快……”

“等他回来有空了，你们再来见我。”爷爷并不着急，唐沅说了声

"好"，他又徐徐道，"你打算进公司了？"

她说是。

爷爷对此倒是支持，过问了几句她的打算，略聊片刻，话锋一转："我听说，你和你妈又吵架了？"

家里这点事都瞒不过他的眼睛和耳朵，唐沅也并不意外，沉默了几秒："嗯。"

"她要订婚的事我已经知道了。"

"您……"

爷爷的语气没有不赞同，反而十分平静："虽然她订婚不管办不办我都不会出席，但你们两姐妹的态度如何，该好好斟酌一下。"

唐沅沉默了两秒，话有抵触："她根本没把我当成女儿……"

"她这些年也尽力了。"爷爷突然说出的话让她顿住，他没藏着掖着，不管她想不想听，径直往下说，"你们都觉得我不近人情，心肠硬，我不否认，当初你爸走后，我也没怎么护着你们。你可能不理解我的意思，也可能不知道，你爸撒手后留下的产业，我本来谁都没打算给。"

"谁想要就凭本事抢，谁守得住就归谁，这就是我的规矩。你妈当年因为这个，没少恨我。"

唐沅听得愣住。

爷爷徐徐说起另一桩陈年旧事："我们家联姻的不止你一个。早些年有个远亲——他们可没有你现在的条件，能和江家联姻。"

放眼整个浒城，能和江家结亲对谁家都是好事，对象还是他们家将来的一把手。唐沅偶尔去一趟被怠慢了，江现他爷爷还要跟她爷爷打招呼嘴上赔礼。

联姻也分好坏。

"当年那个远亲家里栽了跟头，家底全赔进去，他们家的女儿不得不嫁了一户很不堪的人家。你爸刚走那会儿，外头都说你们姐妹俩将来就是下一个像他们一样任人宰割的对象。你妈若是不拼……她不可能不拼。”

她妈在公司说话分量不轻，唐沅知道，无论大事小情，各种生意场合，她都是能上场和家里的叔伯兄弟掰腕子的，比爷爷的几个亲女儿还要强上几分。

心往下沉了些许，唐沅沉默片刻，问：“您今天为什么要打电话跟我说这些？”

“你不用担心，我不是来做说客的。你们母女之间的事情我一向不过问，只是有些话该说还是要说。我所有的儿媳里，你妈脾气是最硬的，能为我当初的一句‘我不管’就跟我较劲这么多年，你爸当年也正是喜欢她这点。”

爷爷的语气里既有认可又有些怅然：“她做母亲可能做得不是太好，但也确实没有那么差。”

悠悠感叹一声，他道了句“行了”便不再多言：“我今天说的这些你不必跟你妈说，你自己好好考虑一下，得空了就带江现回来见一见。”

爷爷没继续废话，言毕挂断电话。

唐沅握着手机，直至手酸才从耳边放下。

她坐在沙发上陷入沉默，说不清是什么心情，喉间堵塞了一般，轻轻哽咽了好久。

天渐黑，阿姨来公寓做饭。

唐沅没什么胃口，随便吃了点，早早地回房躺下。

江现到达隔壁城市后一直在忙，这会儿才有空回她先前发的消息。

对着屏幕上的文字看了半天，唐沅翻过身，长长地舒气，给他打电话。

他接得很快，温和的声音一如既往，带着点让人心安的魔力。

“你休息了吗？”她轻声问。

他说：“还没，在看文件。”

她“哦”了一声，听他问起她有没有吃饭、在干什么，一一作答。

他大概不是特别忙，一边做着手边的事情，一边和她闲谈。

唐沅将手机压在耳朵和枕头之间，聊了一会儿，垂下眼睑，忽地道：“我今天心情不好。”

他一顿：“为什么不好？”

她没回答，稍作沉默，转移话题反问：“你今天干什么了？”

江现停了停，没有追问上一个问题。他的日常无非就是那些事情，但还是耐心地讲给她听。

唐沅也不觉得枯燥，他说完问：“你呢？”

她自己也不知道为什么，话突然变得好多。从他离开家到这一刻，还不到二十四小时，她和他说起一件件琐碎的小事，从下午说到晚上，从看的书说到晚餐。

她说了好久才停下。

她又忽然叫他：“江现。”

“嗯？”

唐沅动了动唇，却不说话了，眼睫低垂，卧室幽幽的灯光落在她的羽睫上。

她什么都没说，他的呼吸和声音已经先透过手机传来，一字一字，轻缓又温柔：“我也想你。”

和爷爷聊完以后，唐沅心里还是很乱。章雪芬不是没有联系她，吵完架不欢而散后，给她打了好几个电话，是她一直没接，那边才放弃。

第二天，看着手机上那些未接来电，唐沅心里发闷。江现出差，公寓里一下变得好安静。她约江盈见面，不巧赶上江盈正在忙一个项目抽不出空，拒绝完还不忘调侃她：“是不是我哥去外地出差，你一个人寂寞了？可惜我没时间，不然一定来陪你，你还是乖乖等他吧。”

唐沅在她欠兮兮的声音中翻了个白眼，忽然觉得真不如快点进公司，省得无聊。

约不到江盈，其他人又不想约，她索性独自去会所消遣打发时间。

市郊半山腰上的这家会所恢宏大气，背后就是一大片庄园，集美容养生、休闲娱乐于一体。

唐沅开了个单间泡温泉，房间里有一泉池，池子里立着一座小雕像，汩汩的水透过泉眼往上涌。她贴着面膜趴在池子边玩了一会儿手机，觉得自己脸上这种有花纹的面膜特别可爱，对着脸自拍了一张发给江现。

不一会儿他就回过来。

江现：大白天。

江现：不要让我无心工作。

沅不沅：？

她身上裹着一层比较薄的专门入水的浴巾，不那么厚重闷人，照片是趴在池子边上拍的，只拍到她的锁骨，别的一概被挡住没有入镜。

而且她只是想给他看看面膜。

沅不沅：我本来还想发朋友圈呢。

江现：？

江现：不太合适。

江现：分享给我可以，别人就算了。

江现：你喜欢温泉，等我回来，我陪你一起去泡。

唐沅原本还想回复两句，看到他后面的内容，被热气熏得发红的皮肤一下更红了。

脑海里不知怎么又想到那天他问的问题和她的答复。

好像有什么东西静悄悄地潜着，正在等待冲破界限。

池水仿佛变得更烫，她回给他一个表情包，在话题朝成人方向发展之前，非常及时地打住。

唐沅泡了一会儿，服务她的会所技师给她送来品类丰富的水果。

VIP享受的待遇规格是至尊级，工作人员就差把资料倒背如流。技师低声对她道："唐小姐，您母亲章女士今天也在，需要同那边打声招呼吗？"

她闻言一愣，本就因她妈的事心烦着，哪会想碰上。她眉头轻蹙，过了一会儿说："别告诉她我在这儿。"

技师神色微敛，忙收起那份体贴和热心，轻声道好，只当没有刚才提的那回事。

待人出去后，唐沅泡完温泉换上干净舒适的衣服，在房里做了个美容，又到休息厅去做手部护理。

厅不大，总共十几张皮质的按摩躺椅，分列几排。她挑了角落里的一张躺下，就等候手部护理的技师过来。

唐沅闭眼休憩，听见脚步声，两个说着话的女人似是在旁边稍远的位置躺下。

说话声不大，却有些嘈杂，那两个人语气八卦，听起来让人不是很舒服。她本不欲睁眼，没一会儿，却忽然听见自己的名字。

不止她，还有她妈。

两个女人大概是觉得这里没有别人，也没注意到躺在角落里的人是谁，音量不高，但说得有滋有味。

她们提到她和她妈时也并非熟人的口吻，纯粹是一种略有耳闻的议论。

"真的，她年纪也不小了，四十多岁的人了吧，平时听说挺端着，不苟言笑的，居然和自己女儿前后脚订婚，也不怕闹笑话……时间还更早呢，比她女儿还要早订婚一个月，看这猴急得……"

她们嬉笑不停，话里带着奚落。

唐沅睁开眼，目光沉沉地直视前方。

那边还在说个不停。

两秒后，她站起身，在八卦声中走到她们面前。

说话的两个人看着她一愣，不等她们开口，唐沅挑眉道："说够了吗？”

“你……”

其中一个人才说一个字，唐沅拿起她放在一旁的杂志，翻了几页，蓦地重重地朝她脸上砸去。

被砸的女人痛呼，旁边那个站起来想讨说法，唐沅一把揪住她的领子，坐着的和揪在她手里的都被吓得愣住。

“我姓唐，叫唐沅。你们刚刚不是聊得挺开心吗？”她笑着朝女人自报家门，那两个人的脸色霎时变得铁青。好几秒后她们才回过神来，被揪着的试图挣扎，张嘴道：“你……你怎么打人啊？有什么不能好好说……”

音量有点高，会所的员工察觉到动静后立刻赶来。

唐沅根本不吃这一套，抓起砸过前面那个人的书，立刻又砸——或是称为扇更妥帖——重重地扇在后一个人脸上。

两个人都挨了页面宽大厚重的杂志一巴掌。

她们有点怕，又气不过，红着脸嚷嚷起来。

吵嚷间——主要是那两个女人对着一脸冷漠的唐沅呼天喊地，吸引了不少目光。

“唐沅？”

穿着会所休闲服的章雪芬恰好被几个人簇拥着经过，注意到她，带着诧异拧眉看过来。

唐沅抬眸顿了一下，几秒后松开手。她指了指章雪芬，对面前两个女人道：“你们口中说的‘老树开花，不知廉耻和女儿前后脚订婚，迫不及待想男人’的正主就在这儿，你们有本事最好当着她的面说。”

在两个女人明显僵住变得更加铁青的脸色中，唐沅松开手转身走人。

章雪芬愣了一秒，像是意识到什么，在身后叫她。她却走得更快。

唐沅换回自己的衣服，不想再待，驱车离开会所。出去后没多久，她的手机一直在振动，章雪芬的来电闪个不停。

不知是第多少个来电，她把车靠边停下，终于接通。

那边诧异了一秒，而后便是一堆话。

章雪芬说了好多，说要和她谈谈之类，半晌，语气少见地缓和下来："你是不是也觉得，我一把年纪和你前后脚订婚，给你丢人了？"

唐沅一直没吭声，听到这一句，忽然觉得好笑又笑不出来。那一点点沟通的欲望淡得不见，她长长地出了一口气："你根本不懂。"

言毕，她直接挂断电话。

江现到隔壁城市出差三天，傍晚时分返程。唐沅收到他的消息，难得生出了下厨的冲动。午后太阳不那么热，她出门去到市区最大的一家商超买食材，打算晚上自己在家做晚餐。

偌大的几层被她逛了个遍，她拎着购物袋放进后车厢，满载而归时已经快到黄昏。

问过江现在没在路上，唐沅便往家开。这个时间路上有点堵，缓慢前行间，她忽地瞥见路边有个瘦弱的人影。

视线顿了一下，过快的一眼，唐沅不知是不是自己看错了，随车流开到路口，拧起的眉头一直没能放松。

在该择道的一瞬间，她犹豫了一刹那，心一沉，从旁边的路掉头回去。

车停在那个瘦弱的身影身边。

路边的邓恬被突然停靠的车吓到，当场退后一步。

果真没看错，唐沅降下车窗，眼神微沉："你在这儿干什么？"

"我……我准备回家……"邓恬手里抱着一个不小的娃娃，像是刚买的，脸色一如既往的白，还有点受惊的神色，话说得很小声。

她瑟缩着不敢跟唐沅对视，唐沅看着她，刚展平的眉头又拧起，懒得废话："上车，我送你回去。"

邓恬犹豫了一会儿，小心翼翼地坐上她的副驾驶座。

车子驶上开往唐家的路，气氛静得吓人，谁都没说话。

开了许久，邓恬从手上拎着的一小袋零食里拿出一包递给唐沅，眼神和动作都怯怯的。见她扫了一眼却没接，随后又从袋子里换别的。

讨好的意味和那天如出一辙。

“你不用给我糖，或者别的什么。”唐沅的声音淡而不冷，邓恬似是僵了一下，她仍然平和地把话说完，“我不会因为你给了我东西就喜欢你，也不会因为你没给讨厌你。你不用讨好我，自然一点，明白吗？”

大概是察觉出她的态度没有恶意，邓恬沉默着，紧绷的身体慢慢放松下来，片刻后，低低地应了声。

气氛有所缓和。

车子前行，唐沅没再说话。

开过几个路口，等待红灯时，邓恬忽然又极其缓慢地朝她伸手，递来零食，脸上的表情却明显与先前不同。

唐沅看了看她，没吭声，许久，伸手接过。

指尖碰到她掌心的一刹那，却察觉到她的体温高得不太对劲。唐沅把零食塞进口袋里，皱眉道：“你手怎么这么烫？”

邓恬轻声说：“今天去图书馆做作业……不太舒服，就出来了……”

刚才见到她的地方是商场外。

病了不舒服也没回家，还跑去买娃娃。

唐沅眉头轻蹙，已经开到这儿了，比起医院，她们离唐家更近。她只能加快速度继续开回去，又给家里的阿姨打电话，让她联系常来往的家庭医生。

回到唐家，邓恬被催着去床上躺下，没一会儿体温就升得更高，烧得越来越厉害。

阿姨说联系了医生，也给章雪芬打了电话，后者正在开会，打了好久才接通。

唐沅预备等医生来看过确定没事了再走，半个多钟头后，医生没到，却是章雪芬先赶了回来。

门一开，两人打了照面，章雪芬顿了顿，唐沅也愣住。

阿姨先前说她在开会，她以前忙起来的时候几天见不到人，连吃饭的空都没有，更别提别的。

本来以为她今天不会回来了。

几秒的沉默，又像是过了很长一段时间。唐沅回过神，拎起包走人。

既然她回来了，自己也没必要再留下。

章雪芬见她要走，开口道："你去哪儿？"

唐沅头也没抬，动作飞快地换上鞋："回公寓。"

"你真的不能跟我好好谈一谈？"章雪芬跟了两步，看着她问。

唐沅微微吸了口气，转过身，说的却是别的："既然你要重新养小孩，还是多上点心吧。她生病了一个人在外面游荡，也没有人定时接送，是不是有点不太妥当？"

言尽于此，她没有什么再说的，转身朝外走。

"唐沅……"

章雪芬在身后叫她，她没有停下，一步一步头也不回地走出去。

开上自己的车离开，天已经黑了，这计划外的一趟耽误了好多时间。

唐沅心里乱乱的，途经一个公园，烦躁的情绪一上来就止不住，她索性下了车，在花坛的某一处坐下。

面朝广场，街灯璀璨地亮起，散步玩闹的人在眼前来来去去。

她坐了不知多久，接到江现的电话。

他回了浒城，车子正在往市区开。

唐沅莫名觉得累，告诉他自己还没到家："我不想开车回去了。"

那边听她这样说，没有丝毫犹豫："我来接你。你在哪儿？"

唐沅把地址报给他，又告诉了他周围的标志。

挂断电话，她盯着广场上活动的人群出神，神游天外，一直到江现出现在她的视野里。

晚风微凉，他一身西装，整个人高大矜贵，旁边路过的无论大人还是小孩，都不由自主地朝他看。

而他只看着她，目不斜视地向她走来。

不知怎么的，眼眶突然就热了起来。

唐沅不想承认，她是有点嫉妒邓恬的。

至少在离开唐家的那一刻是。

她也打过好多电话。

爸爸离开后有很长一段时间她都没有安全感，可无论她是生病、害怕，还是孤独，章雪芬唯一的回应只有“在忙，很忙，腾不出时间”，甚至后来连电话都不接了。

她有那么多个电话没有打通。

可现在邓恬打通了。

不柔和的风吹起，江现高大的身影停在她面前，遮住了刺眼的光。

他的目光沉了沉，手指触上她的脸颊：“一个人坐在这儿想什么？”

属于他的指尖触感温热，唐沅垂下眼睑，将嘴唇用力抿成一个向上的弧度：“想你啊。”

抓住他停在脸颊边的手，她站起身，慢慢投入他怀中。

他侧头问：“怎么了？”

她摇摇头，不说话。

被拥抱的感觉是真实的，他的怀抱宽厚又温暖。

邓恬只有十几岁，还有机会重新在爱里长大。

她已经没有了。

但好在，过去了那么多年。

接她的人终于来了。

察觉到她情绪不太对，江现搂着她，没有多问。

唐沅抱着他的脖颈，脑袋埋在他的肩颈处，才不管别人看不看又或者怎么看。

“想跟让我开心的人在一起。”她没头没脑闷闷地说。

“你指的是我吗？”江现声音淡淡的，抱她的动作却丝毫不含糊，平和的语气中带着几分调侃，“不是的话，可能会发生一些比较严重的事件。”

唐沅眼眶微热又想笑，承认得十分坦然：“是你。”

除了他还有谁。

在夜色下的公园里拥抱了一会儿，唐沅坐着江现的车回到公寓，她的那辆则留下让人之后过去取。

她今天有点黏人，下车时朝他伸出手。江现一秒都没犹豫，顺从地抱她上楼。她几乎挂在他身上，一进玄关，两个人便有点按捺不住地接吻。

唐沅恍惚想起自己车上还有买的食材，一时也没心情去管了。她不愿意动，让江现抱着她回了他的房间。

他的脖子被她勾着，他被带得随她一同躺倒在床上，半压着她。

“怎么一直看着我？”他问。

唐沅眼都不眨直勾勾地盯着他，他离开才几天，却让人觉得过了好久。她说：“好看。”

江现嘴角淡淡地勾了一下，用鼻尖轻触她的脸颊：“好看那就多看两眼。”

耳鬓厮磨，这样的场景总是缠绵。

亲吻落下，一点一点克制着，热切而深重。

巨大的热意将他们包围，室内的每一寸空气都沸腾起来。

她好像抓住了什么，又好像什么也没抓住，被浪翻涌，只有眩晕和失控在侵袭一切。

夜好长。

这一晚长得仿佛没有尽头。

Chapter 8

第8章

江现离开公寓后，空气中那种说不清的旖旎气氛总算淡去不少。唐沅头一次没等阿姨来收拾，他一走，她立刻动手把他房间里的床单和被套全扔去洗了，重新换上干净的。

头晕目眩的状态持续了好一会儿，接到唐岚打来的电话时，她还有点反应不过来。

唐岚为的还是正事，她进公司的日期定了，已经和人事部确定，特意打来告知她，让她提前做好准备。

看看时间已经没剩几天，唐沅应下，想起得置办一些工作装备，不知自己那些衣服里有没有能穿去上班的，挂了电话提步就拐进衣帽间。

翻找一通，挑出比较合适的几件，她干脆就地试了试。

一脱衣服，在穿衣镜里照见脖颈间及其他地方更多的痕迹，她的动作蓦地停了一下，才刚消退的羞赧情绪不由得又冲上来。

脑袋里想法纷杂，唐沅忙不迭地甩了甩头。

总共就这么几件衣服，她的思绪到处乱飘，被这些杂七杂八的念头干扰，花了好半天才试完。

其后的一整天时间里，她看书也不是很能集中精神。

直至天黑，江现比前几日更早到家。

他们各自吃过晚饭，唐沅缩在沙发一角，见他在对面坐下，没忘记告诉他自己要去公司的事：“我大概再过几天就去报到了。”

她很平常地和他分享着生活，却被他的视线盯得十分想躲。

聊了没一会儿，她实在受不住，不得不躲开他，溜达到玻璃墙边。

那摆放的一众盆栽“嗷嗷待哺”，她避开他的目光，就那么几片叶子，来来回回照料了半天也没弄完。

不一会儿，江现起身。

察觉到他端着杯水走到身后，唐沅的背绷直。

他道：“不早了。”

她回头瞧他一眼，“哦”了一声。

“不休息？”

“我再等一会儿。”唐沅顿了顿，补充道，“我浇完就回我的房间，你累了先回你的房间休息嘛。”

江现沉默了几秒，大概听明白她的意思，缓缓地问：“不跟我一起？”

唐沅同样听明白了他的意思。

她连忙找了个借口开溜：“有……有点渴，我去喝杯水。”

她放下喷水壶，头也不回地匆匆走向餐厅。

唐沅那口气还没松下来，就听见江现的脚步声。她来不及拿杯子，一转身，被他堵在吧台里。

“你干吗……”

江现贴得极近，她不得不往后仰，背抵着吧台边缘，被他圈在怀里无处可逃。

唐沅耳根一烫，想伸手推他的胸膛，又不知该不该触碰。

……

被江现圈在吧台里亲了又亲，她差点以为他要就地做一些不太合适的事情。

好不容易溜回自己的房间，唐沅洗漱完躺下，看见他发来的消息，下意识心一颤。

他又问——

江现：真的不过来？

沅不沅：不。

沅不沅：我已经洗完澡躺下了。

唐沅裹紧自己身上的薄被，拒绝的态度很是坚定。

他倒没继续纠缠。

两个人聊了一会儿，内容正渐渐走向正常，他忽地来了一句——

江现：我头疼。

沅不沅：？

沅不沅：好好的怎么会头疼？

江现：可能最近工作太多，压力太大。

沅不沅：那你去医药箱里找点药吃。

江现：家里没有止头疼的药了。

她对话框里的字还没打完，他随即十分体贴地道——

江现：没事，我一个人缓一缓。

唐沅看着他发来的消息，心下狐疑，着实不太相信，好好的怎么会突然头疼？又没有喝酒或是干什么。

然而再回复他，他半天没有动静。

不能吧？

唐沅等了一会儿又拿起手机，毫无反应，还是没有消息。

她转过来躺平，望着天花板微愣。

头疼，应该不至于疼晕过去吧？

肯定是圈套，一定是，不能被他骗了。唐沅暗暗心想，把手机扔到一边，决定不去理会。

她躺了一会儿，翻了个身，没多久又按捺不住地转向另一边。

他该不会是真的头疼？

最近他的工作安排确实挺多的，忙起来也很辛苦。

难道是真的？

她一边觉得不可信，一边又忍不住担心。

江现要是真的不舒服，岂不是很难受？

唐沅越想越觉得烦躁，纠结好半天，从床上坐起身。

就看一眼好了，看看他到底有没有事，马上就回来。

对，就看看。

她拿定主意，立刻穿上拖鞋出去。

到江现房外敲了两下门，没有应答，唐沅轻轻推开门，里面一片漆黑。

微愣一秒，她提步进去："江现？"

床上的人影不动，她走到床边，还没凑近看清他是否睡着，忽然伸来的手拉着她一拽，她只来得及轻呼一声就猝不及防摔到床上。

结实的胸膛，灼热的体温，她被一只有力的手臂圈住。江现睁开眼，神色清明，唐沅微红的脸不知是气的还是别的原因，趴在他身上想起身却并不能。

"你不是说你头疼？"

"嗯。"他面不改色，"现在好多了。"

唐沅试图起身："这样趴着好闷，我透不过气来了。"

这个人哪有半点不舒服的样子，自己果然还是太天真。知道自己上了当，唐沅气哼哼："你骗我。"

"没骗你，真的头疼。"他说，"你过来就好多了。"

这话说得。

她懒得翻白眼："我还能治病？"

江现答得笃定："能。"

唐沅被他噎得没话说，都不知是该气还是该笑，趴在他身上，没好气地瞪了他一眼。

他身板坚硬，体温灼热，没有别的动作，只是紧紧抱着她。唐沅和他视线交会，自己都不知道心跳为什么变得那么快。

在他直勾勾毫不避讳的视线中，她有些招架不住，好半晌，抬眸扫他一眼，低骂："讨厌鬼！"

不等他说什么，下一秒，她红着脸低头亲了亲他的唇。

本意短暂地触碰，没来得及离开，只一瞬就被追上，天和地的位置调换。

脑袋里嗡嗡的，唐沅在喘气的空当偏头："不是……"

她有别的想法，然而江现似乎和她想的不太一样，也不给她更多说话的机会，她喉间余下的内容没能再说出口。

黑暗的房间里，所有细微的声响都在寂静中被放大。

浪潮般的热意汹涌，她昏然着，开始无法思考。

心跳剧烈，滚烫的耳朵里鼓噪着，除此之外听不到其他任何声音。

空气里好像又开始散发出那种无法描述的气息，和她，和江现，和这夜里烟花绽开的所有瞬间，一样炽热。

唐沅是春节后回国的，唐岚从年头就心心念念要她进公司出力，眼看时间直奔着年底去，终于落实。

唐氏的总部所在也是浒城地标建筑之一，锃亮的银蓝色大楼直立高耸，乘电梯上楼的时候，地面的一切都在视野里拉远。

唐沅穿着一身大方干练的套装，虽是新人，气势倒不可小觑。唐岚早就等她多时，以往晨间排满了会议，今天为了她特意空出来。

姐妹俩闲话几句，唐岚简单交代完注意事项，眉头微挑着打量她："气色这么不错？我还以为你不想来，会烦得连觉都睡不好呢。"

"有吗？"唐沅顿了顿，忍住抬手摸脸的动作。

唐岚的视线一直停在她脸上，煞有介事地点了点头。她不知想到什么，脸上臊了一瞬，很快便掩饰过去。

她睡得倒也没有多好。

入职前的这些天，她除了休息和准备，其他时间都用来应付江现了。

在办公室待了一会儿，助理进来通知，延后的会议已经准备好。唐岚说知道了，招呼唐沅起身："走吧，该见人了。"

唐岚是在国内读的大学，毕业以前就开始接触这些事情，进公司时间不短。头顶上虽然还有个章雪芬，但在唐家年轻一辈里，已经是举足轻重的存在，她论第二，没人敢称第一。

能参加会议的都是她手底下级别不低的骨干，唐沅的第一次亮相安排在这些核心高层面前，是对其他人的一种表态，也是对有轻慢之心的人的警示。

流程走得很顺利，唐沅没给唐岚丢人，镇定自若地对着一帮各怀心思的老油条做完自我介绍，头回参加这种会议，没有丝毫慌乱出错的地方。

会后，唐岚带她到办公区域，和这一层的员工们打招呼，认了认脸。

唐沅的独立办公室在走廊一端，环境雅致，能看得出是费心重新装点过，色调和风格都是她喜欢的。

"有什么事给我打电话。"唐岚扔下这句便没多留，潇洒地回了自己的地盘。

唐沅道了声"好"。很快，安排给她的助理就将几个整合好的文档送进来，全是需要她初步了解的东西。

刚开始上手，得有个适应的过程。

没人来打扰她，她自己也投入，翻开文件一看就忘了其他事。

直到被江现的消息唤回神，已是临近中午的时候。

江现：怎么样？

江现：还适应吗？

看见他的消息，唐沅蓦地想起前面唐岚说她气色好的事情，脸上不自在了一瞬，赶在脑子里那些无法描述的画面成形之前，连忙将多余的思绪甩开。

沅不沅：还行。

沅不沅：可能会很忙。

沅不沅：我认真工作的时候你不准干扰我。

江现：哪样叫干扰？

沅不沅：包括但不限于给我发消息、打电话，都不行。

江现：那我想你怎么办。

"……"

他说得一本正经，连个带点情绪的标点都没有，却搅得人心跳加速。

越来越信手拈来了，他干扰起别人来还真是不自知。

沅不沅：不许想！

江现：？

沅不沅：……

沅不沅：那不然悄悄地想吧。不要想出声来。

她这话说得也挺厚脸皮的，他又发来什么，唐沅便没再回复。视线扫过这番简短的对话，自觉最后一句已经很宽容体贴，她敛了敛神，率先结束话题。

中午和唐岚一起用的工作餐，午后，唐沅作为初来乍到的"新人"，大手一挥给整层员工点了下午茶，顿时收获了一片"谢谢总监"的声音。

唐沅咖啡喝到一半，唐岚的内线电话通过桌上的座机打来。

她不废话，开门见山直接通知："晚上跟我去一个商业酒会，等会儿别走那么快。"

"酒会？"

"嗯，带你去见见人。"唐岚说，"忙完我来找你。"

好家伙，第一天来报到，行程还不少。唐沅在心里默默叹了一口气，但还是分得清轻重，听唐岚说了几句，道过知道后，没有异议地挂断电话。

江现被她“警告”过，果真一整天没有干扰她。

距离上午已经过去几个小时，唐沅拿起一旁的手机，发消息告诉他自己晚上要晚点回。

江现：商业酒会？

江现：在泰利的那场吗？

沅不沅：你知道？

江现：嗯。

江现：我晚上正好也要去。

还真是巧。唐沅本来还想说，难得有一天是她忙工作晚回家，正好让他在家一个人好好待会儿。想得也是太简单，像这种活动，若是真的重要，以他的身份肯定也会收到邀请。

从没在工作场合和他见过面，这下她不仅对入职头一天感到新奇，对这种碰面方式也多了几分新鲜感。

傍晚下班后，员工陆续离开，唐沅等唐岚忙完手上的事情，双双动身赶往酒会现场。

泰利场馆一层最大的厅里，她们到的时候人已经有不少，在场的都是浒城商圈里叫得上名号的人物。唐沅碰见好些认识的人，有长辈，也有同辈，从进门开始打招呼，好半晌才得空喘口气。

唐岚端了杯酒给她，抿了一口，朝一个方向示意：“喏，你男人在那儿。”

唐沅顺着看过去，江现熟悉的身影映入眼帘。

他一只手插兜，一只手端着酒杯，在和面前的人说话。沉静的面庞很是精神，即使离得远，也能依稀看清那凌厉线条透出的俊朗。

他穿正装，无论看多少遍都觉得好看。

唐沅嘴角微撇，轻笑一下，看了几眼，欣赏够便冷静地收回目光。商业酒会算是半个工作场合，他有正事要忙，她不想打扰他，她们也有自己此行的目的。

唐沅跟着唐岚见了很多以往有过合作或是正在合作中的生意伙伴，不同于平时的社交场合，这是她正式以唐氏一员的身份在商业圈露面。

这一亮相，在场诸人便都明白，若是要同唐氏打交道，自此又多了一位角色。

应酬起来时间过得很快。唐沅记得自己的酒量，到后头几乎都是浅浅抿一小口。该见的人见得差不多，唐岚暂时有事走开，她终于可以休息，一个人躲到角落里。

刚放下酒杯，身后就多了一个人影。

江现的声音响起得猝不及防："躲在这里干什么？"

唐沅吓一跳，回头见是他，忍不住嗔怪地看了他一眼。

她穿着浅色的正装，色调不扎眼，下身包臀的短裙却将腰肢和臀线衬得格外曼妙。江现目光几不可察地沉了沉："你今天出门的时候穿的是这身吗？"

她挑眉："对啊。"

她的五官美艳秾丽，这张脸配这知性优雅的一身，更有反差感。

江现盯着她看，有几秒没错开眼。

在唐沅被盯得快要生出不解的时候，江现朝她刚放下的酒杯看去："喝了多少？"

"就两三杯。"她连忙保证，"没多喝，真的。人家都端着酒，我不好空着手，就拿在手上装装样子。"

江现看她神色不似作伪，信了她的说辞，缓缓问道："怎么不来找我？"

"我看你在忙嘛……"

她话没说完，他提步靠近，感受到他的手揽上腰肢，唐沅下意识地推拒："这么多人，别闹……"

江现的举动并没有太出格，只是在这角落里亲昵地搂着她。

"等下一起回去。"

不是问句，而是陈述的口吻。

唐沅惦记着唐岚："可是我姐……"

"你要是不放心，我们可以先送她回去。"

先送唐岚，他们俩再自己回家，反正就是要一起。唐沅听明白他的意思，也不跟他多掰扯，无奈地道："好啦好啦。"

"……"

江现越靠越近，他们正说着话，忽然过来一个人。

"江总？"

江现回头看向声源，唐沅顺势挣脱他的手臂，端正站定。

"方总。"江现敛神略略颔首，没等开口介绍，身旁的唐沅看着来人一愣。

"唐沅？"那个被称为方总的男人也瞧见她，立时朝她一笑，"真是你，我还以为我看错了。"

唐沅从短暂的诧异中回神，微微弯唇："方学长，好久不见。"

"好久不见啊学妹。"方总眼神发亮，朝唐沅笑，"没想到会在这儿遇见，真是太巧了。"

江现眉头不露痕迹地拧了拧，淡淡地出声："你们认识？"

"啊。"唐沅点头说是，"留学时认识的。"

这位方总方义涵比她高两届，她记得她学业还没结束时，他就毕业进入了国外一家大公司任职。

许久没见，她问："你怎么会在这儿？"

"我今年调任，负责亚太区的业务，这段时间代表我们公司回国内谈事情。今天就是特意来见江总的，前面我们还在聊呢。"方义涵解释道，忽地想起走过来时看见江现和她挨得极近的场景，他们还有些肢体上的亲昵举动，眼神闪了闪，“你现在……”

“她目前就任丰唐集团高级总监的职位。”江现把话接过去，下一句，“也是我的未婚妻。”

唐沅瞥他一眼，朝方义涵笑了笑。不知为何，她总觉得他后面那句话音有点重。

方义涵面露诧异，看看江现，又看向她：“未婚妻？我之前听说过江总要结婚，还想着是谁，不知道有没有机会见一面，居然是学妹你？”

“太巧了，这样的事怎么都不通知一下。”他笑道，“你回国后可好久都没跟我联系了……怎么，以前吃了我那么多比萨饼，都忘了？”

唐沅被他调侃得不好意思：“不是故意不联系，主要是怕打扰……”

其实他们的关系也没到那个份上。方义涵毕业开始工作，他们接触得就少了。她回国后，跟留学时的很多人都没怎么联络。

方义涵长得算俊，性格和气质都很阳光，闻言立刻道：“怎么会打扰，尽管联系，我高兴还来不及呢。到时候有空，我再给你做比萨吃。”

唐沅笑笑没说话。

方义涵和他们聊了几句，被其他找来的人叫走。离开前，他还不忘对唐沅道：“晚点我给你发邮件，加一下你国内的联系方式。”

唐沅点头：“好。”

方义涵冲她颔首，走开了。

待人影看不到了，沉默了半天的江现幽幽地问：“你们是校友？”

唐沅说：“不是，留学那会儿经常有派对，我们是在聚会上认识的。”

学长学妹只是一种称呼，她和方义涵念的不是一所大学，不过两所学校离得挺近，同在一个留学生圈子，隔三岔五会见一见，也算是熟人。

江现端着酒抿了一口，没说话。

唐沅的这身衣服穿了一天，比平时板正得多，说话的这会儿工夫，后腰拉链处传来些许不适感。她不由得朝后看，反手伸去调整，怕不雅观，朝隐蔽处挪了两步。

江现也跟着提步，朝她靠近。

正注意着拉链，腰上忽然多了一只手。唐沅愣了一下，一抬头对上江现难以捉摸的眼神。外界视野正好被她身旁的遮挡物阻隔，她被他搂着，紧贴向他的胸膛。

没等说话，他便亲了下来。

他亲得有点重，但并不太久，几秒后就放开了。

唐沅喘着气，听见那近在咫尺的声音低低响起："你和他很熟？"

她慢半拍反应过来他说的是谁："不……"

话没能说完。

江现垂着眼眸又亲住她。

好半晌从角落里出来，唐沅一边平复脸上的热度，一边朝江现丢去警告的眼神。他倒是面色如常，一派亮丽光鲜，除了那微红的薄唇，不细看根本看不出端倪。

唐沅带他去和唐岚打了声招呼，随后分开，各自在酒会上待了一会儿。直至尾声，唐沅没坐唐岚的车，随江现一道回了公寓。

到家没多久就收到方义涵的邮件，唐沅礼貌地回复，他随即将联系方式发来，两个人加上微信。

江现在旁边看，端着水杯语气凉凉的："客套的话其实可以不必当真。"

唐沅瞥他一眼："可是人家都那样说了。"

邮件和联系方式都主动发来了，置之不理不太好。

她一边皱眉，一边回应方义涵微信上打招呼的话。

江现看了她一会儿，冷不丁地问："他做的比萨很好吃吗？"

像是很平淡的语气，唐沅却从中听出了几分在意，她顿了顿："还好啦。"她说，"我们就是留学的时候在聚会上偶尔见一见，他做比萨的手艺不错，有的时候大家互相准备吃的，他就会弄一点。他不是做给我一个人吃的，别人都吃了。"

可他刚才的话，分明还想给她单独做着吃。江现没什么表情："他好像对你很热情。"

"你不会以为他喜欢我吧？"唐沅瞬间想起他在酒会上的反应，忙转过身解释，"没有的，他没那个意思，真的。他对我一直是普通朋友的态度，像其他追我的人都会拼命往我面前凑，老是找机会做各种事套近乎，但他不会，就很正常，不然我也不能跟他相处下来。"

她澄清着，江现却捕捉到别的重点，眸光微暗："留学的时候很多人追你？"

她沉默了一下："还好吧，没数过。"

唐沅是真没数过，从她刚出去读预科到她回来，示好的人……好像是一直没断过。她回国后，依然能时不时收到一些不死心的问候邮件。

可能也算多。唐沅挠了挠脸颊，有点闪躲他的目光："我那个时候一心读书，根本没这方面的想法。"

这个是实话。

江现从她的神色里已经看出答案。一方面明白她被喜欢是再正常不过的事，一方面又有种重要的宝贝在他不知道的时候被人觊觎了的不爽感。

很难平衡这种心情。

唐沅被他伸来的手臂箍进怀里，想躲躲不开，整个人被他压倒在沙发上。半玩闹性质的，到最后他的气息撩得她有点痒，忍不住边躲边笑。

"我饿了。"许久，她勾着他的脖子认真地开口。

"没吃饭？"

她点头，眼神颇有可怜巴巴的感觉。

离开公司的时候没顾上吃，唐岚在车上给她塞了点东西垫肚子，酒会上没有食物，几个小时下来，胃里早就空空如也。

江现盯着她，眼神中仍带着几分不善，低头恶狠狠地在她唇上亲了亲，这才起身："我给你煮面。"

唐沅跟着下地，踩着拖鞋"吧嗒吧嗒"地跑进餐厅。他煮东西，她就在旁边看，一个劲地叮嘱："就要上次那种，很好吃。"

江现动作细致，不急不缓地开火料理好，端着和上次一样丰盛诱人的面到桌上。

唐沅兴冲冲地坐下，吃了两口就听他问："好吃吗？"

"好吃。"

"和比萨比哪个更好吃？"

她呛了一下，差点被噎到，对上他看似沉着平静的表情，心里很有数："当然是面条好吃！"

江现幽幽地看着她不说话，不知道对她的回答满意还是不满意。

洗漱后钻进被窝，唐沅便知道了。

他怕是满意不到哪去。

大概是记着她刚入职，需要良好的状态集中精神，江现很体谅地给她休息的机会："你明天要上班。"

这话是对她说的，又像是在劝解自己。

换了几个姿势，唐沅被他从背后抱在怀里，他的手臂十分有力，胸膛紧紧贴着她的背。

夜静下来。

他的呼吸在她耳边，似乎能听到彼此的心跳声。

她很喜欢，越来越喜欢这样被他抱着。

安静间，唐沅想了想，缓缓在他怀里翻身，脸朝向他。

江现因她的动作睁开眼。

她感受到他的视线，但没抬眸，盯着他的喉结，轻声说："我和方义涵其实不是特别熟。最开始在一次聚会上见过，后来他有些学业上的事情找我帮忙，才认识的。

“那阵子我不是很爱交朋友，只是偶尔参加一下固定圈子的聚会。我就记得，第一次见他的时候，他在看书。”

唐沅稍停两秒，在他胸膛前很小声地说：“他也喜欢看梭罗。”

江现顿了一下。

“聚会的时候我看到他在看《瓦尔登湖》的英文版，我问他是不是也喜欢梭罗，他说是。”

她不大的声音，在寂静的夜里如此清晰。

也喜欢梭罗？

这个“也”，并不是因为她自己。她是读过这本，但最初知道这本书，知道这个作家的时候，是在高中。

江现喜欢《瓦尔登湖》。

有一阵手里拿的都是梭罗的书。

唐沅手指轻轻揪着他的睡衣领子，低声说：“我其实和他不是很熟……”

房间里没有任何声响，一点点窸窣的动静都显得无比重。

唐沅说到这里没再继续，她抿了抿唇，忽然感觉额头被亲了一下。抬起眼，江现不知何时低下了头，视线交会两秒，他的吻随即落到她的唇上。

不是简单快速地触碰完就结束。

“江现……”

间隙里，她短促的话没说完又被堵住嘴。

她眼里带着微愣，被动又惊讶。

他刚刚都已经让她睡觉了……

唐沅来不及思考更多，大脑昏昏沉沉的。

无法抗拒地被他点燃，就这样又一次随他从云端坠落。

Chapter 9

第9章

唐沅和方义涵重新互换联系方式后，除了刚加上微信那会儿说了几句话，便没怎么聊天。

他这趟回国不知待多久，之后大概还要离开。

刚接触工作，唐沅多的是要忙的事情，很快就把这些琐事抛到脑后。

头几天适应期过去，她渐渐上手，一直没互相打扰的方义涵却突然想起了她，约她参加小型聚会。

地点在他浒城的住所里，人不是很多。

方义涵：只邀了我的工作伙伴，还有几个正好在国内的留学生朋友。你和江现有空吗，一起来吧？

听起来和他们留学时的聚会差不多，都是那种吃吃喝喝顺便社交，人数不多的小圈子派对。

不止约她一个，他这个邀请没什么问题。但唐沅想起江现之前的反应，略作思忖，没有应下。

沅不沅：不好意思，学长。

沅不沅：我们可能不一定有时间。我之后再答复你吧？

她话说得委婉，得到方义涵的理解后，当天回到家便和江现说起这件事。

江现岿然端坐在沙发上，听她开口，悠悠地抬起眼："聚会？"

唐沅"嗯"了一声："他问我们有没有空一起去。"

明亮的灯光照在客厅里的两个人身上。

她盘腿坐在茶几前吃着水果，他在沙发上看书，结束了一天的工作，难得惬意。

江现面上没有丝毫波动，就着这个话题吐出几个字："没时间。"

唐沅半点不惊讶，就猜到他不会想去，还好没答应。她拈了一颗葡萄小口咬下一半，不作他言地点点头。

江现的视线在她身上打量几秒，缓缓合上书放到一边："你想去吗？"

"我？"唐沅吃着东西，一脸莫名，"我不太想去啊。"

她本来就不爱参加这些活动，以前在国外不过是为了保持基本的社交。

江现朝她伸手，她把没沾葡萄汁水的那只手递过去，被他拉到沙发上，随后又被他抱进怀里。

唐沅没挣扎，自然地窝到他身前。

他放缓的语气很是温和："你想去的话我们就去。"

唐沅听出他迁就的意思，失笑道："我真不想去。"

他从旁边抽出纸巾帮她擦干净手，她稳稳倚着他，眼睛一眨不眨地盯着他，直盯得他看过来，沉着眸子问："看什么？"

唐沅微微勾唇，贴近他的脸颊，像他以往蹭她那样，鼻尖和唇瓣在他嘴角蹭几下，声音压得极低："告诉你一个秘密。"

她含笑望着他，哄小孩般的语气，轻得只有气声："我只喜欢过你——"

那眼中的笑意带了几分促狭，更多的，是对他吃醋行为的开解。

江现目光放柔，揽着她的手臂却在无言中收得更紧。他顶着一张没表情的脸凑过来，唐沅被他蹭得发痒，边笑边玩闹着躲避。

他总是这样，连动容都一本正经。

唐沅的头发差点被弄乱，她气喘吁吁地坐好，没过多久，在她身后圈着她的江现忽地问："你什么时候有空？"

"怎么了？"她侧头朝他看。

他下巴抵在她的肩上，停了一会儿，说："我们去约会吧。"

突然的提议让唐沅愣了一下，他认真的语气不似在开玩笑。

"怎么忽然想到这个？"

她搬进公寓好久了，他们都已经从两间房睡到了一间，但说起来……真正"约会"的次数好像确实屈指可数。

"没办法。"

江现的唇轻碰她的耳垂，看着她泛起薄红的脸颊，亲了一下："追你的人那么多。"

他一字一字地说："我想做表现最好的那一个。"

拒绝了方义涵的邀请后，和江现约会这天，距离唐沅入职已经过去一周多。她特意从新鲜又忙碌的职场生活中挑出一天，早早结束了上午的工作——他们俩近期都找不出完全空闲的日子，只能折中。

半日的约会同样愉快，他们下午去看了一场电影，傍晚时分，又到江现订好的餐厅用餐。

饭后，天擦黑，夜晚堪堪降临，穿着休闲装的两个人从餐厅出来，一路手牵手，边走边做下一步打算。

时值休假日，路边成双成对的身影里，许多都是青涩稚嫩的面庞。唐沅看着走过的几对情侣，视线不自觉地跟着跑。

发觉她走神，江现轻晃她的手："看什么？"

唐沅收回目光，敛好眼里隐约的羡慕："我们以前都没有那样出来玩过……"

高中时男生女生们流行去的那些什么动漫城、游乐园，还有其他类似的地方，他们一次都没单独去过。

江现的目光沉了几分：“想去吗？”他问，“动漫城，或者游乐园？”

“我们……”唐沅面露犹豫，“合适吗？”

都这个年纪了，白天穿着工作服在大厦里穿梭，去那些十几岁少男少女去的场合，好像有点格格不入。

江现一脸“有什么不合适”的表情，不由分说地牵着她往最近的商场走去。

动漫城在顶楼，厅里的游戏机五颜六色。许是因为休假日的关系，除了个别成人，来往的基本都是十几岁的学生。

江现兑换了两筐游戏币，塑料筐摞在一起，他一只手拿着游戏筹码，一只手牵着唐沅，陪她从门口一路玩到内里。

玩遍了所有小情侣都会玩的游戏，到最里面一排整齐的游戏机前，唐沅看见玻璃窗里巨大的史迪仔娃娃，眼睛不由得微瞠。

江现看出她想要，把币递给她。

纯粹看运气的游戏——或许也需要一些技巧，但技巧占比太小，唐沅沉下心努力了很多遍，依然没办法满足这台机子的中奖要求。

江现不认识这个形象：“你想要那个最大的蓝色娃娃？”

见她点头，他替下她的位置，在游戏机前站定。

无奈他们运气都不太好，约会并没带来额外的buff（增益效果），他试了很久，始终没成功。

筐子里的游戏币渐渐见底，直至用完，偌大的娃娃仍挂在里头，冷眼看着外面的两人，丝毫没有要往下掉的意思。

周围几台同类型的游戏机前，陆续来了好几拨高中生，先后有两个人成功拿下最大的娃娃。

听着别人机器里庆贺的音乐声，江现拧眉：“我再试试。”

他又要去兑换，唐沅连忙叫停：“算了算了，不要啦——”

江现被她拉住，眉头仍然不平：“我帮你拿一个。”

唐沅看他一副把这当成大事的认真劲，心下好笑，对拿没拿到娃娃已经不在意了：“不用啦，真的没事。”

本来就是心血来潮而已。

她眉眼带笑，顺势放下空筐子，拉着他走出去。那种开心不是作假，江现被她牵着走了一阵，她步伐慢下来，两个人再度并肩。

他问：“很开心？”

“开心啊。”唐沅侧头看他一眼，脚步透着几分轻快，“有一种……”

她抿唇，低下头，声音很轻：“恋爱的感觉。”

与那些青涩的小情侣，没什么不同。

脚踩着地板的花纹，她沉默了片刻，又说：“如果我们早点恋爱，应该也不会比现在更开心了。”

所以，拿没拿到娃娃，根本没什么好在意的。

江现忽地停下脚步，唐沅跟着停下，疑惑地看向他，没等她说话，被他先一步拉进怀里。

商场里人不少，她有点不好意思：“你干吗？”

“你这么好满足吗？”江现揽上她的腰，垂眸看着她道。

唐沅闻言沉默一秒，随即抬起眸笑：“对啊。”

她答得毫不犹豫。

江现搂着她，半晌没说话。

许久，他垂下眼，放轻的声音里似带着无奈：“我突然觉得来这里也不是个好主意。”

唐沅：“为什么？”

“人太多。”他说，“大庭广众之下接吻，好像不太好。”

“……”

唐沅低低地“嘁”了一声，把脑袋贴进他怀里，嘀咕：“那你只能忍一忍了。”

两个人相拥着站了一会儿，下一站决定去游乐园。

来过了动漫城，索性把没去的都去一遍。

离开商场前，唐沅去上了个洗手间，江现在电梯旁的休息处等她。

她从隔间出来，刚洗干净手，手机突然响了。

一看屏幕，是江蔓蔓打的电话。

江蔓蔓偶尔会和她聊天，倒是有许久没给她打电话了。唐沅在镜子前没走，那边为作业的事打来电话，理由还挺正当。

“你在干吗呀，怎么不回我消息？我都快被题目难死了！”江蔓蔓为作业愁得发苦，“我朋友手机都被收了，联系不了她们。我拍了图给你，你看到了没？”

唐沅一晚上没看手机，还真没注意，道了句抱歉：“我和你哥在外面，没看到消息。你着急吗？等我回去给你讲行不行？”

江蔓蔓也不知是好奇还是八卦刻进了基因，下意识就问：“在外面？你们去干吗了？”

“没干吗。”唐沅无奈又好笑，“没那么快回去，我们还要去游乐园。”

这点到即止的话却让江蔓蔓一下兴奋起来：“游乐园？你们在约会吗？”

不等唐沅回答，她立刻道：“去哪个游乐园啊？有些很不好玩的……像我上次给你和我哥安排的那个恐怖主题的就特别好玩对不对？要找到一样的可不容易！”

唐沅正要敷衍地附和两句，她下一句又道：“而且连我哥都觉得好，我那时候打电话问他玩得怎么样，他说你们玩得可开心了！”

唐沅闻言一愣。

“你给他打电话聊过这个？”

那天可以说是他们的第一次“约会”。

她借口江蔓蔓订了位子，和他吃了一顿和爱情有关的主题晚餐。

“对啊，我怕你骂我，就只好问我哥了嘛。”江蔓蔓说，“我哥就很有眼光。我那天跟他说了，那个游乐园的恐怖主题的门票是我费了好大劲才买到的……”

她絮絮叨叨地说着，唐沅听在耳朵里，对着镜子，轻微地愣了一下。

江蔓蔓的电话好一会儿才结束，唐沅差不多忘了她后来说了些什么。

收起手机提步出去，等在快速通道外的江现靠着透明玻璃栏杆静静地站着，见她出来抬起眸，脸上不见丁点不耐烦。

他迎上前，牵着她的手朝外走。

唐沅被他拉着，在他身侧落后小半步，看着他目光闪了闪。

“注意。”没走几步，江现拽了她一下。

她差点撞上面前的障碍物，他问：“在想什么？”

唐沅敛神，低咳掩饰：“没什么。”

江现朝她看，没多说，只是将她的手牵得更紧，提防她不看路被绊倒。

他们去的游乐园离商场不远，规模不大，是个小型乐园，胜在地理位置好，园内游玩的客人不少。

江现买了张双人票入园，从正门进，夜色璀璨。

各个游戏设施上装点的灯都亮着，流光溢彩，将本该昏暗的夜照得无比绮丽。

江现很有耐心，唐沅想玩什么都陪她玩。她挑的也全是不太惊险刺激的项目，到后来干脆放慢步调和节奏，两个人在不那么密集的人群中穿梭漫步，感受周遭的气氛。

偶尔经过园里的小吃门店，或是装扮好站在路边卖零食的员工，唐沅会停下来看一看。卡通人物模样的棉花糖、爪子形状的冰棒、颜色缤纷的糖，她瞧新鲜买了不少，偏又不爱吃，最后全在江现手里拿着。

转了大半圈，行经一个游戏摊前，墙上挂着若干不同等级的奖品。

唐沅一瞥，见先前在动漫城里看上的史迪仔也在其中——只不过要小得多，不由得多看了两眼。

江现注意到她的神色："想要吗？"

唐沅有点想要，踌躇着，点了点头。

他二话没说，上前去给她赢奖品。

试了三次，最后一回成功通关，有动漫城的失败先例在前，江现这次拿出了实力，却稍微有些过头。

他赢下的一等奖，奖品是一个比二等奖的史迪仔大两倍的娃娃。

摊里不知是员工还是老板的人从墙上把奖品取下，江现没伸手接，眉头轻拧："可以换吗？"

对方露出为难的神色："这个……不好意思，我们都是有规定的。"

唐沅不想麻烦人家，站出来拉了拉江现的衣袖，依旧是那句话："算了。"

她朝对方道谢，很想得开地接受了和史迪仔没有缘分的事实，抱着娃娃一脸满足，还把脑袋贴过去对比，示意江现："你看，好大哦。"

江现看着她，似是想说什么，最后还是没说，只顺从迁就地"嗯"了一声。

离开游戏摊，往前走了一段，唐沅口渴，两个人到饮品店前排队。江现在她身旁站了一会儿，队伍一点点移动，他忽地开口："我去一下洗手间。"

唐沅在队列里不好离开，便道："那我在这儿等你。"

她要接过他手上的东西，江现说不用，拎着娃娃走开。

队伍缓慢往前，唐沅安静地排着队。

过了两三分钟，她快到队列最前面，抬头望向醒目的菜单上的卡通字体，正思考着要点什么，余光瞥见江现已经朝这边走来。

只一侧头，她的视线立刻顿了一下。

他手里抱着的娃娃不再是先前那个。

而是一个蓝色的，个头不大，但十分可爱的史迪仔。

在她的愣怔中，江现走到她面前，把娃娃递给她。

唐沅有点迟钝地望向手里预料之外的史迪仔："哪里来的？"

"刚才看见有人抱着，我过去跟他们换的。"他平静地说，"小了一点，下次给你一个大的。"

他不是喜欢和人搭讪的性子。

从十几岁到现在，能不跟人说话就不多讲一个字，更别提陌生人了。

唐沅动了动唇，几秒后才发出声音："干吗还跑去换，没有就算了嘛……"

"出来玩就要开心一点。"江现神色淡淡，伸手轻轻触了触她怀里的娃娃，声音如此刻的夜风一样柔和。

是可以有遗憾。

但她想要的，他都想给她。

唐沅没再说话，低头看了看怀里小小的史迪仔，手臂不自觉地用力，将它抱紧。

买好饮品，他们从店前队列走出来，重新牵起手漫步。

人群都往一个方向去，江现想起入园时看见的游览手册，问她："要去看旋转木马吗？"

这里的三层旋转木马是景点之一，许多人即使不上去坐，也会去"打卡"拍照。

唐沅点点头，他便带着她沿路线往那边走。

还没真正到旋转木马前，已经能看到不少人，圆柱形设施上缠绕着灯带，金碧辉煌，将周围照得通透明亮。

旁边都是络绎穿梭的游客。

被江现牵着走在热闹的人群中，唐沅抱着他给她换来的史迪仔，垂了垂眼，突然轻声说："我刚刚接到蔓蔓的电话了。"

江现闻声侧眸，步伐随着她停住。

“她说她给你打过电话，我们去主题餐厅那次，你知道不是她安排的吧。”她说，“为什么不拆穿我？”

那天晚上回公寓，他进她的房间跟她说，下一次他来安排。

甚至一直到现在他都没有说破。

四下安静，江现看了她好一会儿：“拆穿什么？”

她这么喜欢他。

江现轻轻将她拉到身前，又一次单手搂住她。

唐沅撇了撇嘴，他一点一点低头，脸贴在她的侧脸上。

“我偷着乐还来不及。”

明明是和平常一样的语气，唐沅却听得想要往他怀里埋得更深。

她自以为隐瞒得很好。

却不知道，她的小心思，从一开始就在被他好好地、妥帖地对待着。

脸贴在他胸前，唐沅嗅着他的味道，轻声说：“之前给你扣的分全部抹掉，一分都不扣了。”

江现挑眉：“这么好？”

她脑袋拱了拱，语气说不清是傲娇还是别的什么：“那当然，感恩吧你。”

“嗯，感恩。”江现平和的声音里带着一丝几不可察的浅淡笑意。恋爱实习生感恩得无以言表，唯有默默收紧手臂来表达。

不怎么凉的风从身旁、脚下穿过。

江现抱了她一会儿，她手里还拿着娃娃，将他的腰身搂得格外紧。他嗅到她身上那股熟悉的香气，甜而不腻，一丝一毫都没有被风吹散。

彼此隔着衣物，怀里的体温却分外明显。他深吸一口气，轻咽口水：“扣分的事先不说。”

唐沅闻言抬起眼。

他眸光微暗，声音低得性感：“我现在，有点想亲你。”

不知是征询，还是诱惑。

耳根微热，唐沅抱着他的手没有放开。

脑袋低下几秒，她没看他，只缓缓道："游乐园里人虽然也多，但是……"

他靠近似乎想听清她的声音，她眼神闪了闪，将字音逐一咬清："接个吻，也没关系吧。"

江现顿了一下。

下一秒，他腰上的手松开一只，刚反应过来就被她勾下脖颈。

低头迎上她的吻的瞬间，江现脑海里突然闪过一个念头。

今天要是打领带该有多好。

不远处旋转木马在绕圈，在它恒定不变的轨道上，亮着璀璨金光。

这夜里，喧嚣人潮之中。

有人迎接着迟来的青涩热恋，温柔又炽热地亲吻相拥。

天全然暗下来。

星点错落，月儿明亮高悬。

唐沅记不得多久没有来过游乐园，大概有好多年，小学毕业之后，再没有大人有空带她来，渐渐就远离了这些场所。

中学和江盈一群人倒是来过几次，记忆也不太清晰了。

玩的项目不多，却是难得畅快淋漓，开心的一次。

零食小吃全不重要，唐沅只抱着江现给她换来的史迪仔娃娃，离开游乐园回去的一路上，那股一刻都不松手的劲，倒是让江现那张平静的脸上生出些许在意。

她正摆弄史迪仔的长耳朵，还没摸它头顶上那一片布料，旁边的手伸来，下一秒娃娃就从她腿上被拎到他腿上。

江现一副审视的表情，端详几秒，眉头淡淡一挑，发出质问："它很好看吗？"

蓝不拉几，奇形怪状，典型的外星生物。

唐沅嗔怪地看了他一眼，要拿回来，江现摁在自己腿上不给，难得小孩子气，一直到下车才还给她。

回到公寓，休息了片刻，他们俩第二天都要工作，就没在客厅待很久。

唐沅在他房间住了不止一两次，她的换洗衣物在他衣柜里越堆越多，浴室里也另外备了一套她的洗漱用品。

但平时出门穿的衣物都在衣帽间和她自己的房间里。

怕起晚了来不及挑衣服，唐沅回房选第二天要穿的，让江现先回卧室。

她到衣柜前，将橱门打开，扫了一圈才找到要穿的衣服，拿着叠得整齐的衣物正要回江现那儿，忽地瞥见进房间时被她放在桌上的史迪仔娃娃，视线顿了顿。

站定几秒，唐沅放下手里的东西，抱起那只史迪仔走向衣帽间。

偌大的衣帽间是这套公寓原本就有的设计，自她搬进来，她的东西一并搬来，各个牌子不同季节的最新款，还有限量的包包，在玻璃柜里分门别类地摆放着。她的珠宝首饰单独占了一片区域，有些则锁进了保险柜里。

唐沅径直走到最里面，停在靠墙的那一格外。

一个银色的保险柜在玻璃门里锁着，她打开，把史迪仔放进去，就摆在保险柜上面。

她静静地看了两秒，而后将玻璃柜锁上。

她的首饰都在这里。

全是最贵重，也最宝贝的东西。

上一次回唐家吃饭，以唐沅和章雪芬的冲突作为结束。虽然后来章雪芬试图和她沟通，她们也因故又接触了几次，但回忆起来实在算不得愉快。

被唐岚告知那位邓叔叔回到浒城时，唐沅说不上高兴还是不高兴，只对着手机沉默几秒。

“我知道你不喜欢，但是……”唐岚想劝，可能觉得说什么都不太合适，话到嘴边，最后绕了几圈，“无论如何，事情都已经这样了，你总不可能永远都不见吧？”

唐沅没说话。

那边无奈地道：“我之前见过他，其实邓叔叔人挺好的，你不一定非要把他当什么人，就当是面上走个过场。”

知道多说无用，唐岚在唐沅不知是配合还是抗拒的态度中挂了电话。

通话结束，唐沅看着屏幕，视线静止了好几秒。

公寓里很安静，她长长轻舒一口气，过后把手机撂到一边。

江现从书房出来，见她盘腿坐在茶几前，脸上是不大高兴的模样：“怎么了？”

唐沅抬头，撇了撇嘴，把唐岚电话里说的内容转达给他。

江现微顿一秒，在茶几旁坐下，面对着她。

“不开心？”

她不吭声，表情已经回答了这个问题。

“实在不想回去的话……”

他没说完，唐沅摇摇头打断：“没事。”

唐岚说得对，迟早要见的，除非她真的和章雪芬断绝关系，况且连她爷爷都认可，她要么就再不进唐家大门，否则永远都撇不开。

江现知道她和章雪芬的问题，但凡沾上边，她的心情就好不到哪儿去。

看出她不想聊，他便没多谈这个话题。

唐沅深吸一口气，转换心情，看向他：“你刚刚在书房接电话，我好像听见你提到外婆？是不是有什么事情，外婆怎么了？”

她话一出口，问题来到他这边，他的表情霎时变得不那么明朗了。

唐沅看出他脸色不对，愣了一下："怎么了吗？"

"没事。"江现神色转变得快，"外婆这几天有点不太舒服，护工阿姨说她精神不是很好，我已经安排了医生去看，有什么问题的话他们会去济城大医院。"

唐沅一听，立即紧张起来："不舒服，怎么会不舒服？严重吗？"

江现摇头："护工阿姨说还好，就是吃东西少了，胃口不太好，睡觉时间比平时长。"

唐沅很喜欢江现的外婆，在芙花镇时，常常在外婆身边一待就是半天，两个人意外地聊得来，她一点都不嫌无趣。

外婆也很喜欢她，有什么好吃的总是第一时间塞给她，每次都觉得她吃少了，怕她吃不够，说她太瘦会被风吹走，一个劲地往她碗里夹菜。

"我前段时间挑了很多老人家用的东西，外婆应该会喜欢的。"唐沅抿唇说，"还有好多，等到了让人收拾好，拿去给她。"

江现"嗯"了一声："等忙完这一阵，我就回去看她。"

唐沅忙道："还有我。"

他点点头，没多说什么，随后略出神，眉头微微皱起。

唐沅默默叹气，朝前倚进他怀里，抱了抱他。

抬头看向他的脸，她伸出手，慢慢将那眉头抚平。

再怎么不情愿，该见的还是要见。

回唐家当天，唐沅随意挑了一身衣服，应付地出门。

江现也没特意打扮，意外的，颜色倒是和她那一身很相衬。

时值上午，正是太阳最盛的时候。

不是他们想早起，而是这次见面，章雪芬说了，在家吃个午饭，晚上再在外吃个家宴。

车开向唐家，唐沅一脸闷闷不乐，时不时看向窗外，一副提不起兴致的模样。江现看在眼里，默默握住她的手，轻轻地捏了捏。

本是安慰的动作，没几下，他莫名找到乐趣，握着她的手捏了又捏。

唐沅忍不住瞪他："干吗？"

"很软。"他说。

她的手确实很好摸，柔若无骨，又不真的完全软绵绵，一切都适中，手背皮肤也细腻得刚刚好。

唐沅试图抽回来，努力了几下都没有成功。彼此坐得近，他握着她的手放在腿上，捏住她纤细的手指把玩，动作轻柔缓慢地揉捏摩挲。

他也不说话，就垂眼淡淡地盯着看。

后座只他们两个人，唐沅忽地觉得手被他盯着的地方，皮肤温度像是高了几分。因他这个举动，气氛莫名生出几许旖旎来。

她本来正不开心，托他的福，一下转移了注意力，顾不上再去烦别的。

许久，车子开到唐家。

家里的阿姨听见车子驶进院子的声音，马上开门出来迎接。

这是他们第二次一起回来，唐沅没什么表情，和江现并肩进门。

章雪芬和唐岚在，邓恬也在，除了她们，又多了一张陌生面孔。

之前只闻其名的"邓叔叔"终于得见，他是个很儒雅和蔼的男人，长得端正清秀，依稀能看出几分年轻时的样子。他的气质和商人不太像，若是不说，第一眼看过去或许会觉得他是哪所大学里搞学问的。

唐沅记得他和她妈差不多岁数，略长一些，身材保持得不错，没像一般中年男子那样发福。

"邓叔叔"全名邓宏哲，唐沅和江现进门时，他和章雪芬正从厨房出来，一人身前围着一条围裙。往常家里都有阿姨做饭，章雪芬这么多年更是甚少下厨。

唐沅有些意外，猝不及防愣了一秒。

唐岚担任起给他们做介绍的任务。

互相见过后，邓宏哲没有太多尴尬，很自然地朝他们一笑："我们正在煮饭，你们年轻人先坐下聊一聊休息一会儿，饭好了我们喊你们。"

言毕，他也不多寒暄，也不跟他们客套，转头招呼章雪芬跟他一块回厨房看着锅里的菜。

直到坐下，唐沅还有点没反应过来。

唐岚看她脸上的表情，笑了笑："邓叔叔就这种性格，习惯就好。"

一旁的邓恬从他们进门就眼巴巴地盯着她看，这回胆子大多了，趴在茶几边叫了声"姐姐"，又管江现叫了句"哥哥"，之后才抱着作业走开。

唐岚叮嘱她写字注意姿势，回过头看向唐沅，话家常一般道："之前不是跟你说过邓恬她性格的问题吗？聊了一下才知道，邓叔叔一直在补救，不出差的时候都尽量陪着她。你看邓叔叔一回来，她都活泼多了。"

唐沅朝厨房看了一眼，隔得有点远，看不太清什么，只能看见一个背影，配上唐岚这几句，瞧着真有几分稳重可靠。

"邓叔叔手艺可好了。"唐岚喝着茶，不在公司，整个人松松散散，"你来之前这两天，邓叔叔问妈你喜欢吃什么，搞得妈跑来问我。昨天我回来，他们试着做了一次练手，今天打算做给你吃。"

唐岚说得随意，唐沅端茶杯的动作却顿了一下，连带着表情都顿住，似是有片刻的不知所措。过后，她用一贯的无所谓取代，嘴上不悦："她连我喜欢吃什么都不确定，还得问你。"

唐岚"嗨"了一声，没再多说："等会儿你尝尝他们的手艺。"

接着她又道："对了，邓叔叔给你准备了礼物，回来的时候带的，在你房间里。"

唐沅抬头看向她，对上她的目光，沉默了片刻没说话。

"不去看看？"

"不想动。"她垂眼，嘴角微撇，低下头喝茶。

三个人在客厅里聊了一会儿，中途阿姨端来洗净切好的果盘，江现没怎么说话，基本是在听她们讲。

临近十二点，厨房里的所有菜盛出，桌边围坐一圈人。

唐岚没有夸张，邓宏哲的手艺真的很好，每道菜都是色香味俱全。唐沅即使想说不好，也挑不出刺来。

章雪芬做的是哪道，相对就比较容易看出了，卖相稍微差点。平时讲究食不言，饭桌上尽量少说话，这会儿，她却朝唐沅看了好几次。

到最后，她还是没忍住，主动说："你尝尝这道小炒牛肉。"

她最喜欢吃的菜。

唐沅眼睫微颤，夹起米粒的筷子不停，一眼也没朝章雪芬看，语气平平："现在不想吃。"

章雪芬脸上闪过一丝尴尬。

那次在会所，唐沅动怒把八卦议论章雪芬的人教训了一通，章雪芬后来都知道。她送发烧的邓恬回来以后，章雪芬也试着给她打过很多电话。

再到今天学做她喜欢吃的菜，服软示好的态度已经很明显。

台阶摆到面前，唐沅仍然一动不动，只闷头吃饭。

章雪芬没再说什么，偶尔朝她看几眼，似是也不知道该如何开口。

饭桌上十分安静，间或有邓宏哲说话的声音。他问起江现，彼此聊的也不是生意，而是一些人文轶事。

气氛难得的好，唐沅却很烦。

她全程没有表情，听着他们说话的声音，一直到最后，众人差不多都吃好，她感觉有几分饱足了，眼睛瞥向那盘小炒牛肉，自己也说不清为何迟迟没有放下筷子。

心里烦闷，好半晌，唐沅终是板着脸夹起一块小炒牛肉，面无表情地吃了下去。

章雪芬的视线朝她看来，她没抬头，安静了两秒，听见桌那边的人问："好吃吗？"

她抿了抿唇："一般。"

没去看章雪芬是什么表情，身边的江现侧眸，眼神在她身上停留一会儿，给她递来一杯倒得七分满的水，她不吭声地接过。

吃完饭，从桌边挪到客厅，他们坐下聊了一会儿。晚上还有一餐，这一下午都要在唐家度过。

他们聊的话题唐沅不是插不上嘴，但她不想待在这儿，坐了片刻就上楼回了自己的房间。

开门进屋，就见桌上摆着一份礼物。

唐沅脚步微顿，过去拆开盒子一看，是一对宝石耳环。

由几部分拼成的耳环，周围一圈是通透清澈的白色，中间点缀着些许红。

细看就会发现和她往常买的不一样，能看出一些手工的痕迹。

旁边放着一张卡片，整齐的几行字飘逸有力——

手工做的小饰品，希望你喜欢。等你生日，再给你做成套的项链。

落款：邓叔叔。

唐沅看着盒子里的这对耳环，站了片刻才坐下。

门被敲响，上楼来找她的江现推开门，见她坐在桌前，看着手里的首饰不知在想什么，走近道："在看什么？"

那张卡片唐沅没藏，江现接过看了看，再看向盒中的耳环，点评道："挺好看的。"

手工制作珠宝，这种技能不是随便上手就行的，邓宏哲确实费心了。

唐沅脸上看不出情绪，和说她妈那道菜一样，语气硬邦邦："好看吗？我觉得一般。"

江现没说话，神色平和，只静静抬手摸着她的头发。

没聊几句，阿姨上楼来叫他们，说是洗了水果，章雪芬等几人在等着他们说话。唐沅不想聊天，轻轻推了推江现："你去。"

毫不留情就把他出卖，江现回头看她一眼，敲她脑袋的手看起来用了力，真正落下时却犹如羽毛拂过。

但他还是如了唐沅的意，替她下楼承担寒暄的职责，走时还顺便替她关上了房门。

唐沅独自待在房里，在桌前坐了一会儿，起身到阳台上晒太阳。从房间挪出来的小椅子柔软舒适，她将手里的首饰盒打开几次又关上，看了半天才取出一只，戴在耳朵上。

打开相机，前置镜头拍出她的脸。她静静地看着，自己也说不清楚是什么心情。

楼下厅里对着庭院的那一侧门开着，隐隐传来屋里的说话声。就像唐岚说的，邓恬真的开心了很多，唐沅听到她在院子里跑跑跳跳带笑的声音。

章雪芬在客厅里叮嘱她跑慢点，江现和邓宏哲听不分明的对话夹杂其中。

这阵隐约的并不清晰的声响，恍惚间，让这个房子有了点家的感觉。

和她想的不太一样。

就像这对耳环，宝石的材质在日光下有了更别致的颜色，也和她想的不一样。

但——

唐沅看着相机里的自己，可能是被江现的话影响了，她忽然觉得，这对耳环好像真的有一点好看。

用过晚餐后，唐沅和江现没再回唐家，径直返回自己的公寓。

客厅里静悄悄，唐沅窝在沙发上摆弄着手机。江现从卧室出来，问："在看什么？"说着坐到她身旁。

她在修照片。

图里背景是她房间的阳台，艳阳天的下午，她安静的脸，被明亮的光线衬托得格外美。

江现伸手将她抱进怀里，唐沅头也不抬地调整姿势，背靠他的胸膛找到一个舒适的位置。

他看了一会儿，眉头微皱："还用修吗？"

唐沅用一种"你不懂"的眼神瞥他："当然啊，长得再好看也要修一修，没有修过的图没有灵魂！"

江现不知道这所谓的"灵魂"在哪儿，她手指灵活地一番操作，他还是觉得根本没什么区别，勉强要说不过是颜色亮了一点而已。

唐沅确实没怎么修自己的脸，照片里她微微侧着头，鬓边头发别起些许，耳朵隐约露出，能看到戴着的小半个耳环。

照片修完，她对着成品稍作欣赏，点开微信朋友圈，动作却犹豫起来。

足足半分钟，她才像是下了点决心，编辑了简短的文字后将照片发出去。

发完很快就有消息提醒，点赞或是评论，她都没看，顺手点开自己的朋友圈界面。江现在她身后看着，注意到有些没在她朋友圈里见过的内容。

"那是什么？"

唐沅回头，看见他视线的落点，"哦"了一声："有的发出去之后忽然又不想给人看，就转了权限，还有的只是随手备份，直接发的对外不可见。"

"看看？"江现挑眉。

唐沅没拒绝，感觉到他的下巴凑过来，动了动肩膀，让他抵着。

她缓慢地滑着屏幕，正浏览着，江现忽地瞥见一张，是一朵花，伸手点住屏幕。唐沅刚反应过来，没等她滑过去，他已经点开了那张图。

那是她在芙花镇拍的照。

窗边的阳光落在她手掌上，掌心躺着一朵芙蓉花，鲜艳灿烂。

江现看着图，看着她配的文字，脸上的神色略微变化。

“什么时候拍的？”

“那天你送了我花……”没能遮掩过去，唐沅抬指挠了一下脸，有一丁点不好意思，“不好保存嘛，我就拍了一张。”

她声音略低，江现沉默了一会儿没说话，喉头微咽一下，才问：“这么喜欢？”

唐沅长长地“嗯”了一声，略作思考，说：“还好。”

他把这句当成肯定来听：“你喜欢，以后我经常给你送。”

“我也没有很喜欢花……”唐沅抿了抿唇，停顿一刹那，“不用经常，偶尔就行。”

他的呼吸拂在她的皮肤上，略微有点痒。她也不知道是他靠得太近而觉得热，还是因为别的。她眼神闪了闪：“我不是什么颜色都喜欢，我很挑的，颜色不好看我不要……”

江现静静地听她挑剔了好一通，不知是促狭还是自得，缓声道：“嗯，就喜欢我送的。”

唐沅一噎，用余光瞪他。

他微微收拢手臂，忽地道：“挑一张给我做屏保吧。”

唐沅顿了顿，看回自己的朋友圈：“我的照片？”

“嗯。”

她沉默了一下，一张张点开，没来由地纠结起来。

选了好久，仍然没选出一张。

江现见她决定不了：“怎么？”

她有些为难：“我感觉都不太好看，没有一张好的。”

“……”

先是修图，现在修完的图也觉得不够了。

她还没说话，江现盯着她看了几秒，先开口：“你的眼睛该不会有点问题？”

似损似夸的一句，听得她又想瞪他，一边又觉得不好意思，脑袋才转过去一点点，脸和他的脸就快贴到一起。

他眸光微闪，稍稍向前一点，在她的脸颊上触碰着亲了亲。

呼吸一点一点变沉。

空气升温，等她察觉，他的动作已经开始越界。

直到结束，唐沅还有点反应不过来这一切是怎么发生的。

不知过了多久，才晕头转向地被他抱回房间。

床铺柔软下陷，被褥枕间全是他和她熟悉的味道，又是长长的，无休止的失重感。

只是看见一张她保存的，他送的花的照片而已。

她发现了，似乎只要她一表达对他的喜欢，或是泄露出情感，他就会格外亢奋。

更深露重。

卧室里静下来，洗过澡的两个人都换上了干净的睡衣，相拥着睡下。

唐沅累极了，在浴室里差点就睡过去，现在已然闭着眼在梦乡坠得正沉。

江现一只手揽着她，一只手拿起手机。屏幕光线刺眼，她下意识地往他怀里钻。他安抚地搂紧，拍了拍她的背，将手机稍微拿远。

点开微信，他没看别的，直接看她最新发的那条动态。

她午后在唐家拍的照片，阳光照映下的那张脸冷艳又浓烈。耳上那只耳环特别衬她，白色的光泽冷冽，中间鲜艳的红夺目，就像她在芙花镇拍的那朵，他送给她的花一样。

目光缓慢扫过图里她的每一寸，江现看了几眼，把照片保存下来，设为屏保。

手机放回床头桌上，他看着唐沅沉睡的脸，俯首亲了亲她的额头，闭上眼，轻轻将她抱紧。

她戴着谁送的耳环无所谓，拍照时的情绪和他有关无关也不重要。

所有璀璨昂贵巧夺天工的珠宝，热烈盛放灿烂不败的鲜花，都一样。

他只觉得，他的唐沅，最漂亮。

Chapter 10

第 10 章

一整夜，唐沅累极了，记忆从最后洗漱时就开始混沌。清早醒来浑浑噩噩提不起劲，靠着一腔毅力和对工作的“热爱”强撑着才起来。

工作了一整天，唐沅脖子上都围着一条丝巾没有摘。颜色倒是很配她穿的那一身，但暑气还没过，看起来着实热了点。

不时能收到同事们暗暗好奇却又不敢明面探究的目光，尤其是唐岚，表情比起其他人要更明显得多。

唐沅只能厚着脸皮假装没看见，用实际行动告诉他们，自己不热。

晚上到家，她才想起来忘了一件重要的事。

她翻箱倒柜找医药箱，江现看她慌乱的样子，不由得问：“你在找什么？”

唐沅停下，愣愣地看着他：“昨天晚上在客厅的时候，好像……没做措施。”

江现也顿了一下。

“怎么办，时间过去没有？”她难得有点蒙，脑子跟不上一般，回过神来，开始算时间。不知这个时间手机下单让药店送过来，补救还来不来得及。

今天一天太忙，她光顾着处理事情，忘记了。

昨晚在客厅比平常仓促了些，确实有疏漏。江现沉默了一下，问：“你这么担心，是很不希望有小孩吗？”

唐沅愣了一下：“不是啊。”她道，“我只是觉得，万一……那多不好意思，结婚至少要到年底，婚礼前要是怀孕了，到时候多难看啊？别人还不知道怎么讲呢！”

“还没结婚，唐沅就先怀了江现的孩子”——这种话传开，多不好听！

听她在意的原因是这个，江现似是不知道该怎么接她的话，看着她沉默了一会儿，缓缓道：“你该不会觉得，在别人眼里，我们只是‘纯洁’的同居关系吧。”

他语气轻缓，慢悠悠地咬重了那两个字。

唐沅一时语塞，脸色轻赧，又反驳不了他的话。

他说的，好像也对。

“昨天那次太突然了，是我的失误。”江现走近揽住她，“之后一定避免。”

他的眼神细致地在她脸上扫过，宽慰得十分认真：“如果有万一，你怎么穿婚纱都是最好看的新娘子。”

他的话还真有点效果。唐沅其实并不是担心怀孕，只是心态上一时没转过来。听他这么说，突然觉得，别人讲什么好像真的不重要。

刚才还纠结的神色放松下来，她看着江现没说话，脑袋朝他肩膀上靠。

宽厚的怀抱是她熟悉的感觉。

他们之间开始有一些更紧密的关联。

脖子上的痕迹淡化不见，唐沅戴了两天的丝巾终于可以摘掉。

她入职后接手的第一个项目正式启动，唐岚对她的能力信得过，全权交给她后，指派了几个成员组成小组，别的就再不过问。

为了公事，正午前唐沅就离开公司，带着助理去见了重要的合作商。午饭在外随意解决，一直到三点多钟，忙碌才暂告一段落。

烈日炎炎，回公司前，助理恍然发现遗漏了文件在合作商那边，连声向唐沅道歉，匆匆赶回去拿。

唐沅就近在旁边的咖啡馆等她，点了单坐下后，紧绷的神经稍稍放松。没一会儿，咖啡刚上来，旁边响起一道不陌生的声音。

“学妹？”

唐沅转头一看，停下脚步的方义涵微微笑道：“又遇见了，我们还真是有缘。”

“学长。”唐沅微诧一瞬，礼貌地和他打招呼，“你怎么在这儿？”

“约了人。”方义涵说，“对方临时有事，要迟一些过来。”

这一片是金融商圈，许多公司的办公场所都在这边，约在这儿谈事情也不奇怪。

助理没那么快回来，正巧碰上，唐沅大方地邀他落座。方义涵也没跟她客气，在她对面坐下，叫来店员要了杯咖啡。

两个人闲话几句，方义涵说起之前邀她和江现参加小型聚会被婉拒的事，倒没真的责怪，嘴上调侃道：“下次再有空就不知道是什么时候了。我这两天马上又要出国，国内的事情谈得差不多，还不定什么时候才会回来。”

唐沅顿了一下，淡笑道：“那之后有机会吧，也不急这一时半会儿。”

方义涵点点头：“对了，你和江总是今年要结婚对吗？”他和她说起江现，“我跟他合作了两次，这是第二回了，前段时间才想起加他，找其他同事要了他的微信，谁知道等了半天才通过。”

唐沅低声咳嗽，替他解释：“他事情多，工作起来经常不看手机。”

方义涵倒没有责怪的意思，笑了笑说：“我那天顺手看了一下他朋友圈，江总对你好像挺上心哪，真不像他的性格……学妹，你千万得让他辛苦辛苦，让他知道我们可没这么好追。”

最后一句带了点玩笑的意味。

唐沅料想他或许是看到了江现之前发的“秀恩爱”的动态，被他说得略微不好意思。

没等她回答什么，方义涵喝了口咖啡又道：“我记得以前第一次合作的时候，我有个特别得力的下属还追过江总。他这人真的，难度系数太高了。”

唐沅一顿：“追过江现？”

“对啊。”方义涵纯粹是和她分享以及闲聊的语气，笑着，又有点无奈，“你都不知道，那段时间，我那个下属为他伤心得不行，每天工作完了就跑去买醉。我实在看不下去，想说帮她出谋划策。结果她说，没有用的，什么方式都试过了，她第一次跟江总示好，江总就明确拒绝了她。”

“后面除了工作的事，江总什么消息都不回，也完全不谈公事以外的东西。我那下属有一次喝醉了，没忍住，还打电话给他，说能不能给个机会证明自己是认真的。

“根本就没有用，他说拒绝，就真的连半点机会都不给。”

唐沅听得愣住。

“我那下属可难过死了，那段时间我们绩效都差了一大截，把我着急得，都想给她生造出一个真命天子来。”方义涵笑着摇头，“这不，这回加上江总微信，看到他朋友圈的时候我还以为是我看错了，做梦都没想到他会有这一面。我说学妹，你可不能这么好搞定，得让他好好尝尝爱情的苦……”

他半埋怨半玩笑地说着。

唐沅在他的声音中慢了半拍才回过神，挤出一个笑，含糊地应了两句，端起杯子浅饮咖啡，视线落在桌上，仍有些许迟滞。

聊了一会儿，方义涵等的人来了，他告辞走开，唐沅的助理没过多久也赶到。

给助理买了杯咖啡后，两个人驱车返回公司。

一路上，唐沅看着窗外放空，脑子里控制不住地回想起方义涵的话。

以前上高中时，她在楼梯口说要缠着江现，被他本人撞见过。

最开始的尴尬过去后，她就真的开始往他面前凑。每次都趁着褚怀他们不在，有事没事就去他面前晃悠。

那会儿最常去的就是江家，借口找江盈，用各种理由出现在他面前。

过了一段时间，后来有一次，她盘腿坐在茶几旁，看着坐在沙发上看书的江现，忽然心血来潮问："外面传的一些消息你应该听到了吧？"

他抬起眼没吭声，她干脆直白地问出口："我要是经常来找你，可以吗？"

江现看着她，没有说话。

客厅里安静了很久，他才慢慢低下头，继续看他的书，间隔几秒后说："这是你的事情，问我干什么？"

语气平平，没有波动，又似乎比平时着重许多。

"说拒绝，就真的连半点机会都不给。"

"这是你的事情，问我干什么？"

两句话像呼应一样，交替着在唐沅耳边响起。

"总监，总监？"

助理叫了她两声她才回过神。

唐沅连忙抬头："怎么？"

"我们到公司了。"助理打量她的神色，"总监，你怎么了？"

她微微吸气，敛眸："没事。"

回到办公室，唐沅把这一天外出的事情交接完，站在办公桌后，想给江现打个电话。没等她有动作，助理进来通知她，其他部门的负责人来了，有些问题需要和她沟通一下。

她只能暂时收起手机，先去见人。

忙前忙后好一通，待唐沅再度空下来，还没等她联系江现，江现那边已先打来电话。

她动了动唇，一个字没来得及说，就听见那边声音异常低沉地开口。

“外婆进医院了。”

猝不及防的一句令她一愣，心霎时跟着沉下来，连呼吸都紧了几分：“进医院？怎么突然进医院了？”

“早上起来有些难受，后来透不过气，护工看她状况不对就立刻送医院了。”

唐沅十分着急：“那……”

他说：“我现在去济城一趟。”

“我陪你一起。”

“不用了。”江现沉沉地舒气，“来回麻烦，你今天不是还有事要忙吗？我过去就行。晚上我不在家，你早点休息。”

她晚点确实还有一个会要开，只能愣怔着应话。江现似乎急着赶过去，也没有多说，很快就挂断电话。

唐沅看着手机，心里突突的，莫名难受起来。

傍晚的会议开了很久。

结束后，唐沅回到家。只有她一个人，偌大的公寓里无比寂静，情绪仍然有点缓不过来。

江现在赶去济城的路上回了她的消息，后来就没有动静。

思绪纷杂，唐沅神不守舍地在家里待了一会儿。她没什么胃口，想喝点冰的醒神，打开冰箱翻找冰格，在一堆整齐的东西里瞥见了冻着的海虾。

之前江现给她煮面时放过几只，她说好吃，他特意又让人买了一些备着，她什么时候饿了好做给她吃。

唐沅在冰箱前站定，看了一会儿，没拿冰格，也没倒水。

她转身缓步走回客厅，在沙发上坐了半天。

空气里仿佛能听到另一种频率的嗡鸣声，这种静令人格外憋闷。

片刻后，唐沅长长地舒了一口气，拿起手机给家里的司机打电话："现在来'临江一品'接我，送我去济城一趟。"

司机没有二话，简短地问了几句，二十分钟后便抵达楼下。

唐沅换好衣服下楼，拎着包坐上车。

车驶出小区，在拥挤的车流里朝高架路上开。

唐沅靠着椅背，静静地望向窗外。

夜色深沉。

蒙蒙之中带点雾，像是随着人的心情一般，天气也变得糟糕起来。

天黑下来了。

她想去陪他。

唐沅到达济城的时候，被雾蒙胧遮住的天上下起了薄薄的雨。

雨丝落在地上几乎无声，只有沾染上湿意的风变得微凉。

车开进收费站后，唐沅给江现打去电话，打了两个他才接。

她来得有点突然，却并不完全意外。江现沉默了几秒，让她吩咐司机开慢点，没有多说别的，声音依旧沉沉的。

那边大概是在医院，静得听不到其他响动。

江现低声问："等会儿我下来接你？"

唐沅说不用，问清医院以及他在院内具体的位置后说："我直接上来。"

停顿两秒后，她放轻语气："你等我。"

电话结束，唐沅将地址转达给前座的司机，导航规划出路线后，朝目的地开。

将近一个小时后，车子到达医院。

唐沅没有片刻耽误，下了车便直奔外婆所在的病房。

她乘电梯上楼找了一会儿，在某一处走廊上看见了他的身影。

她着急的步伐蓦地慢下来。

天黑透了，医院幽幽的灯光里透着一种说不清是蓝还是绿的颜色。

江现坐在长椅上，周围没有一个人，只有护士站远远传来声音。那动静在空旷中回响，让这份安静显得更加死寂。

他靠着椅背，眼睛盯着对面的墙不知在想什么，一动不动，周身围绕着凝重的气场。

唐沅迟疑的脚步稍缓几秒，沉沉地吸了一口气，提步走向他。

短短的一段路，在过于沉重的步伐中像是走了很久。

听见脚步声，江现侧头朝她看来。

那张脸上没有丝毫表情，沉得像外面的夜。

唐沅快步走到他身边，想开口安慰他什么，喉咙却似被什么卡住一般，突然说不出话来。她抿了抿唇，在他身边坐下，沉默地握住他的手。

他宽厚的手掌比平时冰凉，似乎失去了知觉，被她握住几秒后，才迟滞地一点点用力，回握住她的手。

"外婆呢？"唐沅一开口，嗓音干涩得可怕。

江现艰难地动了动喉咙："在ICU。"

他旁边的墙上贴着指示标志，拐角过去就是重症监护室。难怪这一层这么安静，人影稀少。

"你在这儿坐了一晚上？"

"嗯。"

傍晚赶来时，江现就已经见过医生了。外婆是转院过来的，情况不容乐观。唐沅记得上次去芙花镇，江现翻看外婆的体检报告时，脸色就不轻松。

老人家有些早年遗留的心脑血管病症，时好时坏，加之上了年纪，系统性疾病并发，一直在定期吃药控制。

江现给她安排了医生，隔一段时间就会给她检查。但老人年纪大了器官功能衰退，有些问题无法避免。

这一次发作得突然。

唐沅陪江现在椅子上坐着，喉咙哽塞，一时间不知该说什么。

沉默了半分钟后，江现问："你忙完赶过来的？"

她点点头。

"吃饭了吗？"

"没有。"

江现敛着那股情绪，语气极力平稳："我让助理订餐送过来，你吃一点。"

唐沅说不用，他没吭声，拿出手机给助理发去消息。

相伴无言，谁都没心情多聊别的。

半个小时后，助理带着订好的餐上来，将东西送进特别休息室，再过来请他们。

江现没打算吃东西，唐沅其实也没胃口，拗不过他坚持催她："你去吃一点。"

他沉浸在难以言喻的难过情绪中，仍要分神顾及她。对上他那张疲惫的脸，唐沅到嘴边的拒绝又咽了回去。

"我马上回来。"她道。

江现点点头，轻轻捏了捏她的手。

唐沅起身跟着候在一旁大气都不敢出的助理往另一个方向走，几步一回头，轻而慢的脚步声落在走廊里，分外明显。

他一个人坐在那儿，像是沉进了惨白的薄光里。

唐沅到休息室坐下，桌上摆着助理订的餐。全是根据她的喜好选的，每一样都是她爱吃的东西。她执起筷子，却没有多少进食的欲望，勉强吃进肚子里也味同嚼蜡，她自己都不知道在吃些什么。

没一会儿，唐沅实在吃不下了，放下餐具，长长地叹了口气。

面前的食物色香味俱全。

她的喉咙却仿佛被哽住了一般，十几秒前吃下去的那一口还在食道中缓慢地下咽。

她看着精致的菜式，只觉得胃抑制不住地不适起来。

原来喜欢一个人，是真的会因他的痛苦而感同身受。

快速吃了点东西，唐沅从休息室回到长廊上陪江现待着。夜渐渐深了，时间也不早，江现让她去酒店："我让助理开好了房间，你先去休息。"

唐沅问："那你呢？"

"我在这里守着。"他道，"医生说，一般二十四至四十八小时内情况都有可能恶化，如果能挺过今晚，大概率就没有什么问题。"

护工阿姨暂时帮不上忙，陪着转院后江现就让人回去了。他不想离开，唐沅见状也不肯走："那我在这里陪你。"

一整晚，更深露重，她不想让他一个人在这里坐着。

江现摇摇头，不愿意让她跟着忧心熬夜："你回去休息。"他抿紧嘴唇，"你留在这里，我更操心。"

唐沅知道他不是嫌她累赘的意思，只是她在他身边，他便会忍不住分神，担心她，想要照顾她。

不想给他平添压力，唐沅犹豫再三，在他的催促下，不得不松口："那我回去睡一会儿，睡醒了马上过来，你有什么事一定要打电话给我。"

他点头。

助理订的酒店距离医院十分钟车程，唐沅到了房间，洗漱后，在床上辗转反侧怎么都睡不着。

她想给江现发消息，又担心他没有心情看和回复，反而会让他更心烦。

脑海里闪过很多画面，一会儿是在芙花镇和外婆的日常点滴，一会儿是江现在医院里和平时全然不同的低落模样。

唐沅也不知道自己翻来覆去了多久，迷迷糊糊中睡着，不停地做梦。梦境变幻离奇，只有她的情绪不变，像被重物死死地压着一般，胸口透不过气。

枕边振动的手机把她吵醒的时候是半夜。

不到四点，窗外的天黑得浓郁，犹如化不开的墨。

看见江现来电，唐沅愣了一下后清醒过来，心没来由地突突直跳。

她接通，将手机放到耳边："喂？"声音里有着自己都察觉不到的小心翼翼和紧张。

以他的性格，绝对不会想打扰她休息，除非是……发生了什么事。

那边安静了两秒，没有多余的话语，她好像听到声音从他的喉间艰难溢出，这细微至极的动静，透着无法描述的痛苦。

"外婆走了。"

短短的四个字，唐沅握着手机的手一僵，心如千斤坠一般沉下来。

说不清的凉意和沉闷感从胸腔处泛起，然后蔓延。

唐沅愣了好几秒，动作迟滞，僵硬地从床上坐起："你……"

她发出的声音从喉管里划过，带起一阵又一阵涩然的铁锈味。

她突然说不出话来，因为感受到他的难过而更加痛楚。

"我马上过来，你在医院吗？我现在就来。"好几秒后，唐沅声音微颤地开口，边说着，边忙不迭下地，手忙脚乱地开始找衣服。

江现缓缓"嗯"了一声，鼻音浓重，她甚至不敢去细听其中的情绪。

唐沅以生平最快的速度收拾好，火速动身。司机也火急火燎地响应，将她送到医院。

雨从她到济城那会儿一直在下，缥缈的雨丝如针一般落在地上，转瞬钻进地缝里不见踪影。

唐沅没有带伞，车停好，她快步赶到那栋楼前，还没进去，就见花坛边有一个熟悉的身影。

江现没在楼上，漆黑的夜里，只有医院里照明的路灯亮着。他坐在楼前，双手交握，微低头看着地面。

时间好像在他周身停止了。

唐沅停下脚步，看着眼前的场景，雨丝仿佛化为锐利的针，刺进她的胸口。

很久以前她也见过这样的他。

江现外公去世那会儿，有一天雨夜，她在家附近的街区看见了他。

他坐在便利店外，手里拿着一杯关东煮，沉默地吃着，咀嚼吞咽的每一下都丝毫感受不到进食的乐趣，只让人觉得痛苦。

她站在拐角没有过去，招牌在他背后发亮，而他的眼中泛着红血丝，没有一滴泪，眼眶偏偏红得吓人。他就那样坐在店外的屋檐下，面无表情，沉闷地吃完了一杯关东煮。

那时他的外公在新加坡去世，他没能见上最后一面。

唐沅早就不记得那天出门是要去买什么，更多细节也都忘了，她只记得自己一直站在那里，看了他很久很久。

那一阵是雨季，淅淅沥沥的雨连绵下过，几天后转晴便不留痕迹。

可她的心里却好像一直在下一场雨。

这一夜的寂静，和那天街上的车水马龙，如此不同，又如此相像。

唐沅提步走向花坛，动作很轻，什么都没有说，只在他身边坐下。

见她到来，江现抬起头，又很快低下。

她轻声说：“肩膀借你靠。”

他没有说话。

医院楼外静悄悄的，黄色的灯，昏暗的夜，含混不清地搅和在一起。

低着头的江现，喉间无声哽咽，交握的两只手，手背暴起了青筋。

不知过去多久，雨丝仍然在飘。

他缓缓靠向唐沅，额头抵在她的肩窝，默然不言。

背后是一杆路灯。

幽微薄黄的光从他们头顶洒落，如同一把透明的伞，淡淡地将他们笼罩。

漫长无边的黑夜里。

这一次，她和他共同淋着这场雨。

外婆走得突然，在ICU观察的后半夜，情况恶化急转直下。当值的医生和护士拼力抢救，依然没能挽救回来。

唐沅陪江现在楼前待了大半晚，待遗体安置好后，便一同返回芙花镇。

事情发生得猝不及防。

江盈也这么觉得，从唐沅那儿得知消息，除了安慰的话再说不出别的。她不是江现母亲那边的亲戚，且工作太忙，没法亲自吊唁，只能在言语上表达关切。

将赢：你们一时半会儿是不是没办法回来了？

沅不沅：嗯，要处理完丧事。

车窗外的景色飞快地倒退，唐沅和她简短地聊完后，看向身旁，朝一直沉默无言的江现伸去手，握了握他的手掌。

他抬起眸，什么也没说，缓缓将她的手回握住。

江现推掉了其他的事情，工作暂时搁置，助理承担了大部分责任。除非是极其重要的东西，否则轻易不会转达到他面前。

抵达芙花镇后，之前照看外婆的几个护工阿姨已在家里等候。没了往日欢欣和乐的气氛，她们的眼眶都有些红。说话间见唐沅和江现进来，她们抹了抹脸起身相迎。

他们这趟回来是料理外婆的后事的。

唐沅的心境和上一次踏进这座房子时大不相同，好不容易才忍下胸口那股滞闷和酸涩，同阿姨们一起整理收拾。

得知他们回来了，没多久，镇上也来了人。

唐沅上楼去叫江现，他在外婆的房间里，正坐在桌前整理桌上的物品，听她道明事因，他放下东西，起身走出来。

唐沅担心地看他的脸色：“你没事吧？”

他摇头，声音略哑：“没事。”

江现和找来的人离开，去商量丧事的具体事宜，唐沅留下继续整理家里的东西。不一会儿，阿姨们来找她拿主意。

“冰箱里的东西怎么办？”

唐沅随她们到冰箱前一看，上下层满满的都是食物。

“都是她让我们做的，前阵子做了很多腌制食品，说要等你们下次来的时候吃。”阿姨在旁边沉声解释，默默叹了口气。

罐装的、盒装的，还有一些用塑封袋装着，各种加工烹制过的蔬菜和海鲜，以及手工做的点心，塞满了整个冰箱。

滞闷的胸口更加堵塞，唐沅仿佛能想象得到外婆嘱咐阿姨们做这些东西时的语气。

阿姨问：“这些东西该怎么处理？现在天气这么热……”

从冰箱里拿出来，过不了多久估计就会坏掉。

“带回去。”她沉声说。

阿姨一愣：“啊？”

“我们带回去。”唐沅深吸一口气，“我让助理弄冰块和保温箱来，运回浒城。”

她不是开玩笑，言毕，真的立刻打电话联系助理。

阿姨见她有决定了，动了动唇想说什么，最后还是没有多加阻拦。

唐沅对电话那边吩咐了一通，助理很快照她所说，带着东西赶来。

冰箱里的食物一样样装进保温箱，被塑料袋里硬邦邦的冰块围住，放进车里运出去。

唐沅胸口闷滞地站在一旁，看着冰箱里的东西一样不落地转移。

它们会从这里，去往浒城他们的公寓。

这样折腾很麻烦，她知道。

助理也有很多工作，还要处理这些，并不轻松。

但这是外婆最后留下的东西。

是留给江现最后的关心。

她不希望它落空。

整理完外婆的遗物，唐沅和江现离开前，不少镇上的居民上门宽慰，让他们节哀。

丧礼没有在芙花镇办，灵堂设在了济城。有些邻居不嫌麻烦，特意打过招呼，说会前去吊唁。

唐沅在葬礼上见到了江现的舅舅，他从国外飞回来，只身一人，没有带妻子或是孩子，神色倒是肃穆。

江现和他之间没什么话说，舅甥俩一照面，气氛僵住。江现沉浸在外婆离世的情绪中，加上一向表情鲜少，神色除了比平时沉重，勉强也算正常。

江舅舅却不然，对着江现似乎有些尴尬，话拢共没几句，不作声间，推眼镜的动作频繁。

不知该说江舅舅看得开，上了年纪心无波澜，对生老病死也寻常看待，还是该说他擅长处理悲伤，总之唐沅没从他脸上看出多少悲痛。

甚至他只待了不到半天就打算走。

“没什么事我就先走了。”他走到他们面前，视线在面无表情的江现脸上扫过，眼神闪了闪，“这里有你处理应该也够了。我是请假回来的，公司还有事等我去做。”

江现没应答，江舅舅或许也没期待他回话，只是在短暂的沉默后，表情莫名变得恼怒，不知是对谁：“反正你翅膀硬了，我也没什么好说的。把你外婆接回来的时候，房子也买回来了，这么多年没联系，现在两位老人都不在了，以后更没有必要再联系。就这样吧，我走了。”

他说完就走，没有片刻迟疑。

唐沅被他的话弄得一愣，侧头看江现。他没半点反应，像没听到一样，面不改色地端坐着，连一个字都没回。

以前还只猜测江现和他舅舅关系冷淡，没想到会淡到这种地步。

见江现没有要说话的意思，唐沅也不好问，闭上嘴沉默下来。

灵堂里燃着的香飘着袅袅烟气。

芙花镇的邻居们一户户赶来了。几个护工阿姨一开始就在这儿忙碌，唐沅陪江现在灵前待了一会儿，就去帮她们打下手，给来吊唁的人准备稀粥。

这里是专门办丧事的地方，整一座山，分成了许多厅，厨房同样是配备的。阿姨们正把粥装进铁食桶里，唐沅要帮忙，她们起先拦着不让，拗不过，只好由着她。

一桶装完，一个阿姨收拾出碗筷，一边往铁盘上摆，一边压低声音问唐沅："他舅舅走了？"

唐沅"嗯"了一声，点点头。

"哎哟，老太太那么好的人，怎么有这么个儿子，真是造孽。"阿姨闻言一脸不悦，摇摇头，手里摆着餐具说，"以前没出国的时候就总说忙忙忙，不见他和他老婆来看过老头老太太几次。后来老太太的女儿走了，他把两位老人带出国也不情不愿的。"

"那年老头一撒手啊，没过多久他就把房子给卖了。我们在镇上生活了这么多年，两位老人一辈子都在那座房子里，那个忘祖的东西。还是江现后来才买回来……"

唐沅听她碎碎念，顿了一下："是芙花镇那个房子吗？"

"对啊。"阿姨啧声，"卖房子的钱一分没剩，全自己占了。"

嘀咕了几句，阿姨将江舅舅痛斥一顿，抨击完勉强解气，端着铁盘出去给吊唁的人上粥。

江现的外公去世那会儿，正好是他们高二升高三的时候。

唐沅在铁桶前微微出神，握着大汤勺搅粥的动作慢了几分。

芙花镇来的邻居吊唁完后陆续离开。

天色渐渐暗下来，傍晚时分，人走得差不多了，却来了个意料之外的不速之客。

江天德进来的时候，唐沅还以为自己看错了。

他作为女婿，按理说这种场合应该出席。但由于他和江现的关系，她并不觉得他会有什么好意。

神经不自觉地绷紧，唐沅微拧着眉，没等开口，江天德便看向江现，让他和自己单独出去说话。

连一炷香都没上，更别提祭拜。

唐沅的眉头拧得更紧，江现沉沉地扫了他一眼，几秒后，到底还是起了身。

他们俩进了走廊后的休息间说话。

唐沅心里担心，不住地朝走廊后看，几次按下想要过去一探究竟的冲动。

没过多久，远远传来一声响，似乎是重物落地的声音。她连忙起身，下一秒，就见江天德面带怒色地从走廊里出来。

唐沅忙不迭提步，顾不上管脸色阴郁朝外走的江天德，径自奔向走廊后的休息室，去找江现。

一推开门，她的脚步微顿。

地上果然砸了一样东西，她没空去仔细辨认，不用想肯定是江天德的手笔。

江现坐在椅子上，微垂着眼，微暗的面色和不太明朗的室内光影融为一体。

她小心地出声："江现……"

椅子上的人抬起头看向她，时间像是有几秒的停滞。

她看见他的喉咙动了动，那双眼睫轻轻地颤了一下。有什么东西，就这么被他掩回了眼底。

江现站起身，什么也没说，一如往常那般平静。

唐沅看着走到面前的他，有很多话，一下都堵在了喉间。

“饿了吧。”他牵起她的手，语气如常，“我们去吃点东西。”

她没动，轻轻拉了拉他，眼睛直勾勾地盯着他。

江现眉目淡淡，握紧她的手，只说：“没事，不用担心我。”

不用担心。

那天在灵堂，江现说是这么说，然而回到浒城后，他低落的情绪却并没有好转多少。

他每天都被忙碌的工作填满，刻意不让自己停下来一般，却会在半夜时不时地醒来。

又一个夜晚，唐沅睁眼后下意识地伸手一摸，触及身边空空如也的床铺，瞌睡立刻清醒了几分。

她掀被下地，揉了揉眼睛走出去，推开卧室门，客厅里传来亮光。

厅里开着一盏很暗的灯，江现坐在沙发上，不知在想什么。

唐沅轻声走到拐角停住，没有惊动他。

这不是他第一次半夜醒来了。

她站了片刻，被这份沉默笼罩，看着他，自己也说不清心里此刻在想什么。

她没有叫他，静静地看着，而后步子轻缓地回到房间，躺进被窝里，盯着天花板看了很久。

直到空气静得在她耳边似乎产生嗡鸣，他才重新回来。

江现不知道她起来过，大概是不想吵到她，推门的动作和脚步都很轻。感受到他在旁边躺下，唐沅转身靠过去，轻轻地抱住他。

他顿了一下，侧身搂住她，嗓音中带点夜的微凉：“我吵醒你了？”

“没有。”她说。

江现揽住她的动作和平时一样。

她不说话，他也沉默不语。

唐沅感受着他怀里的温度，突然觉得很失落。

窗外的夜静得没有声音。

她听着他的心跳声，节奏似乎渐渐和她的同步。

没有亮光，也不需要光。

就着蒙眬的月色，唐沅抬起头去亲他，一下下触碰他的嘴唇，动作很轻很轻。慢慢地，他开始回应。

细碎的吻加深，她和他的呼吸平稳地交融。温度在升高，却并不猛烈，一切都是缓慢温和的。

他从外间带进来的些微凉意，一点一点被驱散。

这次和以往不同，他们俩前所未有地温柔。

在理智消失的前一刻，他紧紧地、紧紧地抱住了她。

在这窒息的如海一样灭顶的漫长黑夜中，她是他，最后的一叶舟。

Chapter 11

第 11 章

Why are you so late

江现的生活很快又被工作填满，尤其这阵子特别忙。上季度一个重点项目进入收尾阶段，会议接连，仿佛开不完，和助理们忙得连轴转。有时为了节省时间，他甚至只能在公司过夜。

而唐沅结束了第一个项目的忙碌期，迎来短暂的休息。

静谧的午后，她在家接到江盈的电话。那边再一次宽慰了几句，随后说起两件事。

“金金不是快过生日了吗？”江盈话里提到的，是他们群里那个昵称叫“氪金富婆”的朋友，“她这次想约我们一起旅行庆祝，机票酒店都是她订，你去吗？”

唐沅稍有迟疑：“什么时候？”

“就这段时间。看一下大家的日期，折中选个最方便的。”江盈说，“她担心你心情不好，不敢找你，让我来问你。”

江现外婆的事情，虽然他们不是全部清楚，却都知道江现家出了点变故，这段时间一个个皮紧得很，没事绝不出现在她面前给她添堵。

唐沅不确定，想了想：“我看看安排吧，不知道后面还有没有工作。不忙的话再跟她说。”

江盈不急，道了声好，又说起第二件事：“我们家车库和院子要翻新，储物室会一起清空修整。我有些以前的东西在里面，明天回去拿。我记得我哥也放了点东西在那儿，你要不要帮他拿回去？”

“他最近挺忙的，我不敢吵他。”加上他外婆的事刚告一段落，实在怕他情绪不佳，江盈问，“你来拿的话明天和我一起回去？”

原本想让江盈寄同城快递过来，唐沅转念一想，她反正休息也没什么事，话到嘴边拐了个弯：“行，我明天过来找你。”

就此说定，两个人聊了一会儿便挂断电话。

一个人在家，公寓里一丁点动静都无比明显。唐沅休息完，下厨打发时间，给自己做了一份午餐。

饭后食困，她在沙发上小坐片刻，突然接到一个陌生电话。

那边声音粗大，开口就直接问：“唐沅吗？”

唐沅用了几秒辨认出对方：“江……”她面色一沉，教养使她不想口无遮拦，却更不想叫他，她生生止住话音，吸气道，“找我有什么事？”

来电的人是江天德。

对她明显称不上尊重的态度，江天德心气也不顺，没多说什么，语气微冷：“有时间今天见个面，我有话想和你谈。”

和她谈话？唐沅不知道自己和他有什么好说的，一想起上次在灵堂，他怒气冲冲地离开后，江现在休息室里阴沉的脸色，她虽不知道他到底说了些什么，但想把他套上麻袋狠狠打一顿的念头越来越强烈。

本来应该拒绝的，跟他这种人没什么好说，然而脑子里闪过江现的脸，唐沅忍下火气，决定还是去赴约：“时间、地点，你说，我这就来。”

和江天德约在一家咖啡店里，地址在市中心的某一个街区。

唐沅让司机送她过去，到的时候差不多是两点钟。

江天德不知什么时候来的浒城，她不想知道更懒得管，进门看见他所坐的位置，面色冷淡地走过去在他对面坐下。

她没点东西，服务员给她上了一杯柠檬水。

江天德面前是一杯热腾腾的咖啡，唐沅也不废话，开门见山地问："找我有什么事？"

和在电话里不一样，面对面，能确切看到在她开口的一瞬间，江天德脸上闪过不悦的表情。然而他并没指责她的"不礼貌"，可能是上一次受到了教训，又或者是不想跟她纠结这一点。

"你和江现感情好像不错？"他道。

唐沅表情沉沉："是。怎么了？"

江天德板着脸，似乎在容忍她的态度："找你出来不是为别的。你和江现马上就要结婚了，既然你们感情不错，作为他的未婚妻，我想你应该多规劝他一点，有的事情不要那么执拗。"

唐沅眉头几不可见地皱了皱，道："比如说呢？"

"盛江的事。"江天德缓缓开口，顿了一下，"老爷子年纪大了，该怎么分配，之后不会再做处理。现在是江现拿主意，他弟弟年纪还小，有些东西该给，就应该提前交给我保管，等以后大了我好转交。"

唐沅先是一愣，随后不知是气还是怒，忍不住笑出声来："有些东西？什么东西？你是想说钱，还是盛江的股份？"

"你还知道盛江现在是江现说了算？"不给他再说的机会，她冷声道，"他能做主，是因为江爷爷选了他接班，他是下一任继承人。照你这么说，江家其他没有继承权的近亲远亲是不是都要来找他要点什么？你搞清楚，江现拿到的并不是你给他的，你的那一份才是将来该给你小儿子的。你们有什么资格管江现伸手？"

江天德的脸色蓦地一变："注意你的语气！"

唐沅不吃他这一套，直勾勾地盯着他质问："江现外婆丧礼那天你跑来，就是找他说这件事？"

江天德面上不爽："是又怎么样？你一个小辈，说话没半点规矩！"他冷哼，"你不肯规劝他就罢了，回去告诉他，他妈妈的墓太旧了，找个空我给她换到别……"

火气腾地上来，唐沅再也忍不住了，端起面前的杯子泼了他一脸水。

江天德猝不及防被泼，顿时怒不可遏："你！"

"你敢动他妈妈的墓试试？"唐沅拍桌，站起身手撑着桌面，铁青着一张脸冷冷地道，"我保证让你和你的老婆还有你的宝贝小儿子早早挑一块风水宝地搬进去！"

江天德厚颜无耻地朝江现狮子大开口，现在又要在这种地方，用这种方式硌硬他。

面前这张脸恶心得让人想吐。

一想到江现外婆丧事那天，江天德跑来和他说的就是这些话，唐沅用尽全力才忍住动手的冲动。

再不想多留，她拎起包转身走人，将他丑陋的嘴脸和刚才的对话全甩在身后。

出了咖啡店，外面艳阳高照。

唐沅气得呼吸不稳，胸口起伏不平，好一会儿才冷静下来。

司机将她送回公寓，唐沅在沙发上坐了好久，安静地出神。

江现晚上不回来。

她心情有点不太好，长舒一口气，给他打电话。

他正在忙，没两句便听出她声音不对："你怎么了？"

"没事。"唐沅闷闷地回答，深吸一口气，努力让语气明朗起来，"一个人在家有点闷而已。你在干吗？"

"处理文件，刚开完会。"江现说，"等一会儿还有会议。"

唐沅没告诉他江天德找来的事，问他吃饭了吗，他说吃了，又问起他吃了什么。

江现手边还有事情要处理，却仍然耐心地陪她说着，丝毫没有催促或是要她挂电话的意思。

听着他的声音，唐沅感觉自己烦躁的情绪略微好转。

那边传来他翻动文件纸张的声响，他一边办公一边和她说话，没一会儿问："你在家对吗？在的话，帮我拍一份文件。"

唐沅说："好。什么文件，在哪里？"

他告诉她大概的位置："书房，我书桌上，或者书架上看看。"

唐沅起身，听他说着那份文件的名称和内容，进他的书房翻找起来。

桌面摆着一些书和纸张，她瞧了两眼，没看到他说的文件。翻找间，不小心把桌角的几本书碰到地上。书摊开，她的视线和动作在看清书本里掉出来的东西时，一瞬间顿住。

江现未察觉，在那边问："找到了吗？"

唐沅连忙回神："没有。"把掉下去的书放回桌上，她走到书架前仔细看了一会儿，按文件夹侧旁的名称辨认，终于找到了他要的那份。

她在桌上打开，翻到指定页面，确认无误："我等一下拍给你。"

江现道好，他还要忙，唐沅没再和他多说，挂断电话后将他要的那部分内容拍下，用微信发给他。

她把文件夹放回原处，随即看向桌角。

提步走到桌旁，她抽出先前掉落的那本书并翻开。

里面夹着两张门票。

那是他们第一次去济城的时候，那个叫严阳的职业篮球手给她的观赛门票。

她当天就转交给了江现。

本来以为他会丢掉的。

唐沅看着面前翻开的书页，缓缓垂下眼。

粗硬的门票上有不规则的折痕，不知道是什么时候被揉皱，又是什么时候重新被展平的。

这两张早就过期的门票，就这么静静地被保存着，夹在江现的书本中。

"你脸色怎么这么差？"

唐沅一下车，江盈迎上她，当头就问："是不是没睡好？"

前一天约好来江家拿旧物，唐沅睡到中午，和江现联系过了。得知他昨晚在公司休息了几个小时，今天还要忙一阵，便再三叮嘱他忙完要好好休息，这才出门。

"没事。"唐沅摇摇头，让江盈别担心，一边说话一边往江家大门里走。

进了屋，江盈让阿姨端来饮料。

东西在储物室，她今天休息，时间足够，也不着急："先坐一会儿，等会儿再去收拾。"

她说着往后一靠，姿态轻松。平时太忙没时间，就像唐沅很久不回唐家一样，她也许久没回这儿了。

客厅里的陈设一如从前，还是老样子，熟悉的感觉将她们包围，唐沅难得放松下来，和她一个人占据沙发一侧，喝着饮料闲聊。

上一次和江现见江爷爷来过一次，但那时没有这样静下来仔细打量。尤其是和江盈在一起，唐沅感觉又大不相同。

她看着充满旧日影子的客厅，突然间涌起很多回忆。

江盈也一样，指着餐厅方向，没来由地开始忆从前："你还记得不，你以前老喜欢跑到餐桌上写作业。有一次我哥在吃饭，他还让你走开点，说你做题影响他的食欲。"

唐沅因她的话，也想起这一段。

"我觉得真的挺奇妙的。"江盈道，"那会儿我跟他都没什么话说，基本不聊天。我觉得他对谁好像都挺温和、挺平静的，可就是总对你毒舌。你还老是能把他惹生气，也是很厉害。"

她这话说得完全发自内心，唐沅端着饮料杯，闻言嘴角淡淡地勾了一下。

一下子，她眼前似乎也浮现很多过去的场景。

她在江家留宿时，他们一起在餐厅的桌边吃饭；还有里面走廊上的房间，他们三个人一起补课写作业……好多好多。

“时间过得真快。”江盈感慨，“好像一闭眼还能想起你以前往我哥面前凑的讨嫌模样。”

唐沅瞥她，警告道：“我准你换个词。”

江盈笑着，叹了口气，又说：“对了，距离年底没多久了，到时候你们办婚礼，我哥生日也快了吧？”

江现是一月一日的生日。

她问：“今年庆不庆祝啊？”

这个问题唐沅还没想过，沉默了一下：“得先问问他。”

“这是你们在一起后的第一个生日哎，得好好热闹一下。”江盈说着，想起什么，霎时失笑，“我突然想起你以前，真的好无语哦，非要我哥在他过生日的时候送你礼物。”

她咬重了“他”和“你”两个字。

唐沅被她说得想起这茬，眸光也跟着柔和下来。

那是她们高二补课那会儿。

她追着江现问他下一次生日办不办派对，要他邀请她。江现没有确切答复办还是不办，她手托着腮说：“我玩的拓麻歌子下半年秋冬的时候会出最新的特制机型哎，等到元旦你送我一个吧？”

江现当场反问：“我生日，凭什么送你礼物？”

“一月一日是元旦啊，就当新年礼物嘛。”她说，“你送我特制机，我也送你一台拓麻歌子游戏机，我们就可以一起玩了！”

江现没被她糊弄，直戳重点：“所以，你要送我的生日礼物，就是你喜欢玩的拓麻歌子？”

唐沅一时被他问住，见他起身出去，又跟在他身后喋喋不休地说，从写作业的房间跟到餐厅，还是没能说服他。

“我当时还想说，他闷葫芦一样不理人，你跟在他身后叭叭半天干吗。结果一听你追着要他过生日的时候送你什么什么礼物，我话到嘴边全咽了回去。”江盈摇摇头，实在不知该怎么评价，“换我我也不理你。”

许久没聊以前，唐沅生生受了她一通损，笑着没反驳。

两个人闲话几句，喝完饮料，便起身去储物室。

储物室里东西不少，光线昏暗，但并不是很脏。家里的阿姨隔段时间会来打扫，空气中隐隐有灰尘味，尚在可忍受范围之内。

江盈直奔自己的东西，好几个架子上都有，架子下还有纸箱。

唐沅不比她，进门左右扫了眼，不知从哪儿下手。江盈指着墙边一个纸箱说：“那个是我哥的。”

她这才提步走过去。

箱子里的东西放得很整齐，不确定江现还要不要，唐沅蹲下，也没打算翻看，决定帮他带回去让他自己处理。

她随意地拿起一两件物品很快又放下，正准备找点什么把箱子封上，视线忽然在一堆旧物上停住。

呼吸也跟着一窒。

有一个，粉白色的，蛋一样椭圆的东西。

仿佛是她眼花，唐沅呆愣着，有一点不敢确定，直到伸出手将那个包装还没拆的东西拿起来。

江盈找到一个以前的小玩意儿，兴冲冲地正想过来跟她说话，看她拿着那个东西发怔，问：“这是？”

唐沅蹲着没动，像是听见了她的声音，又好像没听到。

胸腔里心跳加速，细长的嗡鸣在耳膜里震动，有什么令血液流得好快，横冲直撞，心跳突突的，一下比一下重。

灰尘味突然变得浓郁，开始攫夺周围的空气，她感觉到江盈往身边靠近了点，可她不想动。

无声间，窗外的光摇晃着照进来，斜斜的一道，把透明的空气照成笔直的淡薄的黄，照开了陈旧的时光。

“这是……”

唐沅蹲在江现这堆旧物前，看着手里的东西，一点点挤出的声音发紧。

“拓麻歌子。”

听唐沅一说，江盈这才想起来，唐沅以前确实会玩这种叫“拓麻歌子”的游戏机，她在她家里见过好几种不同款式的。

江盈虽然玩游戏，但不喜欢这种养宠物的类型，所以没怎么碰过。

她反应过来，好奇地道：“这个怎么会在我哥的箱子里？”

唐沅没有回答，看着手里的东西，突然愣住。

江盈在旁边没来得及问更多，手机忽然响了，拿出来一看来电显示，是她公司的人，立刻正色：“我出去接个电话。”

她一边说着，一边直起身匆匆往外走。

唐沅没抬头，江盈的脚步声在身后远去，渐渐消失。

储物室里就此静下来。

纸箱子里，原先放着这个游戏机的地方，还有一张卡片。

她伸手拿起来，翻开看。

里面有一行手写字，蒙了层薄薄的灰，有力的俊秀笔迹，她见过好多次，并不陌生。

这个特制机型的上市时间，是在他们高三上学期。

她曾经缠着他要他买来作礼物送她。

在她说了不再在意江现之后，在她即将要出国之时的那个秋冬，江现真的买了，却没有给她。

纸上是一句话。

他亲手写的那行字，已经褪色泛黄——

今年元旦，要一起过吗？

在多年后的这个储物室里，唐沅捏着手里的卡片，有些回不过神地，一点一点将边缘捏紧。

天边的太阳略微下移几许。

江盈把唐沅送到门口后，问："你这就走啦？"

唐沅点点头，储物室里的东西她没有带出来，让人搬到江家其他的房间暂时存放。

江盈挑眉："东西真不拿回去？"

特意来这一趟，结果最后空着手回去。

她说："不了。我过段时间再来拿。"

停了停，她补充一句："你先不要跟江现说。"

对于唐沅这样的要求，江盈虽然不知为何，但也没管，只爽快地应下："你放心，我跟我哥说话的次数一只手都数得清，我才不敢找他呢。闲得慌。"

在门前别过，唐沅上车直奔公寓。

家里亮堂堂，光照进来，窗帘分束两边，尾端随着空气悠悠地晃荡。她换了身居家服，在卧室沙发上坐着望窗外，也不知在想什么，思绪控制不住地飘散，时间转眼就溜走。

快到傍晚，唐沅看了一眼天色，给助理发消息，询问之后短期内大概的工作安排。

助理回复她，除了会议和上个项目收尾的事宜，没有其他事。

像唐岚一样，唐沅其实也不需要天天坐班，有些事不去公司在线上处理也可以。

如此，唐沅回了句"知道了"，从列表里找到金金，点开她的头像。

沅不沅：江盈跟我说了你生日的事。我应该有空，具体是什么时候？

氪金富婆：我问过他们了，刚好这段时间大家都方便。这几天你可以吗？后天去，玩两三天的样子。

金金选的地方是一座海滨城市。

唐沅这个时间段事情不多，每天只要抽出一点时间处理就行，干脆地应下了她。

天色渐黑。

夜幕降临，江现难得在晚饭前回到家。

随着玄关响动落下，他缓步走进客厅。唐沅抬眸和他对上视线，还没有动作，他便走近伸手将她揽进怀里。

裹挟着晚间微凉的风，凛冽，又是他一贯的味道。

唐沅已经习惯了他的亲昵，任他抱着，抬手抚了抚他的背。他的唇轻轻在她脸颊上蹭了蹭。两个人不说话也没有更多动作，好一会儿，就只是这么相拥。

这几天他都是在公司睡的，短短几天，像好长时间没见一样。

唐沅提前通知了阿姨来煮饭，两个人吃得不多，只弄了几个简单的小菜，并不过分丰盛。

在桌子两边面对面坐下，进食间，江现察觉出她有心事，朝她打量几眼，执筷的动作慢下来："在想什么？"

唐沅有些迟钝，他话音落下后，慢半拍才回过神："啊？没什么。"

言毕她敛了神色，不声不响地继续吃东西。

江现盯着她看。

唐沅安静几秒后，跟他说出去玩的事："我后天要出门，我朋友，上次你也见过的那个金金，她生日请我们一起去玩，可能要几天才回来。"

他问："去哪里？"

她记得也不是太清楚，从江家回来后她其实一直有些走神，想了想，忆起那座海边城市的名字，告诉他。

江现轻声说："好。我明天也要去外地开会，应该要开几天。"

她出去玩正好打发时间，不必一个人在家无聊。

唐沅问："你会很忙吗？"

他说："应该还好。"

筷尖拨着米粒，唐沅看了看他，沉默了一会儿，忽地低声道："那你要接我电话。"

她这一句说得有些突然，江现迎上她的视线，只短暂接触两秒，她就先移开。

因为低着头，从她的神色里看不出太多东西，他沉默了一下，应下：“好。”

金金选的星级酒店在海边，一整片占地面积不小，环境极好。

飞机上午出发，午后两点就抵达。办理完入住手续后，各人稍作休息，然后聚到一起。

蓝默和另外几个人要晚上才到，一帮女生正好享受暂时的闺密时间。

唐沅在房间里换上适合这里温度的衣服，她和江盈一人一件同款，不同花纹，是来之前江盈特意准备的姐妹装。

太阳热辣辣的，空气中弥漫着一股度假的味道。

这一趟是为金金而来，虽然过了晚上十二点才是她的生日，众人已经开始烘托气氛，事事都以准寿星为主。

她想玩什么就玩什么，从出海到钓鱼再到冲浪，一群人可劲地舍命相陪。

直至玩累了，阵地转移到沙滩，一群人往遮阳伞下的长椅上一躺，才终于找到一点悠哉闲适的感觉。

时间过得快，天黑后，众人回房冲洗过，稍作休息，紧接着便下楼进行户外烧烤。

金金在酒店一楼订了个带院子的小厅，服务员陆续推来推车，一盘盘全是烧烤的食材。

忙烧烤的忙烧烤，江盈看着手机上的消息，跟大家汇报：“蓝默他们下飞机了，已经在路上，快到了。”

炉子升起火，唐沅没挤过去，在旁边帮着准备调料。

江盈回复完路上的几个人，从沙发上下来，也过来帮忙。

经过唐沅身边时，她忽地停了停。

唐沅被她盯着看，往旁边挪了一点："干吗？"

"你是不是不太开心？"江盈压低声音悄悄问。

唐沅顿了一下："有吗？"

她点头："感觉你今天兴致不高哎。"

唐沅沉默片刻，淡笑道："可能没睡好吧。"

见她不想多说，江盈拍拍她的肩膀，识趣地走开。

烧烤局开始不久，蓝默等几人赶到，行李交由酒店的人送去订好的房间里，一个个进了厅，便立刻接手炉子前的工作。

人多起来，声音嘈杂，屋子里闹哄哄的，一群人嬉笑玩闹，气氛霎时热闹非常。

蓝默有备而来，还安排了一个蛋糕。

烧烤吃到一半的时候，服务员推着蛋糕进来，金金诧异地"哇"了一声，嗔怪道："现在吃什么蛋糕，明天才生日呢。"

他们忙道："嗨，预热预热，赶紧切一个。"

他们没有点蜡烛，具体的仪式感准备留给明天吃蛋糕的时候，倒是又开了很多酒。

唐沅倒了一杯甜酿，江盈问她行不行，她说："没事。这个度数比较低，我就喝一点点。"

在厅里玩闹了许久，吃饱后大家四散开来，纷纷开始找乐子。

唐沅端着酒杯在旁边看了一会儿，见他们往酒店内的游泳池奔去，撒欢不停，便独自脱离人群，从热闹的厅里出来。

走过院子，沿着石头小径往前，另一侧是海滩，海浪在黑暗中远远地来回冲荡。

她走到一处凉亭，周围环境挺好，有灌木等绿植和若干花卉。她将裙摆抚平，在没什么灰的干净地板上坐下。

她将手里的酒杯放到一边，抬头看了看渺茫的夜色，长长地吐了一口气，拿出手机给江现发消息。

沅不沅：在忙吗？

之后便熄屏放到一边。

他没有回，不足半分钟，直接打来电话。

“我刚想给你打电话。”唐沅说。

江现“嗯”了一声：“我在酒店房间。你呢？”

“我在海边。”她说，“听得到海浪声吗？”

他真的在那边听起来，似乎正在仔细辨认。

唐沅垂了垂眼，嘴角轻勾，那笑意又不像在笑。

不等他说话，她又道：“你不忙？”

“还好。”他自然地接过她的新问题，也问她，“玩得开心吗？”

唐沅低声说：“开心。”

夜色寂静，周围隐约有虫鸣。她温声慢语和他聊，一句接一句，没有营养的话题持续不断，海浪不知冲刷了多少遍，谈话才告一段落。

在悠悠吹来的带点腥味的风中，她安静下来，好几秒的沉默过后，忽然开口：“江现。”

“嗯？”

“我们，”她说得很慢，“去看一场严阳的比赛吧。”

那边蓦地一顿，彻底安静。

唐沅没有着急，也没有催促。

这种沉默格外漫长，过了片刻，他微低的声音才重新传来：“如果你想去看的话，我们就……”

“不是我想看。”唐沅没让他把话说完，语气郑重，“是陪你看，江现。”

陪他看多年前早就应当落幕的，那一场比赛。

那边陷入沉寂。

被掰碎的时间每一秒都让人听得清楚，他似是想开口，却被她截住。

“我今天有些话想和你说。”唐沅深深地吸气，被夜风吹拂，嗓音里透出微微的凉意，“当着你的面我可能说不出口，你不要打断我，听我说完。”

海边的浪卷起汹涌的波涛，顺着她的话音，拍岸一下。

虫鸣，夜灯，凉亭。

高挂的银盘皎洁冰冷。

月亮见过了太多隐瞒的故事。

是时候，该坦白给彼此听。

电话那端彻底没了声音。

除去风声，只剩下她自己的话音。

“你记不记得，第一次回我家的时候，我们聊到小时候我爸送我的那些礼物。你问我哪里去了，我没回答。”

唐沅缓缓呵出一口气，自问自答，语气竟然格外平静：“我给我姐了。

“我喝得烂醉，给了她，求她让我一次。

“就在，我们两家最开始要确定婚约的时候。”

年初她重新踏上故土，时间一转眼如此快，这一年都快要过完。

她好像快忘了，可偏偏又记得这么清楚。

那时接到姐姐的电话得知联姻的消息，她辗转反侧了好几天，心不在焉，神思不属，最后还是咬牙登上了回国的飞机。

飞机跨越天际线，漫长的旅程中，她甚至无法形容那个时候的心情。

前方渺茫，等待她的，似乎是归途。

回国后的那个晚上，她在家醉得神志不清，把唐岚叫到她的公寓。

房间的门边，她盘腿坐在地上，酒意上头，红着脸哭得好伤心。放在面前的整整一箱，都是她小时候视若珍宝的东西。

那时候她真的醉得不轻，被唐岚拉着抱着搀扶起来，却还是像小孩子一样，把曾经在姐姐面前炫耀过无数遍的东西拿来换，哭着对姐姐说：“让我一次，好不好？”

全然又彻底地，对姐姐，对自己，低下了头。

唐家和江家的婚约，最开始的人选并不是她唐沅。

所有人调侃过无数遍“怎么会落到你头上”的这件事，是因为她的努力，是她亲手争取来的。

海面上的风遥遥吹拂过脸颊，唐沅觉得自己真的很冷静，除了话里那一点点的颤音。

她不想去思考那边的江现在想什么，又会想要说些什么，只是一句比一句更清晰地倾诉。

“你夹在书里的门票我看到了。

“江天德找你说了什么话，我大概也知道。

“还有你放在储物室旧箱子里的那个拓麻歌子。

“我全部，全部知道了。”

江现是从什么时候起，被挥之不去的阴影笼罩住的？

是外婆去世后他在沙发上独坐的时候；是在灵堂休息室里低着头沉默的时候；是到济城后亮起灯长夜不眠的时候……还是更早？

早到时间往回倒，倒过她不知情的那些高中时光，倒回到初中那一场篮球赛。

或许，其实早从那一天开始，江现这个人就被束缚在了那场球赛的终哨中，再也没有走出来。

“你知道我是什么想法吗？”唐沅低声吸了一口气，鼻音有点重，“我都不知道是该高兴还是难过。”

短暂又漫长的安静里，她声音哽了哽：“为什么不告诉我？”

她曾经想要的礼物，他买了。

她想和他一起过的新年，早就来了。

在她不知疲倦地追逐他的那些时光里，她以为是自己一个人的独角戏，可其实并不是没有回应。

为什么不让她知道？

夜风吹得她眼睛疼。

又或者是，她这一句话说得太用力。

眼泪掉了一滴砸进尘土里。

“你不可以这样，江现。”

被风吹散的声音摇晃，唐沅迫切想要抓住点什么，却只能闭了闭眼：“我已经这么努力了……你怎么可以，就只是回应得这么小声。”

怯懦，胆小，害怕。

这么胆怯，这样隐藏着，隐瞒着。

任她一次次筋疲力尽，惶惶不安。

她的喉咙哽咽，眼泪伴随快被吹散的声音，掉了下来。

“不要让我后悔，好不好？”

赌上勇气、决心，付出了全部的自己。

仍然绕了这么一大圈奔向你，朝你走了这么多步，跨越了漫长的两千个日夜，一次又一次。

我也想要被人勇敢地去爱。

所以啊。

我这样珍视的你，能不能，快一点从噩梦中醒来。

海浪不知在岸边冲刷了多少次。

电话打完，唐沅的情绪登顶，擦干净脸，将手机装回口袋，敛好神色沿路返回。

厅里剩下零散的几个人，出去闹腾的不时跑回来，一群人依旧玩得热火朝天。

她离开了好一会儿，有注意到的看见她问：“哎，沅老板，你去哪儿了？”

“出去吹了吹风。”唐沅的语气尽量平静，乍一听和平常没什么两样。

问话的人还是注意到了她的脸色，盯着她看，似是想问更多，却又不知该不该开口。

唐沅只当无事发生，进洗手间洗了把脸，确定镜子中照出的自己看起来正常了许多，这才出来。

江盈刚从别处回来，进门正好跟唐沅撞上。她比别人眼尖，也更了解唐沅，一眼就发现了不对："你怎么了？"

唐沅淡淡地摇头："没事。"

江盈动了动唇想问，没发出声，表情有点无奈。

唐沅没让她担心太久，很快便调整好情绪，往沙发上一坐，加入其他人的游戏。

江盈不放心，在旁边盯了好一会儿，却见她像是比烧烤刚开始那会儿好多了，不似假装，担忧的心逐渐放下。

唐沅和他们一起打了几盘游戏，状态绝佳，战绩斐然。

不一会儿，闹了半天的金金等人一窝蜂涌回来，蓝默闲不住一通招呼，厅里立刻开始新的游戏。一圈人围在茶几旁，玩纸牌、摇骰子，唐沅时不时参与，饶有兴味地跟着玩。

在凉亭里和江现打完电话，挂断后，她就把手机调成了静音。这天晚上，她沉浸在游戏里，没有看任何消息，也没有再把手机拿出来一次。

午夜，不知谁嚷嚷了一句，玩得正开心的一帮人纷纷开始数时间。一过十二点，一个个拉起早就备好的小礼炮，抓着不知从哪儿弄来的金粉碎屑冲金金抛洒，嘴里大喊着祝她生日快乐。

唐沅没再参与后半夜的派对，最能闹的那几个估计能撑到天亮，她没那个精神，祝福完金金就回房休息了。

天亮后才是真正的生日庆祝，一整天怕是都有得玩，不养精蓄锐根本受不了。

不知是因为哭过，还是玩游戏玩得太投入，她实在有点累，身体里涌起一股疲惫感。

她洗漱完躺进被窝闭上眼，很神奇的是不需要任何辅助和酝酿，几乎没过多久就睡着。

唐沅睡得很熟，沉沉地坠入梦里，梦里什么都没有，只觉得整个人都轻飘飘的。

难得深眠的一夜，她再度睁眼，天灰蒙蒙的还没亮。

她翻了个身，窗外还是有些黑，一眼望去是大片大片的靛蓝色。

迷蒙地盯着外头呆滞了几秒，她从旁边摸起手机一看，有好多未读的微信消息和未接来电。

江现给她打了两个电话，她都没有接到。

她的手机一直是静音状态。

江盈也call了她好几次，除此之外发了一堆消息，都在列表的最上面。

将赢：睡了没有？

将赢：你人呢，这么早就睡了？

将赢：怎么不接我电话?！给你打好几个了！

将赢：我哥刚找我问你在不在，你去干吗了。你们怎么了，吵架了？

将赢：你不会真睡了吧？看到回我消息！

消息是半夜发的，现在这个点江盈估计早就睡着了。唐沅想了想，没有回复，再过一两个小时天就亮了，白天面对面再说也不迟。

视线下移，她看向江现的头像。

他给她发了消息，只有一条。

江现：睡了？

时间是在一个多小时以前。

唐沅把垂到眼前的头发往后撩，点开和他的对话框，打了几个字又删掉。她斟酌着，正在编辑，冷不丁地弹出来语音电话。

她愣了一下，回神接通，江现的声音有点低沉和沙哑：“醒了？”

唐沅缓缓地“嗯”了一声，低声说：“我昨天很早就睡了。”

她稍稍停顿："你……"

他说："我看到你在输入中。"

唐沅闻言，微顿。

他对着她的对话框看了多久，这么正好？

她放缓了口气："你……没睡？"

"一个半小时前刚下飞机。"江现说，"我在你酒店的大厅里。"

她略感意外，还没说话，那边停了一下，就听他放低了语气，带着些微的小心翼翼："我可以上来吗？"

唐沅到这里的时候，就告诉了江现入住的酒店和房间号。

但打开房门真正面对他时，还是有点愣怔。

江现穿着黑色外套，风尘仆仆，浸了几分冷冽，头发微微有些凌乱，但还是端正。整个人裹挟着夜色，又似乎因先前的等待而稍稍沉默。

彼此相对，有片刻无言。

唐沅往后退了两步，让他进来。

看着门在他身后关上，将外面的走廊隔绝，她沉默了一下，轻声问："你不是在开会吗？"

"后续的事情交给助理了。"他说，"提前结束过来。"

没想到他会突然来这儿。

唐沅心里明白，是因为她的那通电话。

晚上在凉亭里说了太多，这个时候面对他，她却忽然不知道该说些什么。

"你坐夜班飞机过来的？"

江现"嗯"了一声，语调微缓："你挂断电话以后，我就买了票。"

唐沅抿唇，垂眸一会儿，起身道："我给你倒水。"

说着，她走到柜子前，拿起壁身微热的茶壶。

天还没完全亮，暗沉沉的。

海浪声透过玻璃窗，一下一下，隐约传来。

她穿着酒店的睡袍，壶口倾注的水柱在杯中溅起小水珠。后忽地响起脚步声，是他靠近的步伐。

唐沅倒水的动作一顿，下一秒，被他从身后缓缓抱住。热源贴近她的背，一点点将她嵌进怀中。

他刚从外面进来没多久，隔着睡袍，怀抱却依然滚烫。

茶壶在她手中悬空几秒，慢慢地落回桌面，发出清脆又响亮的一声。

唐沅没再动，只是站着。她感觉到拥着她的手臂在收拢，他微凉的唇，贴住了她的耳郭。

江现在背后将她抱得很紧，没有说话，没有言语。

房间静得仿佛被夜盖住。

天色即将破晓。

她在他怀里，紧紧地被抱着。他沉沉的呼吸和心跳声，在这静止的空气中，一点一点清晰地弥漫开来。

像是一份跨越了时间壁垒追赶而来的，无声的歉意。

Chapter 12

第 12 章

床铺被唐沅前面那一觉睡得略微凌乱，不在意的两个人和衣侧躺，面朝彼此相拥。

江现的视线在她眼皮上缓缓扫过："眼睛肿了？"

打电话的时候哭了一会儿，睡了大半个晚上，她自己早就没什么感觉，但他仍然看得出，唐沅只能低低地"嗯"了一声。

江现抬指在她的眼尾抚过，动作极慢，轻得如羽毛般。

缓了缓，他温声开口："那个拓麻歌子，是你出国之前买的。"

唐沅闻言，抬眸看向他。

他的手臂被她枕着，江现不再隐瞒，一五一十，细细地说给她听。

高三那次竞赛结束，他回来后，就听说她对外宣称，已经不想和他有牵扯了。

初初在那帮朋友面前听闻时，他一开始只是愣怔，后来回到家，心里那股无法形容的滞闷感却越来越重。

他第一次体会到这种陌生的感觉，控制不住地难受。

茫然又有点浑噩，足足思考了两天，他下定决心，找人收了一个全新的游戏机。

是刚上市没多久的，她曾经说过想要的拓麻歌子特制款。

和这份礼物一起，他写了张卡片，想约她一起过元旦。

那几天唐沅没去学校，他从转手的卖家那儿拿到了游戏机，正打算找她，突然接到他舅舅的电话。

舅舅要把芙花镇的房子卖掉。

外公去世不过短短几个月，他当时差点和舅舅吵起来——也算是吵了一架，争执到最后，他不得不低头请求，拜托舅舅不要卖掉那栋房子。

舅舅话说得十分难听，句句不留情："你妈结婚后，我们一家从来没沾过她的光。她嫁进江家做阔太太，有帮扶过我一星半点吗？她撒手走了，我这两年养着两个老人，自己还有老婆孩子，在国外这些开销有多大，你以为我很轻松？你外公现在是去世了，可我还得照顾你外婆。她身体不好，隔三岔五花钱，不卖了老房子，我去哪里解决这些压力？！"

江现恳求道："你不能把房子卖掉，外公外婆还有我妈，那是他们最后留下的……"

舅舅话都没让他说完："你有什么资格说这种话？你以为现在的情况都是谁造成的，啊？你妈妈去世，我不得不把老人带去国外照顾，都是因为什么你告诉我？"

他喉咙一下哽住，听着那边说——

"你妈妈会死，都是你的错！变成现在这种局面，全是因为你！在你质问我之前，先想想你配吗，江现？"

你配吗？

轻飘飘的三个字，压得他喘不过气。

他曾经以为舅舅和他也是亲人，虽然那么多年一直不算太亲近，但至少都流着相似的血。

但就在那天傍晚，电话里的一声声质问，又一次，刺破了他好不容易平静下来的心。

在他以为他犯下的错误已经过去，在他因外公外婆的包容试图走出来的一两年后，那个本该是亲人的人，毫不留情地把他推回了旧日的深渊。

那一通电话结束，他在房间里待了好久。

血液像是倒流冲上来，久违的痛感由里到外，让他久久无法动弹。

他猛然回过神，下了楼，就遇见江盈在拐角打电话。

她在跟朋友们聊天，说着唐沅要出国的事。

还没走远的他一瞬间僵住。

一直到江盈打完电话转过身，他盯着她问："唐沅要出国了？"

江盈被问得微愣，点了点头。

她没有和他说太多，唐沅已经说了不想和他有牵扯，她便很自觉地避嫌，不向他过多倾吐自己朋友的事情，快步走开。

江现不记得自己待了多久，去餐厅倒水，差点弄湿衣袖。再回到房里，在桌前坐下，愣愣的，回过神天就黑了。

窗外彻底暗下来，桌上的手机亮起，屏幕光取代了本该照明的灯，在漆黑中散发着幽微刺眼的光。

舅舅发来短信，确凿地最后知会他，房子会卖掉，让他不要再过问。

他从天黑一直坐到月亮高悬，地上的一切都被照得银白。

那一天入睡前，那个还没来得及送出去的拓麻歌子，连同亲手写下的卡片，都被他放进了纸箱。

和其他文具杂物堆叠在一起，静静地，在墙角掩埋。

江现全部告诉了她。

最后一个字音落下，空气里一阵沉默。

唐沅的喉咙哽了哽，眉头微蹙，又在形容不出的怅然情绪中自己展平。

"我不想出国。"她说，"是我妈，她听说了丁巧的那件事，觉得我在学校里胡作非为给她丢人了，非要我出去读书。她还把我小舅也骂了一顿。”

“我想过要和我妈说的。”

不是没有想过解释，她为了保护丁巧在所有人面前守口如瓶，但她有过那么一瞬间，想跟她妈说清楚。

她唯一试图对人开口的一次，她妈却没给她任何解释的机会，拿定主意，坚持要她出国。

甚至后来她认真考进了前十，也依然不管用。

“那次月考后的合照我也没有赶上，到了楼梯口，楼上早就拍完了。”唐沅说，“就好像我怎么努力都没有用。”

“索性就破罐子破摔了。”

她不想再挣扎，既然她妈非要她出去，那她就去。

她同意了她妈妈的安排，最后的那段时间里，课上得断断续续，经常只去半天，什么都不再想，就只是和朋友们疯玩。

连带着，在别人问起江现的时候，也自暴自弃地说，已经不在意了。

反正也没有结果。

有些事情，就这样交汇着错过。

她和他的声音都很轻，慢慢悠悠，他们第一次这样彻底开诚布公。

彼此又沉默下来。

面对面躺着，除了呼吸声什么都听不到，有那么一会儿寂静。

江现抬起手，抚了抚她背后的头发，再度开口。

“你因为丁巧的事被人骂，那段时间，我还没从外公去世的情绪里走出来。你去找发帖骂你的人对峙的时候，我本来想安慰你的，短信写了几遍还没发出去，就从别人那里听说你又出去玩了。”

他顿了一下：“我觉得你好像根本不在乎，最后一条也没发。

“你没赶上拍照那天，我也去找过你，想问你怎么了。”

他没能找到她，她和其他人早早地就离开了。

有错过，有误会，也有他的怯懦和不够主动。

他们之间，有好多好多岔路口。

唐沅听他一桩桩地说，脸色很暗。

他话音逐渐停下，她靠在他的胸膛微垂下眼："我们错过的次数，真的好多。"

谁说不是呢。

不够勇敢，不够坦率。江现想起她先前在电话里说的那些，无从抵赖，更没有办法否认他曾经不作为的胆怯。

沉默地收拢怀抱，他抿着唇，将她往身前搂了搂。

唐沅的情绪缓和了一点，过一会儿，低声道："你买的那款拓麻歌子，我刚好没有。"

他垂眸："是吗？"

可那个放了太久，大概已经不能用了。

"再给你买一个？"

"不要了。"她拒绝，长睫微颤，"又不是小孩子，现在也没时间玩。"

她的手指揪着他胸前的衣襟绕圈圈。

"拓麻歌子不是完全的单机游戏，可以联机的。"她一边说，一边手没停歇，解开他衬衫的一颗扣子，又往回系上，"我本来想送你一个的，宠物可以结婚，两只宠物会跑到一台游戏机上举行仪式，结完婚还会生蛋。生出来的蛋一人一个，而且还是不一样的。"

江现带了点顺从意味，温声问："这么好玩？"

"是啊。"她撇了撇嘴，抬眸瞥他一眼，"可惜吧。超有意思的，你都错过了……"

她嘀咕的语气像是在抱怨。

江现并不觉得不喜，"嗯"了声。这是和以往相似的，他熟悉的样子，他抱着她的动作更加温柔，低头亲吻她的发顶，"很可惜。"

天快亮了。

唐沅手里的他的衬衫扣子，被解开又系上，来来回回好几遍，话题也终于在低低的絮语中告一段落。

她察觉到光线，朝后看了一眼："我们等一下去吃早饭？"

江现说："好，不着急。你还困不困，再睡一会儿。"

唐沅说不上有多困，但还没完全睡醒，思忖几秒："那再睡一会儿吧。"

他坐飞机赶过来，应该也没怎么休息。

江现伸手将灯关掉，外头的光线还不刺眼。他犹豫着想去把窗帘拉紧，看了看怀里的人，不想抽回手，于是按捺下想法。

唐沅往他身前蹭了蹭，十分钟不到，慢慢睡着了。

江现进入睡眠比她晚，一直闭眼听着她的呼吸，听她的气息变得均匀，睁开眼，在她眼皮上轻轻亲了一下，随后，才重新酝酿睡意。

房间里静下来，他的呼吸、心跳和她逐渐同频，也一点一点进入梦乡。

窗外海浪拍岸，靛蓝色天际线下，晓光呼之欲出。

江现做了一个很长很长的梦。

在看不见尽头的路上，他一个人不停地走着。

一开始周围没有人，后来人越来越多，寂静地蜂拥，来去。

好像有人在叫他，但他丝毫不理，只是往前，没有目的地，只知道一个方向。

他走得好累。

直到走到行人涌动的街头。

他清晰地听见身后传来的呼唤。

一遍又一遍。

四周快节奏的一切突然就这样慢下来，像一部老电影，无声，影影绰绰，浮光掠影般闪过。

无数人擦肩，无人停留。

他确切地听见了唯一的那一道声音，在身后喊着他——

江现。

江现。

……

锲而不舍，坚定地破开所有。

漫无目的的脚步停下。

熙攘拥挤的人潮中，他回过了头。

一觉安眠。

天亮后，唐沅和江现起床洗漱完毕，到楼下的餐厅吃早餐。

原本可以叫客房服务送到房里的，但唐沅想活动活动，睡久了骨头懒，江现便陪她出来了。

她换上了长裙，和他在玻璃窗边的位子上坐下。

玩到天快亮的那几个还在补觉，昨天退场早的人陆续下来，一见江现，不由得都吓了一跳。

江盈见了不觉诧异，反倒是放心不少，趁江现起身走开一会儿的空当，悄悄凑到唐沅身边问："你们没事了？"

唐沅看她一眼："本来也没事。"

她既然这么说那就是吧，江盈也懒得掰扯，拍拍她的肩膀不再过问，回到自己的座位。

江现这一趟来得很突然。

他不请自来，以唐沅家属的身份参与其中，为表礼貌，中午订了附近最好的餐厅，直接包了一层请大家吃饭，给足了排场和面子。

金金生日，他们一群人至少都要过完今天才会回去。

江现来了，也和他们一块玩。一群人在游艇上玩开心了，挨个把人往海里扔，要么就自己从空中翻腾往下跳。甲板上放起震天响的音乐，感觉海面都在跟着晃。

他和唐沅的朋友不太熟，第一次亲身感受到他们的"疯"。

唐沅怕江现不习惯，问他："会不会觉得吵？"

他说："没事。热闹一点挺好。"

他主要是喜欢她和她朋友待在一起时的状态。

唐沅不再像前一天一样心里藏着事，情绪恢复正常，跟上大部队的节奏玩得全情投入。

海风吹拂而来，他们靠在栏杆边说了一会儿话，一群人要进行海上摩托艇比赛，问唐沅："来不来，比不比？！"

唐沅一听就来了兴趣，扭头问江现："去吗？"

他想也没想，同意："好。"

两个人套上救生衣，江现和她骑一辆摩托艇。唐沅很熟练，完全是高手架势，根本不需要教练保护，带着江现丝毫不受影响。

其他人有自己骑的，也有两个人一块骑的，像是金金和江盈就同坐一辆。

蓄势待发间，江盈冲她比手势："看谁第一啊？"

唐沅笑笑，爽快应声。

当裁判一声令下，浪花激溅。摩托艇在海上划出一条条白线。他们远远地绕一大圈，又转弯开回来。

唐沅的长发束起在脑后，身上几乎湿了大半。江现的手搂在她腰间，水花溅开，有一些被风吹进眼里，身后响起其他人的尖叫笑闹声。

她也在笑，掌控着这辆摩托艇，载着江现，在湛蓝的海面上，艳阳之下，笑得明朗，肆无忌惮。

这是江现第一次，单独和她、和她的朋友一起玩。

以前读书时，他们这群人就常常在校外"疯"，一直和不学无术、胡作非为这些词联系在一起。

尖子生和后进生之间仿佛隔着鸿沟。

那时候，不仅是他，还有他身边的其他人，总是对他们的各种行径冷眼批判。

可是今天，他参与到其中。

看着她被阳光照得澄白清透、沾上水花的笑脸，突然也觉得前所未有地开心。

摩托艇飞驰，破浪前行。

湿漉漉的衣服贴在身上，江现紧紧搂住唐沅的腰，俯首将脸朝她的脖颈贴了贴，在她迎风的笑声中，也跟着无声地笑开。

烈日，水花，刺眼的光和大片湛蓝融在一起，这湿润灼热的一切，描绘着夏日最烈的尾声。

白天玩闹过后，一群人身上基本都湿得彻底。

生日晚餐是最后的重头戏。唐沅回房间换了衣服，休息了一下，怕被催，一边拉着江现匆匆下楼，一边在手机上和江盈聊着给金金的生日礼物。

江现被她牵着，跟在她身后，胳膊微微地晃。

快到大厅，他忽然道："今年我给你庆祝生日吧。"

唐沅猝不及防听见这一句，停下脚步回头看他。

从前她不爱过生日，是因为初中后她妈就没空陪她过了。她不愿意想起自己被"遗忘"这件事，慢慢地，也不再主动提及这些。

江现认真地看着她："我不会忘的，每年都会记得。"

几秒沉默后，唐沅给出答案："那我也给你庆祝生日。"

他眸光温柔，说："好。"

牵着的手没有放，江现走到她身边，这次是两个人并肩。

他低低地说："许下的愿望，我都会帮你实现。"

唐沅看向他，他和她一道，步伐悠悠地朝更热闹的地方走。

声音很轻，但字句清晰地又加上了一句——

"不只是生日愿望。"

她没来得及说什么，热闹的厅门打开，她朋友们咋咋呼呼的吵闹声传来。

江现握紧她的手，笑了下，随着她迎上人群，不再说话。

他已经知道该往哪儿走了。

要和她把生日愿望许到这辈子的最后一个。

要一年比一年，更热烈地爱她。

金金生日结束的第二天，唐沅和江现就回了浒城。

其他人有的继续留在那儿玩，有的搭另外的航班回去，没有人和他们同行。

江现似乎打定主意休息，抵达后也丝毫不着急往公司赶，径直和她回了家。

他在书房里打电话，唐沅隐约听见江天德的名字，等他出来不禁问了一句。

江现答得坦率："他年纪大了，是时候该休息了，我让他早点退休享享清福。"

唐沅一愣，当然不会不明白是什么意思。

"我忍他够久，可他不愿意安生，偏偏要来招惹你。既然这样，那就没什么好说的。"江现淡淡地道，面不改色，走近揽上她的肩，语气放柔，"别多想，我会安排好，你不用担心。"

他的情绪完全没有波动，唐沅看着他，却有一种感觉，他这次是要动真格的了。

不过她对江天德没有半点同情心，让这个人从盛江滚蛋不是什么坏事，于是也没多问。

从廊上走到客厅，江现又开口了，依然平静："我联系了严阳。"

唐沅顿了顿，打量他，等着他的下文："嗯？"

"这周刚好有一场比赛。"他将她的头发撩到耳后，"我们去看吧。"

是一种无比寻常的语气。

再没有任何的，不能启齿。

唐沅还没有现场看过正式的篮球比赛。

和严阳敲定时间，晚饭后，她拉着江现要他陪自己提前做准备，一起看比赛录像。

刚回浒城，白天坐了几个小时飞机，江现问她："确定？你不累？"

唐沅一副精神奕奕的样子，说："没事。看嘛，你给我讲讲。"

他只能依她，找了一场济城俱乐部的经典赛事，严阳自然也在场上，像放电影一样，画面投映在厅里的大屏幕上，两个人在沙发上挨着静静地看。

一开始还正经坐着，唐沅口口声声说不累，到后来看着看着靠住江现的肩，人渐渐往他腿上躺倒，懒散得像没骨头一样。

江现握着她的一只手，手指慢慢嵌进她的指缝里交握，另一只手轻轻拨弄她的头发。

唐沅对规则有粗浅的了解，球员的有些招式她也认得。

第二场过半，有个身形很壮的高个子球员超长距离远投中了一球，她立刻来了精神："这个我也会！"

晃了晃和江现握着的手，她问："他刚刚那球我能投进吧？那个距离的话，我好像行哎。"

她高中的时候和人一对一，确实投过这种。但对手与职业球场上防守的球员等级完全不同，进球难度更是不能类比。

江现不忍心打击她，沉默了一下，回答："嗯。"

她话匣子立时大开，话好多，问题也多，一个接一个不停。

不管唐沅说什么、问什么，江现都回答，都应和，昏暗的客厅里只剩他们絮絮的低语。

他温和得像柔软的夜。

又一个和比赛有关的问答落下，唐沅捏着他骨节分明的手指，忽地转过身来，躺在他腿上和他对视。

她打量他两秒，忽然皱眉：“我觉得你好像没有以前帅了。”

江现顿了顿，垂下眼缓缓问道：“哦？以前怎么帅？”

“以前你都很严谨的，也很严格，总是冷冷地板着脸，特别认真。”她挑眉，“现在就不了。像刚才那个球，我哪投得进去啊，这你也顺着我说？”

她倒还有自知之明。

可明明是她自己兴奋得非要类比，反倒指责起他来。

江现定定地盯着她看了几秒，没多大情绪：“好。”

只一个字，他便继续不动声色地看比赛。

唐沅被他弄得一愣：“不是，你好什么？”

江现的眼睫轻眨，不说话，手不急不缓地抚摸她的头发。

唐沅很快就知道他那一句是在应什么了，像很久前看电影一样，这一次比赛同样没能看完，事情的走向逐渐不对。

偏偏她抗拒不了，也没法抗拒，一切都在昏暗中自然而然地发生。

他们前一阵都忙，其实并没有隔太长时间，但仿佛已经好久没有亲热过。

唐沅还带着一丝理智，想起这里是客厅：“别在这……”

江现亲着她，呼吸粗重地应她，从沙发回到卧室。

济城俱乐部的比赛，在浒城隔壁的一座城市举行。

唐沅和江现抽出一天空，到达现场的时候，严阳特意出来接他们。

江现和严阳已经阔别了许多年，打照面的一刹那，两个人都有些沉默。

严阳打了那么多场比赛，见过那么多大场面，这个时候忽然变得局促起来。还是在唐沅开口缓和气氛后，他才和江现打了招呼。

“好久不见。”他挤出的笑有点僵硬，“我一直在等你们来。”

从接到他们的电话开始，他就在等着。

江现没有过多的言语，只一句：“好久不见。”

没在门口聊太久，严阳带他们进去，给他们安排的是最佳观赏位。

在体育竞技这个领域，盛江往年赞助过不少大型赛事。严阳球队的经理提前知道了消息，特意过来和江现问了好。

比赛就要开始，严阳似乎想跟江现说什么，想了想还是没开口。等他们坐下后，他便随经理回到自己的战场。

现场比赛和看录像体验完全不一样。

双方队员上场后，哨声吹响，比赛一开始，随着争夺第一个球，气氛立刻点燃。

这一场大概是比较重要的比赛，到场的观众不少，一阵阵加油助威鼓掌的声音，让身处其中的人很快就跟着兴奋躁动起来。

唐沅和江现并排坐着，挨得很近，她不时地低声问他场上的形势。江现也会主动给她讲解，选手的特长、局面的利弊和大概的战略，有了他解释说明，比赛形势清晰了然，她看得越发投入。

济城俱乐部和对手打得有来有回，慢慢地占据上风。

严阳的状态格外好，势如千钧，有种一发不可挡的气势。

和他打配合的球员长得挺好看，唐沅注意到，眼睛微亮，不禁道：“那个人好帅哦。”

下一秒就感觉到来自身旁的视线，她顿了一下，低声补上一句：“不过比你差一点。”

江现用余光瞟着她，她咳了一声，连忙敛神将注意力集中到比赛上。

看着他们挥汗奔跑，唐沅靠着他，忽然又有点遗憾：“可惜，没看过你打球的样子。”

江现没说话，片刻后，她的手在他的掌中被轻轻地捏了捏。

上下场全部打完，直至结束，差不多花了两个小时。

济城俱乐部获胜，他们人气还挺高，球迷的欢呼声响彻场馆。

周围架着几台摄像机，不知是转播还是录像。严阳和一群队友击掌拥抱，在场边欣喜地庆祝。

没等唐沅和江现起身离开，他朝这边看了看，和球队的人说了些什么，随后快步跑了过来。

他们队伍要拍合照，球队经理和几个管理人员都在，严阳来叫江现一起。

像是怕江现拒绝，他飞快地补充："我们经理挺希望你一起照张相的。"

只一秒，唐沅回过神，立刻把江现推了出去："去啊，快去！"

江现看她一眼，没作声，在她的点头和严阳略显紧张的眼神中，沉默着随严阳走到对面。

严阳跟球队的人介绍江现，经理一见他来，笑得见牙不见眼，别提有多热情了。

江现礼貌地和其他人颔首示意，婉拒了让他站在中间的提议，挑了旁边的位置。

他们寒暄着，摄影师在正前方不远处认真地找着角度。

留在座位上的唐沅忽然叫他："江现——"

他循声抬眸。

唐沅拿起手机冲着他拍，扬唇朗声指示："笑一下！"

江现站在球队之中，身边其他球员说着话，中文里掺杂着外援地道的英语。四周的观众陆续离开，只有部分球迷留下还在拍照。

棚顶炽烈的光将室内照得明亮。

唐沅跑到场边，趴在围栏上，专注地对着他拍。

周遭的一切好像都变成了不重要的背景。

江现看向她的镜头，在她"笑一笑"的声音中，缓缓地、轻轻地勾起嘴角。

掌声，欢呼，喜悦。

那一场多年前的球赛，在此刻，真正落下帷幕。

场馆外艳阳高照。

这世界是很好的。

现在，他开始相信了。

章雪芬的订婚宴，在快要入秋的时节如期来临。

地点在浒城一座小庄园里，没有邀请太多宾客，只双方家里的人和他们彼此的一些朋友。虽然简单，环境和一应布置却都用了心。

唐沅和江现相携出席，她并没有精心打扮，穿着一身颜色素淡的裙子，连妆都只上了寥寥几笔。

场地在草坪上，太阳正当头，离仪式正式开始还有一段时间。

江现看着被阳光照得眯眼的唐沅，问她："要不要吃点东西？"

"不想吃。"她摇头，抬手挡了一下光，耳边的头发被他别好，"出来之前吃了，现在不饿。"

铺着白色桌布的圆桌上摆着酒，唐岚正在和那些阿姨叔叔寒暄。唐沅先前已经打过招呼，她身旁的江现还被拉着说了好久的话，两个人才脱身走开。

不一会儿，唐岚也过来，接过唐沅递给她的酒，不忘吐槽："你倒是挺会躲清闲。"

唐沅低哼一声，似应非应。

聊了没两句，章雪芬的助理把搭配礼服的项链交给唐岚，让她送进去。

唐沅到达后还没去化妆室看过，唐岚便问："一起过去？"

没等她答，负责订婚宴的工作人员匆匆过来，说是调度出了点小状况，要征询唐岚的意见。

唐岚拿着珠宝盒朝那边看了一眼，不禁皱眉。

唐沅见状接过话："我送去吧。"

唐岚意外地看过来，唐沅没什么表情，伸手拿过珠宝盒，"我拿进去给她。”

如此，唐岚也就没多说什么，朝她点点头，跟着工作人员往另一边去。

江现在旁边一直安静未言，见她手拿珠宝盒，垂下眼睑没立刻动，问：“要我跟你一起去吗？”

她说不用，朝他抿了抿唇，随后拎起裙摆进去。

化妆间里，邓宏哲正和章雪芬在梳妆台前说话。

唐沅径自进去，订婚而已，没什么避讳的说法，况且他们本身就不在意这些。

邓宏哲见她进来，表情很是温和：“唐沅来了。”

章雪芬一直待在化妆室里，先前没看见她，以为她不会过来说话，面上露出诧异。

唐沅停在门边，说：“我来送项链。”

邓宏哲语气自然：“那你帮你妈妈戴一下，我先出去，你们聊聊。”

言毕，他提步走出去，经过唐沅身边时笑着朝她点了点头。

门在背后掩上，屋子里霎时静下来。

一个站一个坐，无声地对视几秒，唐沅提步走到近前。

她把东西放到桌上，章雪芬见她没有要给自己戴的意思，沉默着打开首饰盒，拿起项链，自己给自己戴上。

镜子里的女人青春不再，算不上多出众的容颜，在这一天，却多了几分平时少见的柔和。

唐沅静静地看着，没有预兆地打破安静：“今天天气很好。”

章雪芬的动作顿了一下，从镜子里看向她。

天气晴朗，是个好日子。

曾经也是章雪芬和唐沅爸爸的结婚纪念日。

一片寂静中，唐沅的声线有点紧：“对你来说……我爸是不是……不太重要。”

又一次谈到这个问题，不再是上次剑拔弩张的样子，她的语气变得平静，但依然想听到一个答案。

被问的人没有说话。

不知道是不是唐沅的错觉，镜子里的那张脸好像闪过了一瞬间的怅然，以及像是被刺痛一样的短暂情绪。

“他走的时候，没有人比我们更难过了。”

章雪芬过了好久才开口，她说的是“我们”。

在那段过往里，她们是唯一的“我们”。

“没有人比我们母女三个更难过。”

唐沅喉咙哽了一下，忽然不想说话，也真的没有再说。

章雪芬垂下眼，仿佛没有过丝毫异样一般，平静地戴上项链。

外头的光照进来。

唐沅深吸一口气，穿着这身不太隆重的长裙，走到章雪芬的身后，替她将项链扣上。

“吧嗒”一声，轻微的细响，在空气中，落下了一个句点。

太阳正热，已经快要入秋，来往的风渐渐转凉，今天的温度却正好。

从化妆室出来，唐沅走到廊下，没几步就见江现在前面等着她。

他穿的黑西装很修身，衬出周身几分冷感，单手插兜，站在草坪前，宛如画报里的人一般好看。

唐沅的步伐放缓一瞬，随即快步走向他。

“怎么了？”

她闷头扎进江现怀里，他稳稳地接住，手搂上她的腰，垂眸看她。

“没怎么。”她的脑袋抵着他的胸膛，声音有点闷，但情绪并不是特别低沉。

江现站着没动，任她像鸵鸟一样埋头，片刻后才问：“车里不是还带了娃娃，要给邓恬吗？”

她没抬头，只“嗯”了一声。

江现看着她的脑袋，神色不由得柔和下来。

她一直这样，嘴硬心软。

不承认喜欢邓恬，却连这样的场合也不忘给她带礼物。

“那你有什么想要的？”抬手搭上她的后脖颈，江现替她捏了捏，低头凑近她，“我也给你买你想要的。”

唐沅在他怀里换了个站姿，抬头看向他。

两个人都不说话，只静静地对视。

她的表情缓和下来，嘴角微勾一下，那略低沉的情绪总算驱散开，复又低下头，伸出手抱住他。

“没什么想要的。”

她想要的，已经拥有了。

章雪芬的订婚宴后，唐沅和江现决定稍稍休息几天。本来打算出去度假，又懒得跑太远，他们干脆就近在浒城市郊挑了个山庄，清闲地放个短假。

住的地方在半山腰上，也是一个庄园一样的地方。

临江一品的房子是公寓，大平层已经够宽敞，如今两个人住这一栋别墅，走动起来还好，稍微一停下，屋子里就空荡荡的。

唐沅把一楼四周的玻璃门都打开，风吹进来，带着青草树木的味道，宜人又清爽。

这里配备了周全的安保等服务，只要住客有需要，庄园管理人员会开着行政车出现，排忧解难处理各种事情。

他们的午餐便是让人送上来的，江现原本打算下厨，只是从市区坐车过来，唐沅怕他累，让他晚些再动手。

餐桌被工作人员收拾完没多久，江现又问她：“晚上想吃什么？”

唐沅肚子正饱着，思索了一会儿：“要不就昨天说的，BBQ？”

两个人自己弄烧烤，也别有一番风味。

他们俩都知道，她懒起来随时会撒手不管，自己动手的意思差不多就是让江现一个人弄。

江现不觉得有什么，依着她，想都没想便应下。

两个人在二楼厅里的沙发上待了一会儿，唐沅午后犯困，却一直强撑着不肯去睡。

屏幕上放着电影，她努力把眼睛睁大："先看完这部电影。"

江现不知道她为什么非得看完："睡醒再看不是一样？"

"不。"她不知跟谁较上了劲，"之前每次看电影都没有好好看完，我一定要看完一次！"

江现盯着她，唐沅迎上他的视线："干吗？难道不是吗？"她撇嘴，"也不知道都怪谁。"

他笑了一下，很浅很浅的弧度，手在她的头上抚摸，承认："怪我。"

唐沅轻哼一声，背靠着他的胸膛，还真的坚持到了电影结束。

片尾曲一响，她困得不行了，立刻起身去睡午觉。她到房间里找出更舒服的衣服换上，凭借最后一点毅力出来倒了杯水喝。

江现在客厅接电话，那边的人似乎是助理。

她听见，顺嘴问："是工作吗？"

他收起手机，没说什么，只道："你不是要睡觉？"

"出来喝水。"唐沅说，"你要忙的话，我睡觉正好不吵你。"她说完又加上一句，"晚上做饭的时候你得腾出时间。"

他点了点头。

唐沅没再多说，回房睡下。已经三点多，窗帘拉紧后，室内便暗下来。

她戴上眼罩躺好，很快入了眠。

午后静谧，等她再睁眼，已是几个小时后。

傍晚的天昏黄，她摘掉眼罩，外面的光不再刺眼，房间里安安静静的，神色有那么几秒睡醒后的茫然。

她眯眼拿起手机一看，快到晚饭的点了，可能是睡得太香，江现一直没来叫她。

再一看，屏幕上显示有江现的微信消息。

他们就在同一间屋子里，有什么话不能进来说？她愣了一下，疑惑地点开。

江现：客厅里有东西给你。

只这一句。

唐沅看了两秒，揉了揉头发，起身穿上拖鞋出去，四处张望着喊了一声：“江现？”

没有人应，楼上静悄悄的，他可能下楼去了。

客厅茶几上放着一个箱子，唐沅走过去，见箱子没封，虚虚地盖着，便俯身打开。

里面是一些很旧的东西。

看清的第一眼，她顿了几秒，缓缓蹲下。

箱子里装得满满当当，每一样都是她爸送她的，是她再熟悉不过的，珍惜了许多年的礼物。

在她回国向唐岚低头的那天，醉醺醺地全都给了出去，被唐岚好笑又无可奈何地收下。

唐沅微怔地坐到地毯上，拿出手机想找唐岚，发现唐岚带红点的头像就夹杂在一堆未读消息里。

姐：那些本来打算当作订婚礼物还给你的，他先开了口也好，你自己好好收着吧。

姐：替我谢谢他，还挺大方，作为交换合作的这单让利这么多，这个功劳记你头上了。

没有前因后果，她大概是觉得唐沅只要看到就会明白她在说什么。最后还有一个表情包，她鲜少发这种东西，看得出来心情极好。

唐沅的视线在屏幕上停留许久，看向箱子，表情有些呆滞。

里面有一张卡片，不知是不是她眼花，花纹和江现没有送出的那张竟有几分相似。

但这是崭新的一张。

她打开，卡片上是他的笔迹——

“告诉你最后一个秘密。

我想拒绝婚约的那天，

爷爷说，如果我不答应，自然会有别的人娶你。

我讨厌妥协。

但这是我这辈子妥协过的，最心甘情愿的一次。”

从二楼下来，唐沅绕了半个屋子，终于在偏厅外面看到了江现的身影。

他在院中。

天色微暗，是不明亮的蓝，天际线红和黄混成一片。

不远处的遮阳棚下，江现已经弄好了烧烤炉，炉火正燃，袅袅的烟从炉子里升起。

他穿得休闲，白色的外套捋到手肘，拉链敞开一半，内里是一件浅色打底衫，少了以往成熟的精英气质，像一个少年气未退的大男生。

旁边是炭火、烤炉和整齐堆放的食材，一切都充满烟火气。

她走到院门边，江现听见动静，朝她看过来。

没有人提那一箱东西的事，她没有问，他也没有开口。

两个人隔着不太远的距离，就这样对望着。

不需要多余的言语。

大概是几秒，又或是十几秒，唐沅倚着门，拧眉笑了一声，似抱怨又似调侃：“你怎么弄出这么大的烟啊？”

“没办法，手比较笨。”江现眉目浅淡温和，站直了问她，“要来帮忙吗？”

她把偷懒的话说得理直气壮：“我不想帮忙。”

他瞥她一眼，像是笑，偏什么谴责都舍不得说，毫无怨言地继续着手里的事情。

而唐沅就只是看着。

感受着风从很远的地方不太温和地刮过来，吹动青翠欲滴的草叶，吹得院子里沙沙作响。

看他被吹起的烟呛了一下，低咳着往旁边躲，少见地不那么端正。

也依然很好看。

她在门边不留情地笑开。

飘来的烟吹进眼里，她好像笑出了眼泪，视线有一瞬间模糊不清。

过去抓不住的影子和面前的身影重叠。

风一直在吹，她听见有声音吹进她的耳朵里，像是在告诉她——

爱他这件事情，原来是真的会有回应。

Chapter 13

第13章

转眼浒城就要入秋。

距离唐沅和江现的订婚宴也没剩多少日子。

她订婚当天要穿的礼服空运回国，一共好几套，待唐沅自己挑选后再决定。

“咚咚”两声，工作人员敲门进来：“唐小姐。”

唐沅略略颔首，对方端来咖啡，很快又退了出去。

安静雅致的店里，空气中透着一股清幽的冷香。整个环境没有任何浮夸的装饰，又随处透出低调奢华的质感。

唐沅特意腾出一天时间来试礼服，江现原本要陪她一起的，突然临时有事走不开，她懒得改期，便自己过来了。

手机上，江盈正和她聊着天。

将赢：你怎么不早说，叫上我嘛！

沅不沅：你不是也要忙？

将赢：我可以请假啊！姐妹的大事，你知会一声，我有不来的道理？

将赢：我跟我哥可不一样。

将赢：看出来了吧，谁才是真的爱你。

她紧接着发了个“呵，男人”的表情包，唐沅面色不变，只打字回复一句：看出来了，我等一下就截图发给那个男人让他好好反省。

江盈立刻就被噎得闭上了嘴。

唐沅其实刚到没多久，午睡过后在家待了一段时间才出门。江现前面也抽空和她说着话，这会儿大概是去忙了，没怎么回她的消息。

不一会儿，工作人员过来通知已经准备好，请她去试衣服。

唐沅试穿的第一套是白色的，裙摆皱褶上全是闪着细碎光芒的钻石。

她肤色如雪，露在外面的肩膀圆润小巧，宽大的裙摆蓬起，往镜前的台子上一站，整个人像一朵盛开的雪白的花。

陪试的女工作人员看得眼睛发直，愣了几秒，回过神来莫名脸红：“唐小姐，你穿这件好漂亮。”

唐沅闻言朝她笑了一下。

具体选哪套，要等全部试完才好决定。

她对着镜子看了看，让人把手机拿过来，拍了一张全身照。她刚要发给江现，想了一下，觉得不如等全部试完拍完再一起发给他选，便又退出了微信。

礼服穿起来有点费时间，半晌后，唐沅换了一套。

流光溢彩的渐变黑，乍一看像是浅灰，却从底色中透出泛光的黑色来。

一般婚礼之类的场合不会穿这种颜色的礼服裙，只是这一条款式别致，特意送来让她试试。

唐沅一走出来，边上几个女工作人员的眼神又是一怔。

她瞧见挑眉：“不好看吗？”

几个人忙说：“很好看！”

语气由衷得不能更诚恳。

哪里只是好看，根本是连眼睛都快移不开了。

镜子里的人像一朵带刺的黑玫瑰，艳丽张扬，又透着一点点冷，溢彩的黑色衬得她更加白。

唐沅看自己倒没有旁人那么夸张的反应，歪着脑袋对镜撩了一下头发，拿出手机拍照也是一副很冷静的模样。

她紧接着又换了好几套。

有鹅黄色的，浅浅淡淡，清丽雅致。

有蓝色的，妖冶中带点小性感。

……

每一套都是纯手工制作，只此一件。

仅仅是订婚，便能看出江家用了不少心思，丝毫不嫌麻烦和累赘，单礼服一项就让人拿出了最好的样式，各种颜色各种款式任她选个够。

尽管她和江现都说简单就好，可江家方方面面依旧没有怠慢。

唐沅拍了好几张照，到换最后一件之前，她把前面拍的照片一次性全发给了江现。

沅不沅：哪件好看？

沅不沅：我再试试最后一套。

发完她就放下手机，进去继续换衣服。

最后一套是紫色的，抹胸之下腰身紧束，裙摆璀璨地盛开，蒙胧的紫有一种仙气飘飘的美感，恰到好处地衬托着她的白皮肤。

长发披散在她的肩头，微微打着卷。她没什么多余的表情，随意地抬眸，纯澈，性感，清晰的锁骨仿佛充满诱惑，慵懒而甜美。

和前面的风格都不一样，试了这么多，她一出来仍能让人眼前一亮。

工作人员一下不知道该怎么夸，甚至为难起来："每套都好好看……"

这要怎么选？

唐沅让店员拿来手机，想拍最后一张照片发给江现。刚打开，就看见他的消息。

江现：我到了。

她愣了一下，电话还没打过去，身后便传来声响。她一回头，和进来的江现对上视线。

外间的工作人员将人领到，便退至一边。

他的眸光停在她身上，眼神凝住，好几秒没移开眼。

唐沅被看得有些不好意思，率先回过神，拎起裙摆：“你怎么突然过来了？”

“忙完了。”他说着，提步走到近前，扶了她一把。

周围的工作人员倒咖啡的倒咖啡，上茶点的上茶点，很识趣地退到稍远一点的地方。

江现的手落到她的腰上，唐沅感觉到他摩挲的动作，想退后，却被他搂住。

她只好不动：“我发给你的照片你看了吗？”

“看了。”

“怎么不回我？”

“离这边近，谈完事就直接过来了。那会儿在路上，看到的时候已经快到了。”江现一边说，眼神仍盘桓在她身上。

唐沅征询他的意见：“那你觉得哪套好看？”

“每一套都好看。”

这个答案不是她想听的，眉头一皱正要表示不满，他又开口。

“但我现在觉得，”江现垂眸，眼神中带着说不清的温柔，缓缓扫过她裸露的皮肤，声音变得低沉，“这套最好看。”

她顿了顿，眼神轻闪着躲开他的视线，正色道：“那就这套。”

礼服穿着累赘，唐沅想叫工作人员过来帮她把衣服换下，还没开口就被自告奋勇的江现拦住：“我帮你。”

她实在拗不过他，半推半就地任他陪着进了更衣的地方，像是预料到什么一样，脸臊得厉害。

原本挺大的空间偏偏挤了起来。

“你别。”唐沅不得不警告他，“外面还有人。”

她耳根发红，江现在她身后，看似一本正经，然而贴得极紧，手也不规矩：“我不干什么，只是帮你换个衣服……”

礼服都被他弄皱了。

裙子本就难穿难脱，他一捣乱，更是费了好半天的工夫。

好不容易换回自己的衣服，唐沅的呼吸稍微平复。

江现的下巴又落到她肩上，侧头嗅着她的脖颈，看了眼她换下的紫色裙装，在她耳边幽幽地说：“你那件紫色的睡裙，今天晚上穿？”

唐沅一顿，被他抱着，皮肤泛起薄红：“我不要。现在什么天气，又不是夏天了……”

“把室温调高一点，不会冷的。”江现微哑的声音低低的，仿佛诱哄，“试试？”

她哪会听不出他的弦外之音，蓦地，从脖颈到耳根再到脸颊，升起了一股止不住的红。

礼服定下两天后，唐沅和江现去完成了最重要的仪式。

到民政局按流程办好手续，照相之前，她少见地担心起自己的模样，照了好几遍镜子才放下心来。

结婚证照片背景是红色，并肩的两个人看着镜头，一个面上带笑，一个表情淡些，但眼里盛着的光却如出一辙。

拿着两本结婚证走出来，唐沅在路边翻开看了又看，江现不得不替她合上：“别看了，拍得很好。”

她皱着眉又翻开：“我笑得好傻哦。”

“哪里。”江现再次肯定，“很好看。”

唐沅挑剔地审视片刻，收起结婚证，叹了口气感慨：“订婚宴和婚礼都还没办就已经结婚了，感觉有点亏。”

江现闻言目光幽幽地盯着她。

她看回去，和他对视，丝毫不怵，挑眉道："你可得对我好一点哦，占大便宜了你。"

他几秒没说话，胳膊被她笑嘻嘻地撞了撞，无可奈何地，神色一刹那就柔和下来："好，你说了算。"

他们双手交握着，司机停车的地方在稍前方，两个人牵着手漫步向前。

唐沅步伐轻快地拉着他的手摇晃，江现忽地道："唐沅。"

她扭头："嗯？"

"新的一年快来了。"

离年底还有几个月，其实也没那么快。

但他没有去管时间，只在这个和风正好的街头，看向她。

"元旦快乐。"

是提前的祝福，也是对过去遗憾的填补。

唐沅定定地看着他，在明丽的日光下弯起嘴角，答非所问，却又答得再合适不过。

"嗯，我也喜欢你。"

"真不跟我们吃个饭？"

手机那头，江盈不死心地又问。

唐沅还是拒绝："不了，等订婚宴的时候再吃嘛。"

"拿结婚证的大好日子哎，我还想帮你庆祝庆祝，你好冷漠。"江盈在那边作势哭诉。

她"啧"了一声，赶紧让江盈适可而止。

时值午后，唐沅正窝在公寓的沙发上，整个人都懒洋洋的。

她拒绝江盈不是因为别的，而是因为她和江现约好，晚上他们俩要一起出去吃饭。

今天刚领完证，原本寻常的一个日子，从此就多了几分值得纪念的特殊意义。

上午从民政局出来，江现送她到家后就去了公司，说傍晚会回来接她。

唐沅应付完江盈，挂了电话，就见微信群里蓝默那帮人已经闹了大半天，连群名都很应景地改成了“沅老板新婚快乐”。

她闲着没事，心情也好，陪他们插科打诨聊了好一会儿。待话题结束，视线停在群名上，点进去，加上了两个字。

“沅老板现总新婚快乐”。

她没去管看到系统提示后，刚安静下来的一群人又要怎么调侃，她将手机扔到一边，抱着抱枕懒懒地窝进沙发角落里。

客厅寂静，屏幕上放着电影，窗帘拉起，光线明亮但不刺眼。

她看着看着，就在这静谧的午后睡了过去。

不知过去了多久，玄关传来声响时，屏幕上的电影还在播放。

窗外的光带了点浅黄色。

唐沅被吵醒，循声转头。

江现从外走进来，高挺，笔直，线条凌厉的脸，被光照得多了几分蒙眬的温和感。

唐沅的下巴压着抱枕，半梦半醒间，眯着眼朝他看，忍不住懒懒抱怨：“你怎么才来啊——”

江现的脚步顿了一下，随即柔和了眉眼，轻轻“嗯”了一声。

窗帘飘动着，露台吹进来的风轻悠悠。

唐沅话音落下，和他对视的瞬间，也想起了什么，在他走近的过程中，缓缓笑开。

像是多年前的一个场景。

她在灼热的午后，昏昏欲睡地等着别人。

而他背着光，走进她的世界。

或许连她自己都没想到，从那一天开始，后来她会等他这么久。

所幸，风和日丽。

故事从起点回到起点，经年未改。

山依旧是山，海仍然是海。

与你有关的心事迎风靠岸。

“你终于来了。”

—正文完—

番外

Why are you so late

唐沅和江现在一起后的第一个情人节，偏赶上唐氏和盛江都在业务忙碌期，两人手头各自都有工作要处理，挤不出空来，没法一起过。

群里那帮损友提前几天就热闹上了，有对象的早早预备好了节目，安排得一个比一个花哨。

作为群里头一个领证步入婚姻殿堂的，唐沅自然逃不掉被追问的命运。找碴积极分子蓝默打趣了她几次，没得到她的回复，一直到二月十四号前一天还在追着问。

你的蓝哥：明天打算怎么过？

你的蓝哥：出海？飞国外？还是市中心餐厅？江现该不会那么俗，整什么烛光晚餐吧？

你的蓝哥：收到请回答！

唐沅忙了一天，仅剩的一点好心情全在点开蓝默消息的瞬间没了。

沅不沅：答你个头，不准备过，滚！

她把手机往旁边一扔，生起闷气来。没办法，烛光晚餐俗是俗，可她连俗的时间都没有，还得看这帮“损人”显摆，能不叫人生气吗？

江现一进客厅就见她扒在沙发扶手上，问道：“怎么了，不高兴？”

唐沅一动不动，转了下脑袋，冲着他闷闷不乐道：“蓝默他们明天都有安排，跟我显摆个没完，我好气呀。”

江现摸了摸她的脸颊，顺便捏了一把过瘾，走到另一边倒水：“那，要不然我把工作推后一些，明天空出来？”

他说得自然，也没怎么犹豫，一副全凭她心意的样子。

唐沅一听反倒踟躇了，想了想，不一会儿叹气说：“算了，你都忙这么久了，我就不给你的员工添麻烦了。而且我们团队的人最近为了手上的项目也是忙里忙外，为了私事影响其他人，还是不了。”

明天一天他们都要在公司，按他们俩这段日子回家的时间来看，忙完回来估计也得晚上了。倒不是说有多么在乎或是喜欢这个节日，想庆祝的话什么时候不能当节日一样过，不过因为这是他们在一起后的第一个情人节，如此才显得这日子稍微特别了些。

“人都说婚姻是爱情的坟墓，没想到啊，我才领证一年，不对，不到一年，就已经没得情人节过了。”唐沅歪在沙发上，半真半假地感叹。距离他们领结婚证那天，算起来还没到三百六十五天。

见她这副作态，江现正要想折中的办法，还没开口，唐沅忽然一激灵坐起来，拍掌道：“哎？虽然不能一起过，但没说我们不能过啊！”

江现把话憋回去，挑眉“嗯”了一声：“你又想到什么了？”

他端着杯子坐到沙发上来，唐沅笑嘻嘻凑过去：“你给我写封信吧，我也给你写，你觉得怎么样？”

“写信？”

“对啊。”她道，“现在想起来，你从来没给我写过信啊情书啊之类的东西，不如这次补上？”

江现对此倒没有意见，习惯了她偶尔的心血来潮，很配合，还不忘问：“有要求吗？”

“没什么要求，我只是想到以前读书的时候都没怎么写过日记，照片也不多，很多那时候的记忆，没有一点实质性的证据，感觉有点可惜。”唐沅脑袋挨着他的肩膀，想了想，“要不然这样，就假装我们还在高中的时候吧，代入一下十几岁那会儿的心情，想一下假如现在是那时候，最想对对方说什么，想写什么就写什么。”

“高中？”

“嗯。”她点头，“写我们如果还是十六七岁的时候最想说的话。”

写信不难，工作虽然忙，也不是一点时间都没有，中午午休就有两个多小时，再加上别的间隙，足够了。

江现说好，唐沅见他答应，心满意足地起身。

“那就这么说定了，我去洗澡啦。”

他的事情比她多，还得忙好一会儿，唐沅瞥了一眼他手里提神的咖啡，叮嘱道：“少喝点，等会儿看完文件睡不着了。”她顺手在他脸上摸了一下，脚步轻盈地撤了。

第二天白天，中午午休，唐沅和江现聊天时不免提到信的事。

平常他们工作时间并不太黏糊，聊天很随意，有什么想说的话就发消息给对方，另一方得空看到了就回。有时双方都太忙，时间错开，可能一整天聊得都有时间差。

这会儿正好两个人午休都闲下来。

沅不沅：你写得怎么样了？

沅不沅：别糊弄我啊。

沅不沅：记得要把心态调整到高中那会儿，逼真一点，有诚意一点！

江现：知道了。

唐沅看了眼自己手边的纸，她已经写了大半张了，没跟他浪费时间，接着往下继续。

说要写信，他们自然都是手写，她还特地买了信纸。写满一整张后她停下从头看了一遍。

江现同学：

你好。

我是唐沅。

这次写信给你，有很多话想对你说，但突然又不知道该从哪里说起。

首先很抱歉，前段时间在走廊上让你听到了那些话，我没有别的意思，希望你不要误会。

我对你没有恶感，也不是真的想捉弄你，只是有时候不知道该怎么表达。

还记得我们第一次见面的时候，那是暑假，那时我在你们家等江盈，没想到你突然回来了。

我到现在都还记得那天的场景，真的很难忘。

现在我们是同一个学校的同学，周围关于我的那些言论不知道你听到了多少。估计在很多人眼里，我也没有什么好形象。最近因为我，连你也被推到了风口浪尖，给你带来这些麻烦，我很过意不去。

不管你信不信，其实我也不想用这种方式被你认识，不想以这种姿态和你的名字联系在一起。

……

刚下笔时其实有点犹豫，但写着写着，那些想说的话接连冒了出来，不知不觉占满了纸张。

唐沅写了很多以前的事，太过投入，情绪好似也被拉回了那个时候。她写学校里的风言风语，写自己不太好的风评，写旁人眼里的她和她想让他知道的真正的她。就好像当真回到了那时候，仔细又笨拙地，想把误会和距离化解。

曾经说不出口的话都写在信里。

午休时间所剩无几，唐沅终于停笔。

沅不沅：我写完了，你写了多少？

江现：几句话吧。

唐沅盯着那句话看了又看，确定自己没看错，愤愤地回了张“一脚踹飞”的动图，决定接下来的半天不再理他。

她可是写了整整三张纸！写完又誊抄了一遍！他竟然只写了几句话？

几句话用得着这半天时间吗！

晚上回去，两人一前一后到家。唐沅一看到他又想起中午的事，火气一下上来了。

江现过来和她换信，信封递到她面前，她不收也不动。

“怎么了？”

“不想跟你换了。”她一副快快的表情，语气凉飕飕的，“我写了三页。”

“我写的都是最想说的。”江现微勾了下唇，把信往她面前又递了点，“你看了就知道。”

这话说的，难道她写的就不是想说的吗？唐沅瞪他一眼，觉得他在狡辩，架不住他还一脸真诚地看着她，她只好半推半就地收下。

江现还要去书房，唐沅把自己写的那封信给他，起身就往房间走：“我先回去休息，你慢慢看。”

她没急着拆信，回房洗脸换衣，收拾好后已经过了十几分钟。正要拆信，收到他的消息。

江现：我看完了。

他动作倒是快。唐沅盯着屏幕看了会儿，也没看到他的下一句，撇撇嘴把手机放下。

大概是江现提前说了他只写了几句话，唐沅捏着信封，下意识就觉得薄。拿着信封对着光看，依稀有些透，不过倒是看不清里面的内容。

拆开后，信纸只有薄薄一张。纸上的内容如江现所说，果然很短。

还没等唐沅生出什么不高兴的情绪，下一秒看清内容，她目光一顿。

说几句都多了，去掉格式和问候，纸上其实只有一句话。

但就这么一句，让唐沅捏着香味浅浅的纸，愣了两秒。

写信是她提议的，写之前她说，代入高中那时的自己给对方写信。

如果现在的他们是十几岁，最想对对方说什么？

她写了很多内容，因为她真的在意好多事情。那时候被周围的人误解，和江现的相识也并不愉快，遗憾多得实在数不清。

于是她就真的代入了那时候的心情，二十多岁的自己，写着写着，居然也生出了几许忐忑，好多的话不敢说，好多的东西无法完全言明。偏偏还是想着要解释。

遮遮掩掩，一点都不干脆利落。

如果是那时候的自己，真的有这样的机会和他好好交谈，大概也就是像这样，说一些顾左右而言他的话，却不敢真正剖白内心。

她想说的很多，但江现最想说的，只有信纸上的这一句：

唐沅同学：

你好。

我是江现，我们可以认识一下吗？

门被敲了敲，唐沅抬头一看，江现倚在门框边，手里拿着她写的那几张信。

“还没看完吗？”他问。

唐沅躺在沙发上没起身，看了他两秒，把手里的纸轻轻摁到胸口：“看完了。”

“我也看完了，写得很好。”江现停了停，笑着说，“情人节快乐。”

他写的那么少，唐沅本来应该不高兴的，但很奇怪地，在看到纸上的内容的那一刻，原本的那一丁点儿不满就这样消失了。

只有这么一句话，但她明白了他的意思。

唐沅拿信纸的手不自觉用力，让它紧紧贴在自己胸前。江现走过来抱她，她撇撇嘴，手却配合地朝他伸去，倚进他怀里，轻轻说：“情人节快乐。”

过去的时间不会重来。他们都知道。

但如果，非要做这么一个假设，江现最想要做的，是在他们的少年岁月，在他们没能够给彼此一个正确回应的初见的那年，修正故事的开头。

就像他信里写的那样——

你好啊，唐沅同学。我是江现。

请让我们重新认识一遍。

图书在版编目（CIP）数据

你怎么才来. 完结篇 / 云拿月著. -- 南京 : 江苏凤凰文艺出版社, 2023.4
ISBN 978-7-5594-7621-0

Ⅰ. ①你… Ⅱ. ①云… Ⅲ. ①长篇小说 - 中国 - 当代
Ⅳ. ①I247.5

中国国家版本馆CIP数据核字(2023)第044249号

你怎么才来 完结篇 NI ZENME CAI LAI WANJIE PIAN

云拿月 著

责任编辑 曹 波
监 制 邓 理
策划编辑 谌 俊
封面设计 张娅君
内文设计 张娅君
出版发行 江苏凤凰文艺出版社
南京市中央路165号，邮编：210009
网 址 http://www.jswenyi.com
印 刷 湖南天闻新华印务有限公司
开 本 880毫米×1230毫米 1/32
印 张 9
字 数 241千字
版 次 2023年4月第1版
印 次 2023年4月第1次印刷
书 号 ISBN 978-7-5594-7621-0
定 价 45.00元